TAKE
SHOBO

恋舞台

Sで鬼畜な御曹司

春奈真実

ILLUSTRATION
如月 奏

蜜夢
MITSU
YUME

恋舞台
Sで鬼畜な御曹司

CONTENTS

MITSU YUME

イラスト／如月奏

恋舞台

Sで鬼畜な御曹司

第一章：色男の手ほどき

規則正しく刻む、時計の秒針さえも疎ましい。一分経つごとに、背中に汗が流れていくようだ。

「まだ……？」

水無月晴香《みなづきはるか》は、黒のジャケットから覗《のぞ》く白い手首に視線を落とし、焦りを滲《にじ》ませた。そこに巻いた革ベルトの腕時計は信じられない時間を差している。

（遅刻なんて……ポスターの撮影とはいえ、彼にとっては大事な公演なのに……）

スタジオにやって来るはずの〝主役〟が、予定時刻を一時間過ぎても姿を現さない。しかも、連絡がつかないので遅刻の理由もわからない。

また嫌な滴が背中を伝う。残暑が厳しいと思われた九月だが、今年は夏がいつもの粘りをみせずに台風とともに過ぎ去り、早くも秋の気配を感じさせている。ましてやここは、空調が効いたスタジオ。汗の原因は気温ではなく、焦りからだった。

「わたし、ちょっと外を見てきます」

落ち着かない晴香は、隣にいた先輩の伊戸川文乃《いとかわふみの》に声をかけた。

「そうね。お願いするわ」

元々キリリとした顔立ちの伊戸川がさらに頬を引き締めて頷《うなず》いた。手に持っているスケジュール帳の本日の予定欄には、修正に修正を重ねたあとが残っていて、仕事がずれ込んでいるように見えるけれど、その焦りをひとつも感じさせない。

晴香はエレベーターでスタジオがある十二階から一階へ下りると、外へ出て、ビルの前にある大通りを見た。空には鳥の羽根のような雲が浮かんでいて、真っ昼間の日差しを撥《は》ね返しながら多くの車が行き交っている。けれど、このビルの前で停まりそうな車は見当たらない。

心境とは正反対の心地よい風が吹き、晴香の栗色の髪をふわりと揺らした。毛先だけ巻いた髪は、身長一五二センチの晴香が、周りから少しでも大人っぽく見られたくて気を遣っている部分。タイトスカートのスマートな形のスーツを選ぶのも、同じ理由だ。

晴香は身長だけではなく、小顔ではあるが丸い輪郭とウサギを思わせるパッチリと大きな黒い瞳、白桃のように瑞々《みずみず》しい肌にぷっくりとした唇をしていて、年齢以上に幼く見えてしまう。

学生時代にファミリーレストランでバイトをしていたときもお客から難癖をつけられた挙句、「子どもじゃ話にならないから偉い人を呼んで」と言われることも一度や二度ではなかったし、男性からなかなか女性として意識してもらえず、今まで彼氏ができたこともない。

しかし、今は恋愛どころではなく仕事だ。

(地下の駐車場も見てみよう……)

ビルの中へ戻ると、晴香はリノリウムでできた階段を、七センチヒールで高い音を立てながら一気に駆け下りた。高いヒールを履くのも、コンプレックスである身長をカバーし、大人の女性として見られるため。今ではもう、アスファルトの上を全速力で走れるほど履き慣れている。

「まだ来てないか……」

コンクリートの壁で覆われ、ひんやりとした地下の駐車場も、機材などを運ぶためのトラックや、スタッフが乗ってきたと思われる普通車、晴香が到着したときから停まっているバンが並んでいるだけで、それらしい車はない。

(まずい……このまま来なかったら、どうしたらいいんだろう)

最悪の状況を思い浮かべながら、スタジオへ戻るためにエレベーターに乗り込む。ため息をつくと、焦りと不安が胸に押し寄せてきた。

(早く、こういったことにも対処できるようにならなくちゃ……)

晴香は今年の四月に社会人となったばかりだった。

入社したのは、日本の映画、演劇の制作、興行、配給を手掛け、歌舞伎に関しては興行をほぼ独占的に手掛けている株式会社鶴亀《つるかめ》。昔から歌舞伎好きだった晴香は、高い倍率を競り勝ち、念願叶って採用となった。今は入社して五か月が経ち、やっと社会人としての常識が身について、仕事の右と左がわかってきたところだ。

今回の仕事は、配属された本社演劇制作部の研修の一環で、歌舞伎座の宣伝部とのパイプ役となり、仕事を覚えるために、ふたつの部署を行ったり来たりすることとなっていた。

宣伝部の窓口である伊戸川は入社十二年目のベテラン。今は歌舞伎座にいるが、以前は本社や関西の劇場にもいたことがあり、鶴亀を知り尽くしている人なので、一緒にいて、とても勉強になる。

演劇制作部は公演舞台のスタッフやキャストの構成、予算組などを行っており、宣伝部は公演前のポスターやチラシの作成、歌舞伎では筋書きと呼ばれる公演のパンフレットを制作したりと、その名の通り公演に関する宣伝を担っていて、仕事はまったく違う。

しかし、これから制作に携わるうえで各部署がひとつの公演に対して、どのように関わっているのか知っておくことは大切なので、今は宣伝部の仕事を必死に覚えているところだった。

（歌舞伎界を代表する家系、恵比寿《えびす》屋の御曹司……阿部桜太郎《あべおうたろう》かぁ……）

歌舞伎の興行を行っている鶴亀からすれば大事な人物ではあるし、歌舞伎が好きな晴香にとっても本来ならあがめたくなるほど素晴らしい歌舞伎役者。だけど、今は彼が恨めしくてたまらない。

「早く来てよ……」

晴香が心細げに呟《つぶや》いていると、エレベーターが十二階へ到着する。スタジオへ戻る前にあたりを見渡すが、まっすぐに伸びた廊下は自販機の稼働音が響くだけで、相変わらず人の気配がない。諦めてスタジオへ戻ることにした。

「おい！　まだ連絡取れないのかよっ」

スタジオのドアを開けると、いきなり耳をつんざくような怒号が飛びこんできた。その迫力に、思わず身体がすくみあがる。

「宣伝部、なにやってんだ！」

怒っているのは撮影スタッフだった。彼らは、鶴亀が所有するビルのスタジオに、撮影開始予定時刻の数時間前から入って機材の準備を行っている。すでに完璧に用意され、スタッフも総動員で本日の主役であるたったひとりの人物〝歌舞伎役者・阿部桜太郎〟を待ちわびていた。遅刻を詫《わ》びる連絡どころか所在さえもわからないとなれば、声を荒げるのも無理はない。

「今、マネージャーの吉永《よしなが》さんから付き人の辻《つじ》さんに、連絡をとっていただいているんですが……まだ捕まらないようです。申し訳ございません！」

伊戸川は怒鳴り声をあげているスタッフの前に立ち、深々と頭を下げる。うしろでひとつにまとめていた彼女の黒髪が、バサッと肩口から前に落ちた。

「申し訳ございませんっ……」

晴香も伊戸川の側に立ち、一緒に頭を下げる。今まで内勤で研修が主だったので、こんな状況は初めてだ。晴香は完全に萎縮していた。

たとえ桜太郎が寝坊や個人的な理由で遅刻していたとしても、この状況の責任は宣伝部の伊戸川と晴香にある。スケジュールを管理する阿部家の個人事務所のマネージャーや、送迎をする弟子がいても、それは現場の責任とはまたべつの話だ。

頭を下げていると、スタジオの隅から「うわっ……」と悲鳴に似た声が聞こえてきた。

「マジかよ……」

声の主は、隅で地べたに座っている撮影アシスタントの若いスタッフだった。手にはスマホを持っている。主役が来ないならどうしようもないと、休憩がてらいじっていたようだ。

「どうしたの？」

近くにいた衣装担当の若い女性がたずねる。彼の声が、ただゲームでミスった……というわけではなさそうな、怒りが滲んだ声色だったので彼女も無視できなかったらしい。

「見てくださいよ、これ。今、ＳＮＳで桜太郎さんに関する書き込みがないか検索してたんですが……一般の人が一時間前に、銀座で桜太郎さんが女と歩いていたのを見たって書いてます。ありえねぇ」

若いスタッフは眉を吊《つ》り上げ、持っていたスマホをたずねてきた女性スタッフに見せた。

「ホント……写真まで載ってる……」

彼女も怒りと呆《あき》れが入り混じった複雑な顔をし、口元を押さえた。

一時間前といえば、ちょうど撮影開始の予定時刻だ。

（ありえない……）

決して態度や顔には出さないが、晴香も若いスタッフと同じ気持ちだった。

舞台だけではなく最近テレビにも出るようになった桜太郎は、一八五センチという高身長に、涼しい目元と高い鼻梁《びりょう》で清潔な色気が漂う顔立ちをしている。そのうえ歌舞伎界の御曹司ということで、世間にもてはやされ、とりわけ女性の人気が高い。

有名になったため、街中を歩けば見知らぬ人から勝手に写真を撮られ、ネットに掲載されることがしばしばあるようだ。しかし、本人は隠し撮りされたり、ネットにアップされたりすることに無頓着で、しかもテレビでもプライベートでも態度が横柄なため、悪く書かれることが多い。今回発見された情報も、そのうちのひとつだ。

裏表のない性格といえば聞こえはいいが、ご贔屓《ひいき》筋の機嫌を窺《うかが》う必要がある歌舞伎界においては手を焼く存在だ。

「本当に〝香之助《こうのすけ》〟の名前を襲名《しゅうめい》する自覚があるのかねぇ。まだ、早いんじゃねぇか」

白髪交じりのカメラマンが舌打ちして呟く。

桜太郎のマネージャーである吉永圭人《けいと》はスタジオの出入り口近くでじっと黙って聞いている。恐らく、言われても仕方ない気持ち半分、言い返したい気持ち半分なのだろう。普段は明るくよく喋《しゃべ》る口を今は固く閉じているが、ふっくらとした白い頬を赤らめて拳を握りしめていた。

みんなが待ちわびている〝阿部桜太郎〟は特別な存在だ。

歌舞伎役者であり〝恵比寿屋〟の屋号で呼ばれ、歌舞伎界の大黒柱ともいえる〝阿部宗家〟の直系であることだけでも特別といえるが、今月の中旬には恵比寿屋の名跡《みょうせき》である「香之助《こうのすけ》」を襲名する。

〝香之助〟という名前は、とても大きな名跡だ。

元々は初代が幼名として使っていた名だが、名乗ったものが伝説的な人気を誇る役者になることが多く、さらには阿部流の家元となる大名跡の「忠之助《ただのすけ》」を襲名する人物も多かったことから格別なものとなった。実力と人気が備わる者こそ〝香之助〟に相応《ふさわ》しいと言われている。

彼には歌舞伎界から大きな期待が寄せられている。そのことを桜太郎自身も重々承知しているはずだが、いかんせん自覚が足りない。

（今回は大事な〝香之助襲名披露公演〟だっていうのに……）

四月の記者会見で、九月に「十代目香之助」を襲名し、十一月から襲名披露公演を行うと発表された。八月は「桜太郎」の名前で最後の公演を行い、九月と十月は休演となる。今日の撮影は、十一月にある「十代目阿部香之助襲名披露公演」のときに使用するポスターとチラシのための撮影だった。

「あと三十分以内には来てくれなくちゃ……みんな、桜太郎さんの遅刻に慣れているとはいえ、いくらなんでも今回は厳しいわよ」

隣でシルバーの腕時計を見る伊戸川は、さすがに苛立ち始めたようで、盤面を指先でコツコツと秒針より速く叩《たた》いている。

「桜太郎さんの遅刻に慣れてる……って、本当にしょっちゅう遅刻してるんですか？」

晴香は伊戸川を刺激しないよう、恐る恐るたずねる。桜太郎の遅刻魔は鶴亀でも有名だが、大袈裟《おおげさ》に言っているだけではないかと半信半疑だった。

「そうよ。時間にルーズっていうより、時間を気にしてないの。約束だとか周りのことか考えてないのよ、あの御曹司は……」

何度か桜太郎を担当している伊戸川は、もうこりごりだとばかりにため息をつく。

桜太郎の遅刻癖がわかっていても、鶴亀側は予定の時間までに準備は終わらせなくちゃいけないし、桜太郎に予定より早い時間を伝えておいて時間通りに来てしまったら大変なことになってしまうので、結局はいつも大勢のスタッフが待ちぼうけをくらっている。

「今回の仕事、楽しみにしていたんですけど……前途多難ですね」

初っ端で躓《つまず》いている。これから幾度となくトラブルに見舞われそうだ。

晴香の言葉に伊戸川が深く頷いた。

「まぁ……今回に限らず歌舞伎って生もの……ライブだから。予定通りにすべてが進むとは思わないほうがいいわね。楽しみにしているところ悪いけど」

ベテランの伊戸川にさっぱりとした口調で窘《たしな》められ、晴香は「はい」と素直に返事をした。

歌舞伎はライブ。生だからこそ、あの迫力や緊張感、刹那的な美しさが表現できる。晴香もそれは理解していた。

「あ、もしかして桜太郎のこと贔屓にしてる？」

晴香が〝楽しみ〟だと言ったことが引っ掛かったのか、伊戸川がたずねてきた。しかし、晴香は首を横に振る。

楽しみにしていることは本当だし、桜太郎を役者としては素晴らしいと思っているが、特別に好きなわけではない。

「いえ、特定の方を贔屓にはしていません」

役者とはファンとしてではなく仕事相手として接するため、鶴亀に入社すると決めたときに、そんなミーハーな気持ちは捨てた。

「強いて言えば……今は亡き八代目香之助でしょうか」

「へぇ……渋いのねぇ。まぁ、あれだけの名優だったから……気持ちはわかるわ」

晴香の答えに、伊戸川は理解を示してくれた。

八代目香之助は、桜太郎の祖父にあたる。眉目秀麗《びもくしゅうれい》で、所作が豪快でありながら美しく、とにかく声がいい。歌舞伎には「一声、二顔、三姿」もしくは「一声、二振、三男」という言葉がある。なによりいい声を持っていることが大事で、次に容姿やスタイルだということ。八代目はそのすべてを満たしている人物だった。

圧倒的な人気を誇り、歌舞伎の伝統を大事にしつつも探究心を持ち、常に新しいものを創りだしていた人物。その存在はあまりにも偉大で、桜太郎の父である忠之助はそれをプレッシャーに感じ、伸び悩んだ時期もあったというほどだ。

「今回はとにかく演目が好きなんです。昼の部が『暫《しばらく》』で夜の部が『鳴神《なるかみ》』なんて……ふたつとも恵比寿屋らしい荒事《あらごと》じゃないですか」

荒事とは、江戸で好まれた、荒々しく豪快で力強い演技のことで、恵比寿屋が得意としている。

主役の遅刻を待ちわびているときだというのに、晴香の声は弾んでしまう。どんな風に上演されるのか、想像するだけで気分が高揚した。

演目は恵比寿屋側と話し合いながら、桜太郎にはなにが合うだろうか、「香之助」の名にはなにがふさわしいかと演劇制作部が考えて決めたもの。

話し合いの場にはもちろん晴香も参加していたが、なにしろまだ入社して間もない新人。勉強として意見を言わされたが、同意の弁を述べるだけしかできなかった。しかし、同意しかできなかったのは、自分の意見がなくてただ先輩の案に乗っかったわけではなく、この演目に心から賛成だったからでもある。

『暫』は勧善懲悪《かんぜんちょうあく》、荒唐無稽《こうとうむけい》に徹した江戸歌舞伎。

天下を我がものにしようとする公家悪《くげあく》が、反対する善良な男女を捕らえ、家来に命令して打ち首にしようとする。そのとき主人公である鎌倉権五郎《かまくらごんごろう》が現れて二メートル以上ある大太刀《おおだち》を振るい、善人たちを助けるというもの。わかりやすい物語と派手な衣装、誇張された演出が観客に理屈抜きに受けている演目だ。

『鳴神』は『暫』とはまた違い、歌舞伎有数の官能的な場面も織り込まれている演目。

主人公である高僧の鳴神上人《なるかみしょうにん》は朝廷とある約束を交わす。だが、鳴神が約束を成就させたにも関わらず、朝廷は一向に果たそうとしない。裏切られたと思った鳴神は、雨を降らせる竜神を滝壺に封印する。困り果てた朝廷は約束を果たすのではなく、才色兼備である〝雲の絶間姫《たえまひめ》〟を鳴神の元へ送り込み、色仕掛けで封印を解こうとする。見事色欲に負けて女人の身体を知ってしまった鳴神は、絶間姫に「一緒になろう」と告げるが、絶間姫は鳴神を酒に酔わせて、その間に逃げ出してしまう。騙《だま》されたことを覚った鳴神は怒り狂い、絶間姫を追いかける、というもの。荒事の芸にふさわしい見得や飛び六方も楽しめるので『鳴神』も人気がある演目のひとつだ。

伊戸川とそんな話をしていると、にわかにスタッフ達がざわつき始める。

「受付から連絡がありまして、桜太郎さんが今ロビーに到着したそうです。控え室に荷物を置いたあと、こちらにいらっしゃいます」

「やっとかよ……おい、さきに説明してすぐに着替えて撮影だ！」

スタッフ達が撮影を始める最終的な準備を整えだし、晴香も、マネージャーの吉永と伊戸川とともに一階へ迎えに行こうとする。だが、それより早く桜太郎がスタジオに現れた。

歌舞伎ならば、バタッとツケ打ちと呼ばれる拍子木《ひょうしぎ》を打つ音が響いてもおかしくない場面。待ち焦がれていた主役の登場だ。

「ふぁ……おはようございます」

Vネックの Tシャツに品のあるデニムを穿《は》いた桜太郎は、欠伸《あくび》混じりに挨拶をした。

漆のように艶のある黒髪は前髪をスッキリとあげて横に流しているので、美しい額と凛々《りり》しい眉が見えている。しかし、今はその眉が眠たげに歪《ゆが》んでいた。気だるい態度にも関わらず、それでも高貴さと妖艶さがある。

（この人が、桜太郎さん……）

舞台に立つ桜太郎を見たことは何度かあるけれど、素の桜太郎を見るのは初めてだ。大勢のスタッフが本日の主役へ次々に挨拶をする中、晴香は彼が放つオーラに圧倒され、言葉を失っていた。

目はスッキリとしていて清潔な色気が漂い、高い鼻梁は上品でいて男らしい顔の中心をまっすぐに通り、彫りの深さを強調している。口は大振りなのに品があり、加えて一八五センチという身長。今は着物でも衣装でもなくラフな格好なので、男性ファッション誌のモデルみたいだ。さらに、歌舞伎役者にはとても大事なよく通る声。どれをとっても、歌舞伎をするために生まれてきたような容貌に、目も思考も奪われていた。

「辻さん、どうしたんですか……遅れるなら、連絡のひとつくらいくださいよぉ」

扉の近くでずっと待っていたマネージャーの吉永は、安堵《あんど》と呆れをない交ぜにしながら声を震わせていた。小太りの身体を揺らし、桜太郎のうしろから現れた付き人の辻に詰め寄る。

「すみません。こちらもなかなか桜太郎さんが捕まらなくて……」

付き人の辻は短く刈り上げている首裏を掻《か》いた。阿部家に弟子として入り、桜太郎の送迎や身の回りの世話をしているらしい。骨太でしっかりした身体つきに精悍《せいかん》な顔立ちをしていて、年齢は桜太郎よりひとつ、ふたつくらい下に見える。

「もう……桜太郎さん、困りますよ。特に女性関係で遅刻なんて……」

吉永は声を潜める。その手にはスマホが握られ、桜太郎と辻に画面を向けていた。恐らくさきほどのSNSの投稿を見せているのだろう。

そんな吉永を桜太郎は鬱陶しげに見下ろし、それからなにか思いついたように唇の端をクッとあげた。

「まぁまぁ、吉永さん。歌舞伎にはこんな台詞もあるでしょう」

桜太郎は今二十九歳。吉永ははち切れそうな肌のハリでごまかされているが三十代後半。歌舞伎界は礼儀に厳しい。平気で遅刻をする傍若無人な御曹司とはいえ、年上を〝さん〟付で呼ぶ分別はあるらしい。

「どんな台詞ですか？」

吉永が桜太郎の言葉のさきを促す。まるで合いの手だ。桜太郎はスッと息を吸うと、声を張った。

「若い女が恥を捨て、もっと欲しいと強請《ねだ》るのに……断るなんて男じゃやねぇ」

要するに……銀座で一緒にいた女からホテルに誘われ、そのままヤッていたということだ。そんな自分勝手な理由を、清々しい口跡で悪びれもせず堂々と述べる。

（こんな台詞の演目……ないよ）

七五調の台詞は小気味よく、春香は思わずどの演目かと考えてしまった。しかし、桜太郎が咄嗟《とっさ》に作った台詞なのだからいくら考えても思いつくわけがない。

（さすが歌舞伎役者・阿部桜太郎というべきか、稀代《きだい》の色男というべきか……）

　週刊誌によくスキャンダルを取り上げられている桜太郎は「稀代の色男」という呼び名がついていた。これほどのスタッフを待たせておいて反省の色ひとつ見せず、自作の台詞を述べる桜太郎に、怒りや呆れを通り越して、拍手を送りたくなる。……もちろん、皮肉の意を込めて。

「そんなかっこよくごまかしてもダメですからね。ほら、あちらで説明を聞きましょう」

「説明なんていらないでしょ。カメラの前でポーズをキメればいいだけなんだから……」

「そういうわけにはいきません。皆さん、お待ちかねです。さぁ、行きますよ」

　吉永がスタッフの元へ促すと、桜太郎は文句を言いながらも、諦めた様子でそのあとをついて行く。付き人の辻は、スタッフに謝って回っていた。

　ポスターには昼の部の『暫』と夜の部の『鳴神』の両方の写真が掲載されるが、『暫』については桜太郎が以前公演したことがあり、そういう場合は前の写真を使うので撮影の必要がない。しかし『鳴神』については初役。衣装に着替えてもらって彼の『鳴神』の姿を撮らないとポスターが完成しない。

「水無月さん、スタッフの説明が終わったら桜太郎さんへ挨拶にいきましょう。私は何度か仕事をしているけど、貴女は初めてだもんね。しっかりするのよ」

「は、はい」

伊戸川に励まされ、晴香は表情を引き締める。これまでの研修は内勤が多かったけれど、何人かの役者と会い、仕事もした。それでも、ここまでオーラを感じた人は初めて。遅刻や色男ぶりに呆れはしたけれど、やはり背筋が伸びるような緊張感がある。

やがてスタッフから簡単に説明を受けた桜太郎が、着替えとメイクのために控え室へ戻ろうと晴香たちのほうへ歩いてきた。

伊戸川はローヒールのパンプスを履いた足を一歩踏み出し、桜太郎を引き止める。

「桜太郎さん、今回もご一緒させていただきます伊戸川です。よろしくお願いします」

「ああ、また伊戸川さんか。よろしく」

桜太郎は伊戸川のことを覚えているらしく、フッと誘うような色っぽい笑みを浮かべる。そんな微笑は、彼にとっては挨拶のおまけのようなものだろうけれど、晴香の心臓はドキリと高鳴った。

「で……そっちの小さいのは？」

色っぽいと思っていた桜太郎の視線が晴香へと向けられ、鼓動が速く脈打ちだす。

（小さいって言われたのはショックだけど……やっぱり桜太郎さん、かっこいい……）

背が低いことは晴香にとってコンプレックス。指摘されたら腹が立つし、七センチのヒールを履いて底上げしても、小さく見えるのかと思うと悲しくもなる。しかし、思考回路は完全に桜太郎の端麗な容姿に奪われていた。

「も、申し遅れました……演劇制作部所属の水無月晴香です。今回の公演は宣伝部の伊戸川のお手伝いをさせていただきます」

あたふたしながら頭をさげると、桜太郎は「へぇー……」と気のない返事をしてきた。

「制作部にも知ってる人いるけど……見たことない顔だな。新人？」

「はい。今年の四月に入社したばかりです」

桜太郎の質問に答えていると、隣にいた伊戸川が「ちょっといいですか」とスタッフに声をかけられる。撮影に関して確認しておきたいことがあるらしい。

「すみません……桜太郎さん、今日はよろしくお願いします」

伊戸川が頭をさげて去って行く。

さきほどまで桜太郎のお尻を叩くように急かしていた吉永は、仕事の電話がかかってきたらしくスタジオの隅でなにやら話していて、その傍らには辻もいた。

（桜太郎さんとふたりきりになっちゃった……控え室に案内したらいいのかな？

自分が控え室に案内してもいいものか。それとも吉永達を待とうか、桜太郎をひとりにしてほかのスタッフに聞きにいこうか……新人の晴香には判断できず、ひとりそわそわしてしまう。

「で……小さいの。新人らしいけど歌舞伎のこと、ちゃんとわかってるのか？」

焦る晴香とは対照的に、落ち着き払っている桜太郎はニヤリと意地悪そうに笑った。その言葉にわずかにムッとしてしまう。理由は〝小さい〟と言われたことではなく、歌舞伎に対する知識を疑われたことだ。

（そりゃ、恵比寿屋御曹司に比べればたいした知識はないけど……鶴亀で働いているんだから当たり前じゃない！）

入社五か月でも歌舞伎を愛する者のひとりとして、小さいながらもプライドを持っている。疑われるということは、信頼されていないということだ。

「もちろんです！　祖母が歌舞伎好きで、私もその影響で小さい頃から大好きでした。ここ一、二年の歌舞伎座の演目についてはほとんど観ていますし、内容はすべて把握しています。それに……名前に縁《ゆかり》もありますし」

「縁？」

桜太郎が首を傾げる。梨園《りえん》関係者ではないはずなのに、縁があるという晴香を不思議そうに見つめる。

「はい。私の〝晴香〟という名前です。祖母がつけてくれたんですが、今回の演目である『鳴神』に出てくる〝雲の絶間姫〟から、雲の絶えた間を〝晴れ間〟と解釈して〝晴〟の字をいただき、彼女が大好きだった八代目香之助さんから〝香〟の字をいただいたんです」

「八代目……」

祖母からこの話を聞いたときは、いくら歌舞伎が好きだからと言ってそんな名前の付け方をするのかと驚いたけれど、由来さえわからなければ一般的な名前だから気にならない。

晴香が名前の由来を言い終えると、桜太郎は凛々しい眉をわずかに歪ませた。前髪を上げて形のいい額を見せているので、ほんの少しの表情の変化でもすぐにわかってしまう。

しかし、その微妙な変化よりも、桜太郎に信頼してもらいたい気持ちが勝っている晴香は、言葉を続ける。

「だから、今回の襲名に関われること、嬉《うれ》しく思います。しかも、演目が『鳴神』なんて……気合いが入ります」

晴香が拳を握りしめる勢いで抱負を述べると、桜太郎はいよいよ隠す気もなくムスリと不機嫌そうな表情になった。

「へぇー……あ、そう」

桜太郎の声がひどく冷たく、無関心を通り越して怒りを含んでいる。

（あれ……なんか、声のトーンがさっきと違う…）

さすがに桜太郎の変化に気づいた晴香は、不安になって上目遣いに見た。その瞬間、背筋にゾクリと悪寒が走る。桜太郎の眼光は鋭く、黙れとでも言いたげに晴香を睨んでいた。

「今日の撮影はヤメ」

「……え？」

ない。

「ち、中止!?」

ありえない。遅刻してきただけでもありえないのに、帰ろうとするなんてさらにありえない。

「気分じゃなくなったから、中止。今日は帰る」

我が耳を疑ってしまう。

しかし、桜太郎は悪びれた様子もなく、何食わぬ足取りでスタジオから出て行く。

「えっ……お、桜太郎さん!?　あ、あのっ……待ってください!」

晴香が止める声に耳もかさず、荷物を置いてある控え室に向かって廊下をどんどん進んでいく。周りのスタッフも桜太郎の言葉を聞いたらしく、慌てて桜太郎のあとを追った。

「ちょっ、おい!　主役が帰るって言いだしてるぞ!」

「マジかよ!　やっと撮影できるってなったのに!?　ありえねぇだろっ!　なにやってんだよ、宣伝部!」

晴香に向かって、スタッフの怒声が飛んできた。演劇制作部だけど、今は宣伝部の人間としてこの場にいる。晴香のミスは宣伝部のミスとなってしまう。

事態に気づいた伊戸川は、血相を変えて晴香の側に駆け寄ってきた。

「どうしたの、水無月さん!?　桜太郎さんになにかした?」

伊戸川が真剣な目で顔を覗き込んでくる。なにかいけない話をしてしまったのだろうか。

晴香は動揺しながらも、桜太郎との会話を思い出して最初から順を追って話すことにした。

「歌舞伎を知っているのかと聞かれたので……小さい頃から好きだと話をして……」

この時点ではまだ桜太郎は普通に話をしてくれていた。彼の表情を頭に過《よぎ》らせながら、さらに記憶を再生する。

「それから『鳴神』が好きだっていう話をして……」

「ほかには？」

「そういえば、私の名前が〝雲の絶間姫〟と〝鳴神上人〟を演じていた〝八代目香之助〟からいただいたという話を……」

そこまで言うと、伊戸川は目を見張り、深いため息をついて頭を抱えた。

「それよ。桜太郎さん、香之助の名前を襲名するから敏感になってるのよ」

「あっ……」

（私、バカなこと言っちゃった……）

確かに言われてみれば、その話をした直後に桜太郎の様子はおかしくなった。

桜太郎が現れたことに浮かれ、信頼してもらいたくて、彼のプレッシャーを考えもせずに伝説的な人気を誇った八代目・香之助の話をしてしまった。なんて配慮が足りないことだろう。

新人だから犯したミスではなく、晴香自身の気遣いができていなかったせいだ。許されることではない。

「ど、どうしよう……私……謝らなくちゃっ……」

人間としての未熟さゆえ、桜太郎を怒らせてしまった。

晴香は桜太郎を追いかけようと足を踏み出す。すると伊戸川は横に並び、晴香の肩をポンと抱いた。そのとき初めて、晴香は動揺で自分の身体が震えていたことに気づいた。

「とりあえず、すぐに控え室へ謝りに行きましょう。私も行くわ」

「はいっ……ありがとうございます！」

伊戸川とともにスタジオを飛び出すと、桜太郎の控え室まで走った。

（まだ帰ってないといいけど……私のせいでこのまま撮影がなくなったら……）

一時間待ち続けたスタッフに顔向けができない。あまりにも軽率な発言をしていたことを今さらながら悔やむ。

「無茶苦茶だと思った？」

「え？」

伊戸川が走りながら聞いてくる。なんのことかと思い彼女を見上げると、苦笑された。

「遅れてきて謝らないし、気分が乗らなくなったら、周りの迷惑を考えずに簡単に撮影の中止を言いだす……わがままだと思わない？」

「い、いえ……撮影の中止に関しては、私のせいなので……」

「まぁ、そうだけど。でも……彼は甘いところがあるのよ。私も何度も振り回されたもん。恵比寿屋の御曹司だから、どんなことも許されてきたんでしょうね」

「御曹司……」

すべての御曹司がわがままとは思わない。だけど、家のおかげで小さいころからチヤホヤされていれば、周りがみんな、自分の言うことを聞いてくれると勘違いする。それは大人になっても抜け切れないもののようだ。

「さ、全身全霊で謝るわよ」

桜太郎の控え室前に着くと、伊戸川は表情を引き締めた。まるでヒロインのピンチを助けにきたヒーローのようで、謝りにいくというのにかっこいい。

晴香も深呼吸し、奥歯を噛《か》みしめる。

（撮影をしてもらうために……どんなことだってやる）

頭をさげるのは当たり前だし、土下座ならいくらでもする。待ち続けたスタッフが仕事をすませて帰ることができるなら……。

伊戸川がノックをすると、中から吉永の返事が聞こえた。どうやら、スタジオの隅で電話をしていた吉永が、出て行く桜太郎に気づいて控え室で引き止めてくれていたようだ。

「ああ……伊戸川さんと水無月さん……」

ドアを開けてくれたが、その表情は暗い。控え室の中に視線を走らせると、桜太郎はT

シャツの上にジャケットを羽織り、手には荷物を持っていた。

「桜太郎さん、あのっ……少し落ち着きませんか？」

今まさに帰ろうとしている桜太郎を、辻がオロオロと引き止めている。

「なに？　今日は撮影中止って言ったはずだけど」

桜太郎は凄然とした視線を伊戸川に向けてくる。人を撥ねつける眼差しは伊戸川だけではなく、うしろにいた晴香をも萎縮させた。

「水無月が大変失礼な発言をしてしまいまして、本当に申し訳ございませんでした。ただ……今回は大事な興行のポスター撮影ですので、どうかお願いいたします」

謝罪する伊戸川に続いて、晴香も深く頭をさげる。

「桜太郎さんのお気持ちを考えず……申し訳ございませんでした」

（どうか「撮影してもいい」……って言って……！）

晴香は頭をさげたまま目をギュッと瞑《つむ》り、心の中で切々と願う。しかし、願うだけで言ったことをひるがえしてくれるような簡単な相手ではない。

「無理。謝られても、気分が上がるわけじゃないし」

「桜太郎さん……」

吉永のなだめるような声が響く。

すんなりと許してくれるわけがないとわかっていても、頭ごなしに拒否されると悲しくなってくる。それでも、ここは譲れない。

「私の言動が失礼だったことはお詫びいたします。しかし、スタッフ達はずっと桜太郎さんを待ち続けていました。だから、どうしても撮影を再開していただきたいんです……」

なんとしても、撮影をしてもらいたい。そのためなら、なんだってやる。

晴香はその願いがどうにかして伝わらないかと、桜太郎の目をじっと見つめ、下唇を噛みしめた。

「どうしても、ねぇ……」

晴香の必死の形相を見て、桜太郎の上品な唇が意地悪く歪む。なにか企んでいるような表情で、晴香の頭のてっぺんから爪先まで舐《な》めるように見てきた。

「へぇー……いい顔するな」

「え？」

なにを褒められているのかわからず、晴香は目を丸くする。

「じゃあ……とりあえず、三人はここから出て行って。この小さいのとふたりきりにしてよ」

「ふ、ふたりきりって、あの……？」

どうしてふたりきりになるのか、まったく見当がつかない。伊戸川や吉永と辻も戸惑っていたが、これで桜太郎の機嫌が直るなら……とすぐに部屋から出て行った。

（なんで、ふたりきりに……？）

三人が出て行って、桜太郎とふたりきりになった部屋は物音ひとつせず静まり返っている。晴香が身動きできずにいると、桜太郎は持ったままだった荷物を隅に置いた。

「じゃあ、はじめるか」

そう言って、片膝を立ててドサリと畳に座り込むと、後ろ手をついて気だるそうにする。ただ座っているだけだというのに、その姿は美術館に飾られている彫像のように美しく、妖艶さに溢《あふ》れていて、男の色香を漂わせている。

（なにしてもかっこいい……）

こんなときだというのに、改めて人を惹《ひ》きつける桜太郎の天性の魅力を思い知らされていた。

（って……桜太郎さんに目を奪われている場合じゃなかった）

「あ、あの……」

なぜふたりきりにされたのか。わからない晴香は桜太郎に声をかけてみた。しかし、彼はニヤリと口の端をあげ、さらに色香を振りまくだけだ。

「ほら……この状況ならわかるだろ。俺の気分を乗せてみろよ」

誘うかのように目を細め、甘い声で耳をくすぐる。

「気分を、乗せる……？」

桜太郎がなにを言いたいのかわからない。晴香が首を傾げて考えていると、桜太郎は小さくため息をつき、優美な仕草で前髪を掻き上げた。

「俺を誘ってみな……って、言ってんだよ」

晴香はやっと「気分を乗せてみろ」という言葉の意味を理解した。

「さ、誘う……!?　む、無理ですよ……そんな、どうしたらいいか……」

顔の前で右手をブンブンと左右に振る。男性を誘うなんて今までしたことがないのに、できるわけがない。

服を脱ぐ仕草などで誘ってみても、自分ごときに桜太郎が興味を持ってくれるかどうかさえ怪しいと思った。

晴香は男性経験に自信がない。

幼い頃から晴香の理想は、義理人情に厚く、それでいて色気のある男性。小学生の頃に『白浪五人男《しらなみ》』という歌舞伎の演目を見て、そのときにとてつもなく胸がときめいた。それから彼らのような男性に憧れ、理想の恋人としてずっと探していた。

理想と現実の違いに気づいたのは大学生のとき。しかし、歌舞伎くらいしか興味がなかった晴香は、同じ年齢くらいの男性と話が合わず、どうしたものかと思い悩んでいるうちに就職活動も始まって忙しくなり、鶴亀に入社してからも毎日慌ただしくて、結局彼氏いない歴＝《イコール》年齢となってしまった。

そもそも、〝子どもっぽく見られて女性として意識されない〟と過剰に思い込んでいたため、晴香自身も男性に対して関心が薄かった。そのことも、現在まで彼氏ができなかった原因のひとつだろう。

なので、男性経験に自信がない……というより、男性経験がない。

女性としての魅力においても自信があるわけでもないので、歌舞伎界でも色男との呼び名が高い桜太郎を誘うなんて、海老で鯛を釣るどころか、針のない糸を垂らして釣ろうとしているようなもの。無謀なことだ。

「さ、誘うなんて……私には、わかりません……」

無理難題に晴香がたじろいでいると、桜太郎が訝《いぶか》しむようにスッと瞳を細めた。

「なんだ……まだ男を知らないのか。いくつだ?」

「こ、今年の五月で二十三歳になりましたけど……」

稀代の色男は晴香の反応から男性経験がないことを見抜いた。年齢までも聞かれた晴香は、恥ずかしさから赤く染まる頬を隠し、言葉をフェードアウトさせながら俯《うつむ》く。

「二十三で処女か。珍しいな」

桜太郎はバカにした様子もなくサッパリした口調で言う。あぐらをかいて前屈みになると、珍獣でも見るような目つきで晴香の顔を覗き込んできた。

「そ、そういうの……最近では珍しくありませんよ。普通です。それに、出会いがなかったんです、どうしようもないじゃないですか」

学生時代はずっと共学にいたので、出会いがないというのは理想の恋愛を夢見すぎていたことの言い訳でしかない。

晴香が俯いたまま唇を噛みしめていると、桜太郎がゆらりと立ち上がった。ジリジリと距離を詰めてくる気配がして、晴香は顔をあげる。

「桜太郎さん……？」

どうしてこちらに歩み寄ってくるのか。

楽屋の天井にある照明を背にした桜太郎は、端正な顔や引き締まった身体に逆光でハッキリとした影を浮かべながら、晴香の目の前まで来た。

「本当に、男を知らないのか？　……こんなに、いじめがいのある顔してるのに」

身体を寄せてきた桜太郎が、口角をクッとあげる。

「どんな生活を送ったら、綺麗《きれい》な身体のままでいられるのか……教えて欲しいものだな」

晴香をじっと見据えると、噴き出して笑いだした。その笑みは、嘲笑うでもなく、気味悪がっているのでもなく、ただ面白がっているよう。やはり珍獣扱いだ。

「そ、そんなに笑わなくても……」

晴香は恥ずかしくなりながら、自分に身体を寄せたままの桜太郎をどうしたらいいのかわからず、一歩後ずさった。けれど、すぐに踵《かかと》がコツリとドアにあたり行き止まりになってしまう。あとはもう、桜太郎とのわずかな距離が縮まるのを、ただただ待つしかなくなった。

（ドアを開けて逃げようか。でも、そうしたらますます撮影をさせてもらえなくなる……）

晴香がグルグルと考えを巡らせていると、それを遮るかのように桜太郎の長い腕が伸びてきた。

「あっ……」

晴香を閉じ込めるようにトンとドアに手をつく。

（ち、近い……この体勢、どうしたらいいの……！）

思わず息が止まる。顔のすぐ横にあるのは隆々とした筋肉が浮かび上がっている桜太郎の腕。そして、目の前に迫ってきているのは……桜太郎の美麗すぎる顔。

睫毛《まつげ》一本一本がしっかりと太く濃く伸びている。強い意志を宿した瞳に見つめられれば、体温の二、三度は軽くあがってしまう。

（悔しいけど……やっぱり、かっこいい……）

胸がトクリと跳ね上がった瞬間、桜太郎は鼻と鼻がくっつきそうなほど顔を寄せてきた。唇がいまにも触れてしまいそうだ。

「男を知らないなら……俺が教えてやるよ」

熱い吐息が唇をかすめる。その生温かさに肩を震わせた瞬間、唇がふっくらと弾力があるもので塞がれた。

「んっ……んんっ……!?」

キスをされている。唇が触れたとほぼ同時に認識したが、突然のことに驚きすぎて拒むことを忘れてしまった。

(わ、私……お、桜太郎さんとキスしてる……!?　えっ、ちょ、ちょっと……なんで……!?)

晴香にとっては初めてのキスだ。しかし、ファーストキスを奪われたショックよりも、キスの理由が見出せず頭の中は混乱に襲われていた。

(とにかく、離れてもらわないと……!)

なんとか抵抗しようと桜太郎の腕をポカリと軽く叩いてみるが、その手は簡単に制され、手首を取られてドアに押さえつけられてしまった。

その間にも桜太郎のキスは止《や》まず、それどころかさらに深くなる。

「んんっ……!」

唇で唇をカプリと何度か食《は》まれ、濡《ぬ》れた舌でトロリと舐め上げられる。くすぐったいようなじれったいような疼《うず》きが胸の奥から湧き上がってきて、身体が熱くなっていくのがわかった。

「ほら……少しは応えたらどうだ？」

唇を離した隙に桜太郎が晴香を煽《あお》る。しかし、どうしたらいいかわからない。依然として唇を固く引き結んでいると、桜太郎は舌を無理矢理ねじ込んできた。

「ふぁっ……ぁんっ……！」

口腔《こうくう》に入り込んできた舌は、クチュリと水音を立てながら晴香の舌を絡め取った。きつく吸い上げられ、感じたこともない刺激が全身を走りぬける。

獰猛《どうもう》に口内へ侵入してきた桜太郎の舌は、巧みに動き回り、晴香の舌の上を擦り上げ、口蓋を舌先でくすぐっていく。その甘く扇情的な行為に晴香は肩をピクンと跳ね上げた。

「んぅっ……！」

この状況をどうにかしたい……そう思うのに、身体の力は抜けていくばかり。思考が蕩《とろ》けていき、桜太郎が角度を変えて口付けるのを受け止めてしまう。

（このままじゃ……ダメ……っ）

必死に理性を呼び戻そうとするのに、力が抜けた晴香は膝からくずれ落ちそうになっていた。後ろ手をついて身体を支えようとすると、ドアがカタリと音を立てる。

「っ……お、桜太郎さんっ……も、もうっ……！」

外には伊戸川や吉永、それに辻もいるはず。こんなに長い時間ふたりきりでいたり、怪しい物音を立てたりしていては、なにをしているのかと疑われてしまう。

晴香は奪われていた理性を奮い立たせた。

「もうっ……やめてくださいっ」

桜太郎の胸板をトンと押し返す。渾身《こんしん》の力を込めたつもりだったが、じゃれついていると勘違いされてもおかしくないほどの力しか出なかった。息は上がっているし、身体は火照っている。「やめて」というには、あまりにも説得力がない。

しかし、桜太郎はドアから手を離すと、晴香を囲うことをやめた。

「やめて、か……どの口で言ってるんだか」

呆れたように言い放ち、冷たく見下ろしてくる。その視線に桜太郎をさらに怒らせてしまったと悟り、晴香の胸は不安からドクドクと大袈裟なほど大きく音を立てた。

「俺を誘うことはできないし、キスに応えることもできない……なのに、拒否は一人前にできるんだな」

「もっ……申し訳ありません……でも、いきなりキスなんて……」

突然迫ってくるのは人として間違っていると思う。

撮影をしてもらうために、桜太郎になんとか心境を理解してもらおうとすると、彼はクルリと身体を翻して晴香に背を向けた。

「二十三歳の処女は身持ちが堅いな……出し惜しみしてたら貰《もら》い手がなくなるぞ」

「す、すみません」

余計なお世話だと内心で言い返しながら謝る。

「けど……まぁ、感度は悪くないみたいだ」

「か、感度!?」

なにを言いだすのかと晴香は声をひっくり返した。

感度が悪くないと言われても、それが良いことなのか、そうでないのかすらわからない。

男性と触れ合ったこともないし、キスだって今が初めてだ。

（でも……桜太郎さんのちょっとした動きがくすぐったくてたまらなかった……）

桜太郎の舌が口内を弄ると、身体中に電気が流れているのかと思うほどビリビリとした刺激に襲われた。桜太郎はそのことを言っているのだろうか。

考えていると桜太郎はおもむろにジャケットを脱ぎ始めた。着ていたTシャツもなんの躊躇《ちゅうちょ》もなく脱ぎ払い、上半身を露わにする。

日ごろの稽古と、重たい衣装を着て一か月もの舞台をやり通しているうちについたのであろう筋肉は、引き締まっていてしなやか。美しい背中につい目を逸らすこともせず見惚《ほ》れていると、晴香はハッとあることに気づいた。

（ま、まさかこれから……キス以上のことをしようとしてるの？）

上半身裸になった桜太郎はついにズボンも脱いでしまう。グレーのボクサー型の下着が見えて、晴香は慌てて彼に背を向けた。それだけではなんだか落ち着かなくて、ギュッと目を瞑ってしまう。

（ま、まずい……キス以上のことはさすがにできないよ……！　けど、逆らって怒らせたくないし……）

晴香がこのままどうなるのかと考えを巡らせていると、耳には衣擦れの音が聞こえてきた。

そろりと振り返り、片目を開けて桜太郎の様子をうかがう。すると、彼は恵比寿屋の役者文様である、格子の柄に「釣」と「鯛」の字が勘亭流の書式で描かれている浴衣を羽織っていた。

「桜太郎さん……？」

簡単に着付けた浴衣を帯から上は脱ぎ、上半身をむき出しに鏡台の前に敷かれた絨毯《じゅうたん》の上にあぐらをかく。鏡台には舞台と同じ化粧用の道具が揃《そろ》っていた。

「顔をする」

「え？　じ、じゃあ……？」

〝顔をする〟とは、歌舞伎の世界では化粧をするということ。つまり、これから顔に歌舞伎用のメイクを施すということだ。

浴衣に着替えたのは、化粧をしたあとに着替えやすくするため。歌舞伎の公演のときも、役者は同じような格好をしている。

「お前の感度はこれから楽しみだからな。今日はそれに免じて撮影させてやるよ」

鏡越しに色っぽい笑みを向けられ、その表情とは対照的にスッキリと気風の良い口調で言われる。その口跡の良さはさすが「十代目・香之助」と言わざるを得ない。

桜太郎は羽二重《はぶたえ》を頭につけると、下地である鬢付《びんつけ》を手に取って練りあげ、顔や首、背中に薄くのばしていく。次に眉毛が浮き上がってこないように石ねりという硬い鬢付油で寝かせつけ、肌色のドーランを重ねた。

それから、年代ものの器に入った水白粉を刷毛で首筋に塗り、分厚いスポンジを使ってはたきながら水分を取り、均等に伸ばす。顔の下半分を塗り終えると、鼻筋に白粉の線を入れ、さらに作り込んでいく。

「鳴神だから二本隈《くま》だな……かつらもちゃんと後シテになってんだろ？」

鏡越しに見える手際の良さに惚けていると、顔を真っ白に塗り終えた桜太郎に尋ねられた。

「もちろんです！　衣装もぶっ返りのあとの火焔《かえん》模様をご用意しています」

後シテとは後半の主人公という意味。前半のことは前シテという。今回の鳴神は後半に、衣装が〝ぶっ返り〟という演出で白無垢《しろむく》から炎の模様が入ったものに早がわりし、それに合わせてメイクやかつらも前半とは違うものになる。

（よかった……撮影、受けてくれるんだ）

ただ翻弄されるがままのキスで、桜太郎が気分をよくしてくれたとは思えない。それでも、撮影が無事再開されることを嬉しく思う。

目の前の鏡に映っている桜太郎は、筆で水紅を取ると先を目頭に置いた。下まぶたから目尻に向けて滑らせ、豪快に上へ跳ね上げて一本の赤い隈を取る。次に筆を移動させると、眉尻からさきほどの隈と平行になるように二本目の隈を取った。

手つきは鮮やかで素早く、仕上げに黒のドーランで眉を描くと、勇ましい鳴神の顔が出来上がった。

（あっという間に鳴神……ああ、やっぱり桜太郎さん、鳴神の隈取が似合うなぁ……）

元々凛々しい目つきの桜太郎だったが、より際立って男らしく豪胆に見える。晴香は目を奪われ、控え室から出て行くことをすっかり忘れて立ち尽くしていた。

「おい、小さいの」

「えっ、あっ……はい！　す、すみません！　すぐに出て……」

「違う。着替えるから辻を呼べ」

桜太郎の手には、用意していた鳴神の衣装があった。

「わ、わかりました。呼んできます！」

晴香が廊下へ出ると、三人ともドアのすぐ側で立っていた。キスされていたときも、一枚の壁越しにいたのかと思うと、急に恥ずかしくなる。

「水無月さん！　どうなったの!?」

伊戸川が不安げにたずねてくる。

「あ、あの……」

晴香が説明しようとすると、部屋から「おいっ、早くしろ！」と急かされた。

「と、とりあえず辻さん……桜太郎さんの着替えを手伝っていただけますか？」

慌ててお願いすると、三人は同じように目を見開いて驚く。

「えっ、わっ……わかりました！　桜太郎さん、入ります」

辻はアタフタしながらも、手伝いをするためにすぐさまドアをノックして中へ入った。

「ちょっ、ちょっと水無月さん……今の〝着替え〟って、どういうこと？　桜太郎さん、撮影させてくれることになったの!?」

伊戸川は信じられないとばかりに晴香の両腕を掴《つか》み、顔を覗き込んできた。

「は、はい。そのようです……」

「どうやって桜太郎さんの機嫌直したの!?　あの人、一度言いだしたら本当に頑固で……絶対貫き通すのよ。今まで損ねた機嫌を直した人なんて見たことないんだけど！」

よほどありえないことが起こったのか。興奮気味の伊戸川に身体を揺さぶられ、頭がガクガクと前後に動く。

「マネージャーの僕でもなかなかできないのに……なにか、桜太郎さんをその気にさせるようなことでも言ったんですか？　コツがあったら教えてください」

吉永も食らいつくように聞いてくる。

そんなことを言われても、晴香もなにがなんだかわからない。簡単に説明するならば、色仕掛けで手玉に取って……というより、処女という恥を知られた引き換えに……といったところだ。……それは、できれば伊戸川達に知られたくない。

「わ、私もどうして撮影してくれることになったかわからなくて……」

「わからないって、なにかしたんじゃないの？」

「な、なにか……ですか？」

まさか、キスされたことを知っているのか。いや、そんなはずはない。勘ぐる伊戸川に少しだけ焦る。もっとも、こちらからキスをしたわけではないので、色男の桜太郎に悪戯で……ということで済まされるのかもしれないが、なんとなく言いづらかった。

「私は特になにも……」

言葉を濁していると、控え室のドアが少しだけ開く。晴香は息を呑《の》んだ。このドアから出てくるのは、鳴神の姿に変貌した桜太郎なのだ。

（いよいよ……桜太郎さんが鳴神に……！）

伊戸川と吉永も話をやめ、ドアに集中する。その目は期待に満ち溢れていた。

さきに出てきたのは辻で、そのすぐあとに毛を逆立てた毬栗《いがぐり》のかつらをつけ、白地に金の縁取りがされた火焔模様の衣装を身に着けて、鳴神となった桜太郎が出てきた。この様相は高貴な鳴神上人が雲の絶間姫に騙され、怒り狂う様を現している。

（舞台に立ってないのに、もう鳴神にしか見えない……！）

荒々しくも男気に溢れ、雄渾《ゆうこん》な姿に一気に目を奪われる。桜太郎にだけスポットライトが当たっているようだ。

「伊戸川さんも吉永さんも、コイツがなにしたか……気になってるみたいだな」

興奮したふたりの声が大きかったらしく、中まで聞こえていたようだ。桜太郎の問いかけに、伊戸川は「はい」とおずおず頷いた。

（まさか……キスのこと、言わないよね？）

晴香が渇いた喉で唾を飲み込んでいると、桜太郎がチラリと横目で見てきた。鳴神のメイクが施された流し目は色っぽく、晴香は瞬時にキスの刺激を思い出してしまった。

「コイツに、ちょっと手ほどきしてやってただけだ」

「手ほどきですか？」

意味ありげに微笑む桜太郎に、伊戸川が不思議そうにたずね返す。嫌な予感がした晴香は、慌ててふたりの話を遮った。

「あっ、あの……し、しっかり謝罪させてもらったんです！　桜太郎さんに、社会人としての手ほどきをしていただいて、ね」

（どうか話を合わせて……！）

晴香は願うように瞳を潤ませながら桜太郎を見上げる。本当は睨《にら》みつけたいくらいだったが、これ以上怒らせるわけにもいかないので、なんとか堪える。彼は晴香のことを、まるで縋《すが》りつく小動物を軽くあしらうみたいに、鼻で笑った。

「ったく。ホント、いじめたくなる顔してるよ」

「うっ……」

桜太郎の意地悪な笑みに、晴香は背筋に悪寒が走るのを感じた。

「伊戸川さん、コイツには、たっぷり詫びてもらっただけだ。彼女らしくね」

桜太郎はそれ以上取り合わないとばかりに、右手を振って歩き出した。堂々とした後ろ姿は鳴神そのもので、どっしりとした貫禄《かんろく》がある。

「詫び、ねぇ……水無月さん、本当に謝っただけなの？」

「は、はい！　真摯に謝罪しただけです」

伊戸川はまだ納得しきれていないようだったが、晴香は引き攣《つ》る作り笑いでかわす。そして、桜太郎のあとを歩く吉永と辻に続き、伊戸川と晴香も大勢のスタッフが待っているスタジオへ向かった。


撮影は無事に終わった。

スタッフも安堵の息をついて片付けを終え、晴香と伊戸川もそれを見守ったあと、もう一度スタッフ達に頭をさげてから、晴香は本社へ、伊戸川は歌舞伎座へ戻ることにした。

「しっかし、水無月さん……すごいのね」

それぞれ戻る場所は違うけれど、本社と歌舞伎座は歩いて五分くらいのところにある。電車の中で並んで座ると、伊戸川が感心したように呟いた。

「え、な……なんのことですか？」

「あの桜太郎さんの機嫌を直したうえ、やる気にさせてあんなにかっこいい写真を作りあげるなんて」

スタジオに戻った桜太郎は、カメラ越しにも気迫が伝わってくる表情で、次々にいい写真を撮られていた。それは、遅刻してきたときに感じた〝前途多難〟という気持ちを吹き飛ばし、公演への期待を煽り立てるものだった。

「私じゃ、ああはいかないわ。ホントにすごい」

話を続けていた伊戸川はなおも晴香を褒める。よほどありえないことだったらしい。

「そ、そう……ですか？」

（キスはされるままだったし、写真については桜太郎さんが元々かっこいいからだと思うけど……）

晴香が曖昧な返事しかできずにいると、伊戸川はなにかひらめいたとばかりに「そうだ」と声をあげた。

「水無月さん、桜太郎さんの担当になってよ」

「えっ、た、担当って……私は今回、パイプ役として担当である伊戸川さんのお手伝いをするだけの予定ですよ!?　それにまだ入社一年目ですし……」

戸惑う晴香に、伊戸川は満面の笑みを浮かべる。柔和に見える笑みの裏に、反論を許さないという強引さを感じるのは晴香の思い違いだろうか。

「とりあえずこの公演だけ、お手伝いと担当を逆転してみましょう。私がついているし、大丈夫。一年目から貴重な勉強ができるのよ、やってみたくない？」

「勉強にはなりますけど……私でいいのか不安があって……そもそも、私は宣伝部じゃなくて制作部ですし」

晴香の口調が重たくなっていると、伊戸川はその不安を吹き飛ばすかのようにカラカラと笑った。

「大丈夫、大丈夫。マネージャーの吉永さんも付き人の辻さんもいるんだから。それに、大御所の役者さんなんて部署関係なく担当を指名してきたりするのよ。しかも、美人じゃなくてイケメン」

伊戸川は最後のひと言だけ、意味深に声を潜めた。

「い、イケメンですか……」

（歌舞伎界にそういった嗜好の人がいることは知っていたけど……）

晴香がまだ煮え切らずにいると、押し切るように伊戸川が肩をポンと叩いた。

「制作部には、本社の宣伝部の部長から話をつけてもらうよう、私が手配するから。なにも不安に思うことはないわ。やってみましょう」

「は、はぁ……」

こうして半ば強引に、桜太郎の担当として『香之助襲名披露公演』に携わることが決まった。

そのあと、伊戸川と別れて事務所に戻った晴香は、仕事の報告書をあげて帰宅することにした。人が少なくなった事務室で、デスクに置いていたスマホをバッグにしまおうとしていると、手の中でそれが短くブルッと震える。

画面を見ると、同期で歌舞伎座の劇場案内係として働いている宝井里実《たからいさとみ》からＳＮＳでメッセージが届いていた。

【お疲れ！　まだ仕事してる？　よかったら、ウチに来ない？】

里実の家は鶴亀の事務所の近くで〝たから亭〟という洋食屋をしている。主にランチをメインとしているため、夜はこのあたりの飲食店では早いほうである二十時に閉める。晴香はよく閉店後の店で夕食をごちそうになっていた。

【お疲れさま。今、仕事終わったから、これからお邪魔するね！】

素早く返信すると、里実の家まで軽い足取りで歩いた。

会社から徒歩五、六分のところにある里実の家は、彼女の父親が三代目。オレンジ色の屋根に白い壁、恐らく名字が由来だろうと思われる〝たから亭〟と店名が彫られた木製の看板はレトロで年代を感じさせる。昔ながらのメニューは変わらない美味しさで評判が高く、お昼時は満員で行列ができるほどだ。

「お邪魔します……」

〝close〟の看板が掛けられているドアを開け、照明がひとつしかついていない薄暗い店内へ足を踏み入れる。カランコロンとカウベル風のチャイムが静まり返った店内に響くと、奥からパタパタと足音が聞こえてきた。

「あ、お疲れ！　今、グラタン作ってもらってるから……いつもの席に座ってて」

キッチンからひょっこりと顔を覗かせたのは、奥二重の瞳に小さな鼻と愛らしい唇をした和装が似合いそうな顔立ちの里実だった。

Tシャツにスウェットという部屋着で出てきた彼女は、黒髪のボブをサラリと揺らし、入ってきたのが晴香だということを確認して、また奥へと戻って行った。

晴香は里実に言われた通り、いつも座っているカウンター近くの二人掛けテーブル席に腰掛ける。荷物を置いてひと息ついていると、間もなくふたり分のグラタンを持った里実が、ペタペタとサンダルの足音を立てながらやって来た。そのうしろには里実の父親が立っている。

「晴香ちゃん、いらっしゃい。ゆっくりしていきな」

「はい、いつもありがとうございます」

晴香が頭をさげると、にっこり微笑んで頷いてくれた。

「里実、あとの片付けは頼んだぞ。前は戸締まりを忘れてたからな……いいか、鍵をかけたあとはちゃんと確認して……」

「はいはい、わかったから。お疲れさまぁ」

父親が注意するのを遮るように、里実は手を振って送り出す。彼女の父親は肩をすくめながら隣に建っている自宅へ去って行った。

「お父さん、いっつもうるさいんだから……ほら、冷めないうちに食べよ」

「うん、いただきますっ！」

晴香は弾む声を上げて手を合わせた。目の前にはほっこりと心が温かくなるような湯気と匂いを立ち昇らせているグラタン。こんがりと焼け目がついた表面へ、フォークをサクッと割り入れて、ひと口分掬《すく》い取る。チーズは柔らかくてよく伸び、トロトロのホワイトソースはマカロニや小エビとよく絡んでいた。

「んーっ、美味しい。さすが、銀座で三代続いてるたから亭だけあるね」

「大袈裟だよ。お父さんの前ではあんまり褒めないでね。すぐ調子に乗るから」

そう言いつつも、里実もどこか嬉しそうな顔をしている。その表情を見て親子の仲の良さを感じ、胸がじんわりと温かくなった。

「あっ、それより今日ってさ、桜太郎さんのポスター撮影だったんでしょ!?」

閉店してふたりしかいない店内では、話を誰かに聞かれることを気にせず、仕事の会話が存分にできる。ふたりは入社してから、ここで日頃のストレスを発散していたといっても過言ではない。

「そうそう、生の桜太郎……すっごくカッコよかった……!」

メイクした顔はもちろんのこと、素の表情も凛々しくて色気が漂い、本当に美しかったと思い返す。

「そういえば……私、桜太郎さんの担当になっちゃったんだよね……たぶん、今回の公演だけだと思うけど」

「えっ!?　だって、宣伝部と制作部のパイプ役として、勉強のために先輩のお手伝いにつくって言ってなかったっけ?」

仕事のことをすべて話している里実は、驚きながら首をひねる。

「それがさぁ……桜太郎さんを怒らせちゃって。その機嫌を偶然直したばかりに……」

「なにそれ。機嫌を損ねた原因も、直した原因も晴香だってこと?」

里実は眉根を寄せて疑問を露わにする。晴香は最初から桜太郎との経緯を説明することにした。

ずっと彼氏がいないことは知っているので、なにも隠す必要はない。キスのことも、桜太郎の悪戯ということを強調して話した。

「キスって……あっ、あ、あのっ……あの桜太郎と⁉」

さすがに驚愕《きょうがく》したらしく、動揺で尋常じゃないくらい声が震えている。

それもそうだ。歌舞伎好きな人間からすれば阿部家の御曹司なんて雲の上……いや、天の上にいるような人物だ。

「本人は手ほどきとか言ってたけど……絶対、わたしをからかったんだよ」

いじめたくなるとか言っていたし、二十三歳の処女がどんな反応をするのか、色男の血が騒いで、試してみたかったんだと思う。

「遊び人と名高い桜太郎だもんね……興味本位っていうのはありえるかも。人の初めてを奪うなんてヒドイけど、一生の思い出にはなるなぁ……一度くらいされてみたいかも。晴香がちょっとうらやましいよ」

「えーっ、里実……そんな軽いタイプだったっけ？」

里実も晴香と同じく、彼氏いない歴＝年齢。女子高に通っていたため、男性と知り合う機会がなく、就職してからも仕事が忙しくてそれどころではなかったらしい。

真面目な彼女が強引なキスを「うらやましい」と言うとは思わなかった。

「ほら〝ただし、イケメンに限る〟っていう言葉があるじゃない。わたしなんてキスもまだだし、イケメンから手ほどき受けたいよ」

里実は小さい口を尖《とが》らせ、フォークでグラタンをいじる。

「そんな優しいものじゃなかったよ……」

あまりにも突然のことに、泣くことも怒ることもできなかった。ただビックリしていると、撮影が再開してもらえることになって、なにもかも一気に吹き飛んでしまっていた。

「でもさ、そういう経験……早く捨てないと。なんかの雑誌で読んだんだけど、私達くらいの年齢の処女って、男性から重たいって思われるらしいんだよね」

「えっ、そうなの⁉」

(桜太郎さんにも〝貰い手がなくなる〟とか言われたんだった……あの人は面白がってたみたいだけど、普通の男の人は嫌がるのかな……)

晴香は悶々《もんもん》としながら、グラタンを頬張った。

なんとなく大人になってからの処女は引かれると思っていたけど、やっぱりそうだったかと改めて痛感する。とりあえず、吉永と辻に知られなくてよかったと胸を撫《な》で下ろした。

向かいの里実は水を飲むと「話、戻るんだけど……」と切り出してきた。

「桜太郎さんってわがままな御曹司って感じだよね」

「うん、そう。なんで、あんな感じになったのかなぁ……」

世間知らずなのはなんとなくわかるけれど、御曹司だからこそ周りに気を配るべきなのではないかと思う。

「あー……それはわかるよ。わがままになる原因」

里実はグラタンの最後のひと口を食べると、フォークを空のグラタン皿に置き、晴香を見た。

「劇場の案内してるとさ、たまにチビッ子の……将来有望な歌舞伎界の御曹司が来るんだ。そういう子が、劇場の廊下を好き勝手に走り回って、転んだりするの。そしたら、慌てて大人が駆け寄って来て〝大丈夫？〟〝痛くない？〟って何度も確認するんだよね」

劇場の床は廊下も含めて、ふかふかの絨毯が敷かれている。少し転んだくらいでは青あざも擦り傷もできやしない。

確かに、大袈裟と言われれば大袈裟だけど、それでも親としては子どもが転べば心配するだろう。

「小さいときから稽古はしてるし、舞台に立っている子もいるから、足を捻ったりしてないか気になるんじゃないの？」

晴香が状況をよくわからずにフォローすると、里実は苦笑して肩をすくめた。

「まぁね……でも、人数が多いのよ。七、八人も駆けつけるんだよ。大人がひとりふたりいれば十分だと思うんだけど。だから〝大人はみんな自分を心配してくれる〟〝言うこと聞いてくれる〟……って勘違いしちゃうんじゃないかなぁ。……なんて、晴香の話聞いて て思ったりしちゃった」

「御曹司のわがままっぷりは、そういうところから来てるのか……」

里実の話に、晴香も妙に納得していた。

グラタンを食べ終え、水を飲みながら、頭に桜太郎を思い浮かべる。彼の自己中心的な性格は、小さいときからのものだったのだ。

「でも、そんな御曹司像を壊してくれるのが……市太郎《いちたろう》よね！」

里実はテーブルの上に肘をつき、両手を合わせて目を輝かせた。天井を見上げ、まるでそこに愛しい人の顔があるかのようだ。

里実が言う市太郎とは、桜太郎と同じ二十九歳の歌舞伎役者。芸名を坂井《さかい》市太郎と言い、若手の女形では人気も実力もずば抜けて高く、桜太郎共々将来が期待されているひとり。

代々女形の家である大月屋《おおつきや》の御曹司でありながら、悪い噂《うわさ》も評判も聞かず、素行の良さだけが聞こえてくるお手本のような御曹司だ。

「市太郎さんなら今回の襲名披露公演にも出るよ。鳴神では雲の絶間姫もやるんだから」

「えっ、あの市太郎が妖艶な絶間姫になるの!? うわっ……たまらなぁい……」

里実は甘い声を出し「ほぅ……っ」と、熱っぽい吐息をつく。

市太郎は可憐《かれん》さも妖艶さも演じられる器用で美しい女形。しかも、相手役は歌舞伎界の未来を背負っていくであろう阿部桜太郎。次の公演は、歴史的な公演となってもおかしくないはずだ。

「どんな公演になるのか……楽しみだよね」

晴香も里実と同じようにテーブルに肘をつき、瞳を輝かせながら天井を見上げた。

桜太郎とはひと悶着あったし、キスまでされてしまったけれど……やはり公演は楽しみだ。その気持ちだけは、変わらなかった。

第二章：危険な約束

「水無月さん、ちょっといい⁉」

ポスターの撮影から一週間後。晴香が演劇制作部で次の公演の演目について調べていると、興奮気味の伊戸川がやって来た。その手には、一枚のチラシが握られている。

鶴亀は歌舞伎座の近くに十八階建てのビルを構えている。三階には映画館を備えていて、演劇制作部は十階に入っている。歌舞伎座の宣伝部に所属している伊戸川は、わざわざ本社まで歩いて来てくれたのだ。

晴香は、桜太郎の『香之助襲名披露公演』については宣伝部とのパイプ役も兼ねて担当になったけれど、その仕事が入っていないときは演劇制作部として通常の業務をこなしている。先輩の配慮で仕事量を少なくしてもらっているので、新人の晴香でもなんとか片づけられていた。

「伊戸川さん、どうしたんですか？」

「これ、見て。まだラフの段階なんだけど、すごくイイものができたの」

そう言って、伊戸川は手にしていたチラシのラフを晴香に見せた。そこには、演目と出演者の説明とともに、撮影した『鳴神』の姿で見得を切る桜太郎と、数年前に公演した『暫』の主人公の姿で大太刀を持っている桜太郎の姿が載っていた。

「わっ……どっちも素敵ですね。凛々しくてすごくいいです！」

どちらもいい表情をしているが、特に鳴神は迫力があって勇ましさに溢れている。

「ポスターはこれよりも五、六倍大きいから、もっと見応えがあってすごいのよ。これを見たら、桜太郎ファンは発狂するわね。筋書きの売れ行きもよくなるかも」

筋書きとはパンフレットのことで、公演の写真や演目の説明、歌舞伎の歴史や役者のインタビューなどが載っているもの。写真については、最終的にはそのときの公演のものを使うが、初日からしばらくはその演目の浮世絵が使用されている。

写真付の筋書きは、公演が数回行われ、写真が撮れたところで完成する。初日に来た見物人は浮世絵の筋書きしか手に入れられないが、それはそれでレアでもあり、歌舞伎鑑賞のひとつの楽しみともなっている。

ウキウキと弾むように話している伊戸川に、晴香も嬉しくて頰が綻んだ。

「ホント、いいチラシになりましたね。ラフということは、このままチラシにならないんですか？」

「まぁ、ほぼこのままの予定だけど……桜太郎さんにもこの段階で確認してもらわなくちゃけないの。本人の了承は大切だからね」

桜太郎が納得しなければチラシやポスターにすることはできない。作成したあとに「あれではダメだ」と言われれば、大変な修正作業となってしまう。

「今日、午後から雑誌のインタビューと撮影があるでしょ。そのときにラフを確認してもらってきてくれない？」

「そうですね。わかりました」

伊戸川はべつの仕事が入っていて一緒に行けない。晴香も雑誌の撮影などで担当外の役者に立ち会った経験があり、今回はマネージャーである吉永も付き添ってくれるので、元々ひとりで行く予定となっていた。

「ありがとう、またなにかあったら連絡して。じゃあ、よろしく頼むわよ。担当さん」

伊戸川は晴香の肩をポンと叩くと、励ますように微笑んで演劇制作部の事務室を出て行った。

（担当かぁ……頑張ろう）

荷が重いとばかり思っていたけれど、自分が成長したようで少し嬉しくなっていた。

桜太郎がインタビューされる雑誌は三十代の女性をターゲットにしたファッション誌。読者からすると二十九歳の桜太郎は年下になる。しかし、思わず見惚れてしまうほど美しい容貌もさることながら、傍若無人・得手勝手といえる性格も気風のよい男らしい性格と見方を変えると、年上女性からも魅力的に見えるようだ。

なによりイケメン御曹司ということで、歌舞伎を知らない人々からも認知されていて、年齢問わず多くの女性を惹きつけている。

「お世話になります、鶴亀の水無月晴香です。よろしくお願いいたします」

出版社のスタジオに早めにやって来た晴香は、今回の企画の担当者や実際にインタビューをするライターと、最終的な打ち合わせをすることになった。マネージャーの吉永もそれに付き添う。桜太郎は稽古のあと、辻の運転でこちらにやって来る手筈《てはず》となっていた。

撮影のセットが組まれている場所から少し離れた、照明が落とされて暗がりになっている控えの場所に向かう。パイプ椅子がいくつか並べられていて、会議室でよく見かける長机もあり、ペットボトルのお茶や水などが十本ほど置かれていた。

「こちらこそ、よろしくお願いします。今回は取材をお受けいただきありがとうございます。十代目・香之助を襲名する桜太郎さん。注目度も抜群ですし、歌舞伎を見たことがない方も興味を持つと思います。歌舞伎界の繁栄につながるよう、こちらも協力させていただきます」

白のブラウスにカーキのブルゾンを羽織った企画担当の女性は、ペールオレンジのグロスが塗られた唇ににこやかな笑みを浮かべて晴香に挨拶をした。ネックレスや腕時計などのアクセサリーもお洒落《しゃれ》で、さすがファッション誌の編集者だと感心する。

対する晴香は、水色のストライプのシャツにネイビーの膝まであるタイトスカート。もちろん足元は七センチヒールだが、子供っぽさを気にしすぎて、いつも無難な格好になる。しかし、仕事だからそれで十分だ。

「桜太郎さんは歌舞伎界の将来を担う素晴らしい役者のひとりです。ぜひ、彼の魅力を伝えていただければと思います」

晴香が要望を伝えると、隣にいた吉永が「よろしくお願いします」と口を添えた。

「もちろんです。こちらこそお願いします。ではどうぞ、そちらにおかけいただいて……」

編集者に促され、彼女と長机を挟んで対面するように、晴香と吉永が並んで座った。

「早速ですが、今回の企画の最終的な確認をしていただきたいと思います。これが修正を行いました企画書です」

晴香は差し出されたA4サイズのレジュメを受け取り、パラリと捲《めく》る。修正点がきちんと反映されているか、桜太郎のためになる質問か、吉永とともにひとつひとつチェックした。

一通り見終えてから、気になる点を聞くことにした。

「あの、やっぱり女性関係の質問が多いような気がします。前より減らしていただいたとは思いますが……初めて女性と付き合った年齢やファーストキスについて、デートの場所などは必要ないように思われます」

企画書は一番初めに企画をもらったときに確認をしていた。そのときから気になっていて、女性関係の質問を少なくして欲しいとお願いしていたのに、あまり変更が見られない。

「うーん、私は歌舞伎役者の方のプライベートを知ることができる貴重な機会なので、いいと思ったんですが……それがわかれば身近にも感じられますし。それに〝女は芸の肥やし〟という言葉もありますよね。桜太郎さんに色気を感じるようになって、より彼自身に興味を持ってもらえますよ」

編集の女性には、彼女なりの考えがあるようだ。その隣には、晴香が資料を見ている間にやって来た、ライターの女性が座っていて、うんうんと頷いている。

「そうですかねぇ……」

桜太郎は週刊誌でもよくネタにされるほど女性関係の話題が尽きない。その色男ぶりは歌舞伎界、いや芸能界随一とも言われるほど。だからそういったネタが世間の注目を集める。

編集者はいろいろ考えたのかもしれないが、晴香には雑誌を売るために女性関係の質問を入れたように思えてしまう。

今回は歌舞伎を世に広める一貫として、襲名披露公演の宣伝も兼ねてインタビューを受けることにしたので、あまりにも下世話な質問は避けたい。この仕事で桜太郎の印象を悪くするわけにはいかなかった。

（ファッション誌で歌舞伎役者が取り上げられることなんて珍しいし、面白いと思ったけど……結局こういうゴシップ的な内容になっちゃうのかな）

やるせなさからつい肩を落としてしまう。

「きちんと歌舞伎に絡めていただけますか？」

「大丈夫です。そのあたりは桜太郎さんの様子を見ながらきちんと質問をしますので」

ライターが自信満々に胸を張るので、晴香は不安を覚えつつも了承した。

それから十五分ほど経ち、桜太郎がやってくるはずの時間となった。しかし、彼の姿はどこにもない。

スタッフ達がそわそわし始め、連絡はついているのかどうかと話している。マネージャーの吉永はさきほどから、迎えに行っているはずの辻に電話をかけていた。

「あ、吉永さん！」

スタジオを出ていた吉永が戻って来る。その表情は暗い。

「どうでした？　辻さんに連絡はつきましたか？」

「それが、運転中みたいで……稽古場にも確認してみましたが、辻さんが迎えに来たけど、そのあとはわからないって……」

「そうですか……」

吉永の言葉に、晴香も浮かない表情になる。

（まさか……今回も遅刻？）

すでに予定の時間を十分過ぎているので遅刻は遅刻だが、桜太郎ならこれくらいは時間通りの範疇《はんちゅう》だ。

（今、現れてくれたらまだ許してもらえるんだけど……）

ハラハラしながら待っていると、にわかに出入り口から声が聞こえた。

「桜太郎さんがいらっしゃったので、これからメイクに入ります！」

若い男性のスタッフがスタジオ内に響き渡る声で言うと、みんなが安堵の息をついた。

（よかったー……）

晴香も胸を撫で下ろす。とりあえず、前回のように怒声が飛び交うことは免れた。

桜太郎のメイクが完了するまで、用意されたイスに座っていると、桜太郎の付き人である辻が慌てた様子でやってきた。

「お疲れ様です、水無月さん。すみません、渋滞していて……連絡を取ろうとしたら車が動き出すし。間に合うかと思ったんですが、やはり遅れてしまいました」

「いえ、それよりあとで私と吉永さんと一緒に、スタッフさん達にお詫びしましょう」

ポスター撮影のときは鶴亀のスタッフ達だったから待ってくれたけれど、歌舞伎との関係が薄い出版社であれほどの遅刻をしたら、きっと呆れられてスタッフもとっくに撤収していただろう。

今回だって、桜太郎が新人俳優なら速攻切られていたはずだ。大企業の社長が贔屓筋にいて、いろんな有名人やテレビ局、はたまた政治家とも繋《つな》がりがある、歌舞伎の名門・阿部宗家の御曹司だからこそ、許してもらえている。

「あ、そうだ……今回の企画の内容ですが……」

辻にも企画の内容を伝えておこうと企画書を見せていると、スタッフ達が慌ただしく動き始めた。桜太郎の準備が整ったようだ。

「阿部桜太郎さんが入られます。よろしくお願いします」

スタッフの大きな声が響き、間もなく海外ブランドのスーツを身に纏《まと》った、桜太郎が現れた。インタビューはスーツで行い、グラビアの部分は着物に羽織を着た姿で撮影する予定となっている。

照明を撥ね返す艶のある黒髪はいつもの通り前髪を横へ流し、よく磨かれた革靴で颯爽《さっそう》と歩いてくる。堂々とした態度はランウェイを歩くモデルみたいで、その洗練された姿にスタッフの誰もが目を奪われていた。

（私、あんなかっこいい人とキスしたんだ……）

桜太郎の薄紅色に色づいている形のよい唇を見て、つい強引に口付けられたことを思い出してしまう。しかも、処女であることまで知られてしまったのだ。

（うーん……改めて考えると、里実が手ほどき受けたい、なんて言ったのもわかるかも……って、なに考えてるんだか！）

ひとりで思い出して赤面していると、桜太郎が晴香の目の前で足を止めた。背の高い桜太郎は、身長差が三十センチほどある晴香の顔を、腰を屈めて覗き込んでくる。彼が身に着けているのか、グリーン系の爽やかな香りがふわりと漂った。

「なんだ、今日はエセ絶間姫だけか」

黒々とした涼やかな目を細め、口元を意地悪くあげる。

（え、エセって……）

確かに名前の由来だけで本物の絶間姫ではないし、絶間姫のように美しくもなければ男性を誘う術も持っていない。けれど、祖母のつけてくれた大切な名前をエセと言って皮肉られると、複雑な心境だった。

「そ……そうです、私だけです。よろしくお願いします」

晴香はキスを思い出してドキリとしたというのに、桜太郎はいたって普通で少しだけ悔しくなる。晴香がペコリと頭を下げると、桜太郎は軽く笑った。

「今日は俺を怒らせるなよ」

まるで怒らせることを期待しているような口ぶりで、からかわれていることがわかった。

「き、気を付けます」

（今日は余計なことを言わないようにしよう……）

晴香の返事を聞いた桜太郎は満足そうな笑みを浮かべ、肩をすぼめる彼女の前を通り過ぎる。編集者とライターが待つソファにテーブルがセットされた場所まで行くと、簡単に挨拶をしてインタビューが始まった。

ライターは質問内容が書かれたレジュメとメモを取り出すと、テーブルの上に手の平に収まる大きさのＩＣレコーダーを置いてスイッチを入れた。

「まずは十代目・香之助を襲名することについてお聞かせください。今、どのような心境ですか？」

「身が引き締まる思いです。代々、香之助の名は人気がある役者が多かったので、私もそれに負けないように頑張ろうと思っています」

台本のような答えではあるが、襲名に関して敏感になっている桜太郎のことを考えれば十分な返答だと思う。

必ず聞いてもらいたい質問のひとつではあったけれど、桜太郎が機嫌を悪くして答えてくれなかったらどうしようかと、晴香は密かに心配していた。

（よかった……桜太郎さん、ちゃんと答えてくれてる）

それからもいくつか襲名に関する質問があったが、無難に受け答えをしていた。

やがてライターの質問が少しずつプライベートに関するものに変わっていく。

「リラックス方法はありますか？」

「リラックス……寝ることですかね。あまりストレスを感じないので、よくわかりません」

桜太郎はさらりと答える。しかし、その答えに晴香はひっかかりを覚えた。

（梨園にいて、本当にストレスないのかな……？）

躾《しつけ》や礼儀作法にうるさい歌舞伎界。毎日の稽古だけでも拘束され、さらにそれが幼い頃から続いているのだから、かなりのストレスが溜《た》まっていると思っていた。

（でもまぁ、桜太郎さんだしなぁ……）

桜太郎の傍若無人さを見ていると、好き勝手している分、ストレスが溜まらないのかもしれないとつい納得してしまう。

「では、好きな女性のタイプはありますか？」

「タイプ、ねぇ……そういうの、誰が知りたいの？」

「女性がメインの雑誌ですので、お聞かせいただけると参考になります」

「あー……じゃあ、女性なら誰でも」

桜太郎は少し面倒くさそうな顔で答えた。前髪を上げているので眉が不機嫌そうに歪むのがすぐにわかってしまう。

「誰でも……さすが桜太郎さん、守備範囲が広いですね」

ライターは楽しそうに言いながら、好きなデートのシチュエーションなども次々に聞いていく。桜太郎は最初は適当に答えていたが、あまりにも歌舞伎に関係がない質問ばかりで嫌になってきたのか、長い足を組み、気だるそうに首裏を掻いた。

「こういう質問、いつまで続くんだよ。さっきから歌舞伎に関係のないことばかりだけど。なんのためにインタビューしてんの？」

声音が低くなり、言葉の端々《はしばし》に不機嫌さが滲み出ている。そろそろ我慢の限界がきたようだ。

（うわっ……桜太郎さんの機嫌悪くなっちゃった……インタビュー切り上げてもらって、撮影に入ってもらおうかな）

このまま不機嫌になられてしまっては、撮影にも影響が出かねない。吉永も同じことを考えていたらしく、自然と目が合う。彼と目配せして、撮影に入るよう晴香から提案しようとしたが、今度は横から編集者がさらに質問を続けてきた。

「もう少しだけお願いします。ここぞという時の口説き文句ってありますか？」

「特にナシ」

桜太郎がキッパリと口にする。歯切れの良い口調はより冷たく聞こえ、周囲のスタッフが苦い顔をしたのがわかった。

「あー……御曹司の機嫌が悪くなり始めたな……」

「特にナシって……『夢を見せてやる』とでも答えてくれりゃいいのに」

スタッフ達がひそひそと言っているのが聞こえてきた。桜太郎からは少し離れた位置にいるので、彼には聞こえていないかもしれないが、晴香はバッチリと聞き取れてしまった。

スタッフが呟いた、乙女ゲームのキャラクターが言いそうな甘い言葉は、先日週刊誌にスクープされた桜太郎のスキャンダルで、相手の女優が『夢を見せてやる』と言って口説かれたと記者に答えていたものだ。

（もしかして、週刊誌に出た記事のことを深掘りしたくていろんな質問をしてるのかな……）

相手の女性の一方的な言い分なので、記事の真偽はわからない。桜太郎自身はその噂を無視している。彼の口から実際にこの台詞を聞き出せたとなれば、雑誌が売れることは間違いなしだ。

（桜太郎さんは薄々気づいているのかな……だから、嫌気がさしてきたとか……？）

まだ知り合って日は浅いけれど、桜太郎はなんとなく勘が鋭そうに思える。歌舞伎界という家や伝統が絡む難しい世界で生きてきたのだから、相手の思惑を見抜くことに慣れているのかもしれない。

(答えなくていいと思う……けど、このまま質問に答えなくて桜太郎さんの評判を落とすことだけは避けたいしな……)

晴香は思案を巡らせ、三人の側に立った。

「あ、あのっ……あまり歌舞伎とは関係のない質問が多いようですので、方向性を少し変えていただけませんか?」

ドキドキしながら三人の間に割り込むと、編集者もライターもキョトンと目を丸くしていた。彼女達は、晴香と交わした「歌舞伎を絡ませてください」という約束などすっかり忘れているようだ。

「方向性を変えるって……どういう風にですか?」

「たとえば〝歌舞伎の台詞の中で好きな口説き文句はありますか?〟とか〝歌舞伎役者の皆さんは大変おモテになりますが、役柄から学ばれたりしますか?〟などはどうでしょうか?」

歌舞伎の用語として口説くとは「女性が心情を切々と訴える場面」ではあるけれど、この際細かい説明は省く。

晴香の提案を聞いた桜太郎は不機嫌そうに寄せていた眉を少しだけ緩めた。

「へぇ……なんでそんなこと思いついたんだ?」

晴香に問いかける口調も、さきほどより和らいでいるように思える。

「歌舞伎に出てくる男性ってかっこいいじゃないですか。せっかくの機会ですので、歌舞伎を広めるためにはそういった質問のほうが有り難いな……と思っただけです」

桜太郎が興味を示してくれたことが嬉しくて、晴香は顔を綻ばせながら答えた。それから、編集者のほうへ向き直り、歌舞伎のかっこよさについて説明する。

「実は今回の襲名披露公演で桜太郎さんは『暫』という演目で〝鎌倉権五郎〟という役を演じられます。その権五郎は周囲を圧倒するオーラを放つ、まさにヒーローで誰が見てもかっこいいんです。そういう役柄を踏まえた質問にしていただけませんか？　そうすると、いつもの女性読者だけではなく、歌舞伎ファンも手に取ると思います」

「購読者が増える可能性が出てくる……ということですね」

編集者も少し納得したように頷く。

「そうです。それに、いろんな人に歌舞伎に興味を持ってもらえるかもしれませんし、桜太郎さんの魅力や仕事に対する姿勢のカッコよさも伝わると思うんです。この企画の主旨にピッタリですよね！」

晴香はこのまま勢いで押し通せとばかりに、畳み掛けるように言葉を繋いだ。

「なるほど……そうですね。では、少し変えさせていただきます」

編集者は改めて企画の主旨を考えたのか、なにかライターに指示を出している。

（よし……これで桜太郎さんの評判は落ちずに済むし、出版社の主旨も無視せずにいけ

る)

場が丸く収まったことに満足していると、桜太郎がチラリと視線を送ってきた。細められた瞳は楽しそうにも見える。

「俺なら〝答えたくない〟で済ますのに……お前は面倒なことをするんだな」

「どちらかの意見だけを通して、いいものができあがるとは思えなかったので」

晴香が満足げに言ってのけると、桜太郎は呆れたように笑う。

「本当に、面倒な奴だ」

そう言った桜太郎の表情は柔らかく、少しだけ優しく見えた。

(こんな表情もできるんだ……)

思わず見惚れてしまう。そうしていると、晴香達の元にひとりの男性がやって来た。スラリと背が高く、明るめの髪にクシュクシュと無雑作にパーマをかけ、垢抜けた容姿をしている。

「鶴亀さんが言う通り、購読者が増えるに越したことはない。それに、ウチはゴシップ誌じゃないんだ。もっと品と深みがあるインタビューにしてくれよ」

「編集長……すみませんでした」

編集者の女性が男性に向かって頭を下げる。現れた男性は雑誌の編集長だったらしい。

晴香は担当編集者としか挨拶を交わしたことがなかったので、初めて見た。

「売れればいいわけじゃない。売れ方にも善し悪しがある。プライドを持て」

編集長はスタッフ全員に言い聞かせるように声を大きくした。みんな、表情を引き締めて聞いている。

「桜太郎さん……大変失礼な質問ばかり申し訳ございませんでした」

編集長はスマートな動作で桜太郎に謝罪する。

「せっかくですので、ぜひ歌舞伎のことについてもっと伺いたいです。僕は舞台を何度か拝見したことがありますが、まだ初心者ですので、教えていただけると有り難いです」

編集長は歌舞伎のことを考えてくれている。彼の熱心な瞳に晴香は好感を持った。

「どのようなことをお知りになりたいですか？」

すかさず吉永が質問を促す。吉永も編集長の人柄に好意を持ったようで、どこか嬉しそうだ。編集長は顎に手を当てて少しだけ考える。

「そうですね……阿部家の〝香之助〟の名は代々人気役者が継いでいると聞きます。先代はもちろんのこと、先々代の〝八代目〟は特に人気でしたよね」

編集長の言葉に、晴香はドキリとした。前に一度、八代目の名前を出して桜太郎の機嫌を損ねたことがある。また「中止だ！」なんて言われたらさすがに打つ手が浮かばない。

最初の質問では香之助自身が「代々人気役者が……」と答えていたけれど、ピンポイントで八代目を出されると、かなり嫌な気分になるだろう。

桜太郎の顔をチラリと横目で見ると、その表情は強張っていた。

（お願いだから……これ以上、八代目の名前を出さないで……）

晴香は内心、手を合わせて拝みたい気持ちでハラハラしていた。しかし、そんな願いが神ではない編集長に伝わるわけがない。

「八代目は桜太郎さんのおじい様になりますよね。おじい様とのお話をたくさんお聞かせいただければ嬉しいです。それと代々の香之助の魅力についても語っていただき、桜太郎さんの抱負もうかがいたいと思います。どうでしょうか？」

胃が絞られるように痛む。よりによって、八代目の名前を出しただけではなく、血縁も持ち出し、さらにはそのことを詳しく聞きたいと言う。

血の繋がりがあることは当たり前で、逃れられないことだけれど、そのことを桜太郎が理解しているのかどうか……いや、苦しいほど理解しているからこそ、反発したいのかもしれない。

「そ、そうですね……〝香之助〟の名の重み、それを引き継ぐ桜太郎さん自身のすごさが伝わるので、とてもいいと思いますが……」

なんとか晴香なりにフォローを入れ、桜太郎の様子を窺う。彼はさきほどよりもさらに表情を硬くし、口を真一文字に引き結んでいた。

（やっぱりダメかなぁ……）

晴香が半分諦めていると、それに追い討ちをかけるように桜太郎が口を開いた。

「俺は答えたくない」

ハッキリと宣誓でもするかのごとく告げる。

「そ、そうですか……」

わかっていたことだけど、ハッキリ言葉にして言われると悲しくなる。せっかくいいインタビューになりそうだと思っていただけに余計につらい。

晴香が残念さを隠しきれずに俯いていると、桜太郎が小さくため息をついた。

「……そんなもの、調べればすぐにわかるからな」

「えっ……!?」

桜太郎の声音はさきほどと変わらず、どこか突き放した声だった。それなのに、晴香は励まされているように感じ、勢いよく顔をあげた。

「じ、じゃあ……あとで、こちらで調べて私が答えるのもアリですか？」

「そうしないと、いいものができないんだろ。まぁ……あとで、どうなってもいい……という約束ができるなら、だけどな」

桜太郎は不機嫌だった顔を一変させ、艶麗な微笑を浮かべた。

「ど、どうなっても……って……」

蠱惑《こわく》的な瞳から、晴香をからかっているのがわかる。

「俺になにをされてもいいということだ」

担当編集者と編集長、ライターの三人はふたりのやりとりを見て、なにを言っているのかと不思議そうな顔をしている。

そんな中、晴香は喉をゴクリと鳴らした。頭にはこの間のキスのことが過る。

（いくらからかっているとはいえ、桜太郎さんなら本当になにかしてくるかも。でも、今はそんなこと言っていられない……）

このインタビューを丸く収め、興行を成功させたい。桜太郎の担当となったのだから、責任を持ってやり遂げたいと思う。

（なにより、桜太郎さんのファンを満足させたい）

自分がもし桜太郎を贔屓にしていれば、舞台だけではなく雑誌もチェックする。そのときに、薄っぺらな内容だとガッカリしてしまう。

「か、構いません。いいものを作るためなら」

晴香が決心して言うと、桜太郎は面白そうに口を半月状に開いた。

「お前の面倒な性格ならそう言うと思ったよ。ああ、でも……俺と八代目のエピソードはナシな。抱負だけ適当に語るよ」

「いいえ、エピソードも入れさせていただきます。桜太郎さんが語らなくても、八代目がご存命のとき鶴亀の会報誌で、まだ小さい桜太郎さんとの稽古や遊びの様子を語っている記事がありますから。そこから抜粋させていただきます」

晴香は桜太郎に怯《ひる》むことなく、凛とした態度で言ってのける。しかし、あの阿部宗家の桜太郎であり、自分のファーストキスを無理矢理奪った男に言い返している緊張から、額には汗が滲み、足が震え出しそうだった。

鶴亀にはチケットを優先的に取ることができる有料会員制度がある。その会員になると、役者のインタビューや舞台の裏話などが掲載された会報誌が送られてくる。随分前の会報誌だが、確かにそういった内容の記事があった。八代目贔屓だった祖母が大切にスクラップしていて、歌舞伎を好きになった晴香へ嬉しそうに見せてくれた記憶がある。

（おばあちゃん……〝この子も素晴らしい香之助になると思うの〟って、楽しみにしていたもんね……）

そんなインタビューを受けていたなど、まだ幼く、桜太郎ではなく十二代目・晋太郎《しんたろう》を名乗っていた彼は知るはずもない。

「そんなものがあるのか」

少しだけ桜太郎の興味を惹いたようで、涼やかな目を丸くした。

「気になるようでしたら、お見せいたしますけど」

「いや、いい。……けど、お前」

不自然に言葉を切ると、身体を前のめりにして晴香の手を引く。晴香はバランスを崩し、

「きゃっ」と小さく悲鳴をあげると、座っている桜太郎に倒れ込んだ。

「す、すみません！」

なにがなにやらわからない。晴香が体勢を整えようとすると、桜太郎が耳元に唇を寄せてきた。

「あんまり調子に乗るなよ」

ぼそりと囁かれた声は低く甘く、熱い吐息が耳に掛かって背筋にゾクリと刺激が走った。

「っ……や、やめてくださいっ……！」

晴香は身体を離し、耳を押さえる。耳が熱いのか、それとも押さえた手が熱いのか……はたまた全身か。とにかく、どこもかしこも熱い。

牽制《けんせい》するように囁《ささや》かれたというのに、跳ね上がる心臓が憎らしかった。

（しかも、こんな大勢のスタッフのいる前で……。吉永さんや辻さんもいるのに……なんてことを……！）

桜太郎は周りから見られているという自覚がなさすぎる。晴香はコホンと咳《せき》払いすると、気を取り直して言った。

「で、では……編集長がおっしゃった部分は私からお答えさせていただきますので、それをインタビューに盛り込んで書いていただければと思います」

桜太郎が答えたのではなく、地の文として書いてもらうことにする。

晴香達のやり取りを半ばあ然として見ていた担当編集者達も、晴香の呼びかけに頷く。

「わ、わかりました。では、そうしましょう。いいものができそうでよかったです」

編集長はニコリと笑うと、ライターがインタビューを再開するのを近くで見守っていた。

無事インタビューが終わると、今度は写真撮影となった。

鶯《うぐいす》色の着物と月白色の羽織に着替えた桜太郎は、鳥の子色の草履《ぞうり》を履いて、人きなホリゾントの前に立った。

彼が凛々しいポーズをとると、眩《まぶ》しいフラッシュがたかれ、何回もシャッターが切られる。桜太郎はさすがと言うべきか引き締まった表情で次々にいい顔を見せていた。

「次はこれを持っていただけますか。歌舞伎らしいポーズをお願いします」

そう言ってスタッフが扇《おうぎ》を手渡した。鶯色の着物に映える、真っ白に金箔《きんぱく》が散りばめられた繊細で美しい扇だ。

「歌舞伎らしい……ねぇ」

桜太郎は扇子を開いたり閉じたりしながら、しばらく考える。それから扇を右手に持つと高く掲げ、バサリと開いた。視線は目の前のカメラを見ているようで、どこか遠くを見つめているようでもある。舞台に立っているときと同じ顔つきだ。

手をゆっくりと下ろしていくと顔の前を滑らせ、それに相反するように左手を上げていく。身体を艶めかしく斜めに傾けると、右手に持った扇をゆらりと動かした。

（これ『鏡獅子《かがみじし》』……？）

『鏡獅子』とは殿の前で踊りを披露することになった〝弥生《やよい》〟という女小姓が、舞っている最中に獅子頭を手にしてしまい、獅子の精に乗り移られて豪快な獅子に変身するという話。女形も立役も両方に優れていないとできない役で、桜太郎はまだ演じたことがない。

しかし、動きがどう見ても〝弥生の踊り〟だ。

（本当は扇が二本だし、始まり方も御殿《ごてん》づとめを見せるために袱紗《ふくさ》を使うから違うけど……でも、舞の動きがやっぱりそうだ……）

谷川を流れる水の様子を現す扇の動き、ほととぎすを追う目の動き、谷底を覗き込む様子を表現した身体の動き……すべて晴香が知っている〝弥生の踊り〟と重なった。

「いいですね。とても美しいです！　動画じゃないのがもったいないな。では次にカメラに向かって、男らしいポーズをひとつお願いします」

カメラマンが要求する。次のポーズとして〝男らしい〟ものを要求するということは、今舞っているのが〝女らしい〟ということだ。それは〝弥生〟を演じている桜太郎からすれば、してやったりという気持ちだろう。

歌舞伎役者なので日本舞踊は当然習うが、ここで鏡獅子を見られるとは思わなかった。これなら桜太郎のファンも見ごたえがあるだろう。晴香は得した気分で、今すぐ同期の里実に話したいくらいだった。

（ほかにファンを喜ばせる写真って撮れないかなぁ……）

せっかくだから今までに見たことのない写真を撮りたい。晴香はスタジオ内をぐるりと見渡した。多くのスタッフがいて、足元には様々な道具が置かれている。機材のコードがたくさん這っている床をたどっていくと、壁に一本の和傘が立て掛けられているのが見えた。スタッフが扇のほかに、小道具のひとつとして持って来ていたのだろう。

（これ、いいかも……！）

晴香はそれを手にすると、カメラマンと桜太郎に声をかけた。

「あ、あのっ……すみません、次はこの蛇の目の傘を持ってもらえませんか？」

カメラマンは晴香が傘を持っているのを見ると、笑顔で頷いた。

「傘もいいですね。風流で雰囲気がでそうだ。桜太郎さん、お願いします」

カメラマンから了承を得たので、晴香は桜太郎に手渡す。

「ったく……また余計なことをする」

桜太郎は苦い顔をしながら傘を受け取り、扇を晴香に返す。

「余計じゃありません。絶対、かっこいいです」

晴香はにっこり笑うと、そそくさとスタジオの隅へ戻った。今回は怯えるでもなく、遠慮するでもなく、ちゃんと言えたと思う。桜太郎の憎まれ口にも随分と慣れてきた。

蛇の目の傘を手にした桜太郎は、少し考えてから羽織を脱いだ。そして、傘をゆるりとした動作で開くと、柄の部分と開いた端を手に持つ。

（見得だ……！　「助六《すけろく》」の見得、やってくれた！）

香之助が決めたポーズは『助六』という演目の見得だった。

（紫の鉢巻があればもっとキマるんだけどな）

傘を手渡しただけで晴香が求めることをして見せるのはさすがだと思う。その勘の鋭さこそ、ご見物を満足させることができる理由のひとつだろう。

カメラマンも楽しそうに「いいですね」と声を掛けながら、シャッターを幾度となく切っていた。


撮影は順調に進み、予定通り終了することができた。

桜太郎は辻とともに控え室へ戻って着替えを済ませ、役者文様である格子に「釣」と「鯛」という字が描かれた浴衣姿になっていた。その格好からまた稽古場へ戻るのだと見当がつく。マネージャーの吉永はほかの仕事があるらしく、スタッフに挨拶を済ませると、さきに桜太郎の事務所へ帰っていた。

「桜太郎さん、すみません。前に撮影したチラシの確認をしていただきたいのですが……」

今回のもうひとつの目的であるチラシの確認。晴香は着替えが終わった桜太郎の控え室をたずねて見てもらうことにした。

「僕は車を回してきます。桜太郎さん、裏口につけたら電話を鳴らしますので、出てきてください。では……水無月さん、お疲れ様でした」

辻はそう言うと控え室から出て行った。

「確認っていっても、チラシなんてだいたいどれも似たようなもんだろ」

晴香が持っているチラシのラフをちらっと目配せ程度に見ると、気だるげに視線を逸らした。

「じゃあ、このままで進めさせていただいてよろしいですね？」

「いいよ、なんでも」

桜太郎はカラッとした返事をしてきた。

（なんでもいいって……前、ＯＫ出したポスターに『変更してくれ』って頼んできたことがあるんでしょ……？）

伊戸川からそんな話を聞いたことがあった。つい疑うような目でじっとりと見ていると、それに気づいた桜太郎が顔を近づけてきた。

「なんだ、その目は。俺に構ってもらいたいのか？」

「ち、違います！」

即座に否定する。慌てて顔を背けようとすると、桜太郎の手が晴香の顎先に添えられた。

「お、桜太郎さん……？」

驚いて桜太郎の黒々とした瞳を見返すと、潤みの中に危険な香りが漂っていた。

「そういえば……なにされてもいいんだったな」

「えっ……」

ふたりきりの密室に潜められた声。かすかに桜太郎の爽やかなグリーン系の香りがして、ドキリと胸が鳴った。

（そういえば、そんな約束、したんだった……）

いい写真が撮れた興奮で、すっかり頭から抜けていた。

「な、なにをされてもいい……というわけでは……」

「構わないと言ったのはお前だぞ」

「うっ……」

確かに、あのときは状況をどうにかしたい一心で口走ってしまった。

晴香が固まっていると、桜太郎の顔がさらに近づいてきた。たわんだ浴衣の襟元から、引き締まった胸板が見える。

「今回は……キスだけで済むと思うなよ」

「そんなっ……んぅっ……」

甘く忠告されたかと思うと、唇を奪われてしまう。重ねるとチュッと吸い上げられ、慣れた動作で舌先が口腔へと入り込んできた。

「ぁっ……お、おうたろ……さんっ……！」

桜太郎の舌は思考を奪い取るような荒々しいキスとは裏腹に、歯列を舐めたり、口蓋をすりあげたりと丁寧に動き回っていく。晴香は力が抜けそうになり、桜太郎の袖をすがるようにギュッと握りしめた。

「はぁ……っ」

頭の中も身体も、蕩けだしてしまいそう。口内をまさぐる舌に昂《たか》ぶる熱が抑えきれず、晴香は唇の隙間から甘い吐息を洩《も》らした。

「だんだん、素直になってきたな……」

褒めるかのごとく言ってくる。

「すな、お……なんてっ、なってませ……んっ……」

抗いきれない行為に〝本心ではない〟と些細《ささい》な抵抗を示す。

「強情なヤツだ。もっと……いじめたくなる」

桜太郎はクツリと喉奥で笑うと、晴香の首裏と腰に腕を回し、半ば抱きかかえるようにして力強く口付けてきた。

「んっ……！」

逃れられない体勢と、伝わってくる体温。深く口付けられ、舌と舌が根元から絡み合った。

「ふぁっ……んんっ……」

唾液が混ざり合い、口の端から零れていく。

なにをされてもいいとは言ってしまったけれど、まさかこんなところでいきなり口付けられるとは思っていなかった。

（どうしよう……）

戸惑いながらも、甘い感覚に襲われる。

出版社の人も来るかもしれない。そう思っていると、どこかからバイブの振動音が聞こえてきた。

「辻か……」

桜太郎は小さく呟くと、さきほどまでの熱い抱擁はなんだったのかと思うほど、晴香からあっさりと身体を離した。

「あっ……」

どうしようかと困っていたのに、急に身体を離されると、隙間風が吹いたような寂しさと、心許なさを感じた。

（無理矢理キスなんて、イヤだったはずなのに……）

気持ちよかったから？　本能を刺激されてしまった？

以前の自分からは考えられない反応をする自分に、困惑してしまう。

バイブは床に置いた桜太郎のバッグからで、彼はそこからスマホを取り出すと長い指先で操作した。

「ああ、今から行く」

簡単に言うと、桜太郎は控え室から出て行こうと草履を履き始める。残された晴香は床にへたりこみ、ただ呆然としていた。

「じゃあな、小さいの」

「あ……は、はい」

上品な草履を履いた桜太郎が振り返って言う。晴香はぼんやりしながら頷いた。

「とりあえず、お預けだな」

「へ……？」

なにがお預けなのか。晴香が目を点にして見上げると、桜太郎がおかしそうに笑った。それは舞台上でも見たことがない無邪気な顔で、心から笑われているのだとわかった。

「あれで終わりだと思うなよ。お前だって物足りないだろ」

「えっ、じ、充分で……」

「せいぜい期待して待ってるんだな。ちゃんと応えてやるから」

断りを入れる晴香の言葉を遮り、桜太郎は後ろ手を振ってさっさと出て行ってしまった。

（期待なんて……するわけないじゃない）

ドクドクと波打つ胸を押さえ、晴香は唇を噛みしめた。


それから出版社の人に改めて仕事の礼を言い、晴香は伊戸川がいる歌舞伎座へ向かった。

「伊戸川さん、桜太郎さんにサンプルの確認をしてもらいました。大丈夫なようです」

べつの仕事から帰っていた伊戸川に報告すると、彼女は満足げに微笑んだ。

「ありがとう、水無月さん。雑誌のインタビューはうまくいった？」

「はい、すごくいい記事と写真になると思います」

それだけは自信を持って言える。たとえ、自身の身の危険と引き換えだったとしても。

晴香の返答に、伊戸川はホッと息をついた。

「そう。やっぱり水無月さんを担当にしてよかった。じゃあ、引き続きよろしくね」

伊戸川に軽く頭をさげ、晴香は本社へ戻ることにした。

先輩である伊戸川に認められるのは嬉しい。けれど、心境は複雑だった。

（今度会ったら……なにされるかわからないし）

せっかく桜太郎の言動に慣れてきたのはいいが、ますます警戒しなくてはいけない。ふたりきりになるのは、なるべく避けたかった。

晴香がインタビューの記事用に過去の会報誌を調べてライターに送ったり、チラシやポスターを印刷会社へ依頼したりしているうちに、さらに一週間ほど経った。この間、本来の業務である演劇制作部の仕事もしていたので、桜太郎に会う機会はなく平和に過ごせていた。

そろそろインタビュー記事のゲラが送られてくる頃だろうか。そんなことを思っていると、タイミングを計ったかのように、出版社の担当編集者からメールで送られてきた。

「わっ、かっこいい……」

隣の席には演劇制作部の先輩が座っているというのに、思わず声に漏らしてしまう。それくらい、パソコン画面に映し出された桜太郎は素晴らしく、優美にキマっていた。

早速メールを伊戸川に転送し、彼女の意見を聞こうと歌舞伎座の宣伝部をたずねる。さきに電話で空いている時間を聞いていたので、伊戸川は席に座っていた。

「伊戸川さん、さきほどお送りしたインタビューの件ですが、いかがでしたか？」

伊戸川の側に行き、晴香は声を掛けた。

「うん、よかった！　特にこの助六風の写真なんて表情からしてたまらない。あと、この扇の写真も。優雅で凛としていて、鏡獅子の弥生を彷彿《ほうふつ》とさせるわね」

伊戸川はパソコンを操作し、画像を表示させる。晴香も自信があっただけに満面の笑みで何度も頷き、同意を示した。

「インタビューもいいわね。ちゃんと歌舞伎に絡んでる。ファッション誌だからどうなることかと思ったけど……バッチリ宣伝してくれて助かったわ。今度、編集長にお礼を言わなくちゃ」

伊戸川は編集長と顔を合わせたことがあるようだった。

「私もファッション誌のインタビューだし、桜太郎さんだし……どうなるかと思いましたが、うまくいってホッとしました」

晴香が抱えていた不安を吐き出すと、伊戸川がポンと肩に手を置いた。

「水無月担当のおかげね」

優しく微笑まれ、胸に嬉しさが込み上げてくる。

「ありがとうございます。では、あとは桜太郎さんにメールで確認してもらって、了解をもらえたら出版社にもその旨連絡をいれます」

「そうね、その通り進めてちょうだい」

伊戸川に業務の進行を報告し、本社に戻った晴香は桜太郎のマネージャーである吉永にメールを送った。

「これでヨシッ……と」

ただ、桜太郎がすんなり確認するとは思えない。

（返事が来なかったら、もう一回吉永さんにメールして……あっ、でももうすぐ襲名披露パーティがあるんだ。そのときに直接確認してみよう）

九月の中旬には日本を代表する高級ホテルのひとつ、帝日ホテルで襲名披露パーティとして〝十代目・阿部香之助襲名を祝う会〟が開催される予定だ。もちろん担当である晴香も参加することとなっている。

（出版社から言われている締切にも間に合うし……返事がなかったらそうしよう）

スケジュール帳を閉じると、晴香は仕事を片付けることにした。

第三章：酩酊の濡れ場

爽やかな秋晴れとなった九月中旬。鶴亀から徒歩十五分ほどのところにある帝日ホテルでは〝十代目・阿部香之助襲名披露会見〟が行われていた。

「この度、十代目・香之助を襲名することとなりました」

〝桜太郎〟改め〝香之助〟の凛々しくよく通る声が響く。円に千切り菱の家紋が染め抜かれた黒の袴《はかま》を着て、金屏風の前で堂々と胸を張って立つ姿は、隣にいる父親の忠之助と比べれば貫禄では負けるものの、恵比寿屋の跡取りとしては十分なもの。

香之助の周りだけ、空気が神聖なもののように思える。

この会見のあと、同じホテルの二階で〝十代目・阿部香之助襲名を祝う会〟が開かれることになっていた。

三百人くらい入れる部屋は満員で、たくさんのメディアが駆けつけ、いたるところからシャッター音が聞こえてくる。

鶴亀の会長と社長も出席し、金屏風の前にある白いクロスが掛けられたテーブルと上品なイスがセットされた雛壇《ひなだん》に、スーツを着て座っていた。

金屏風の上には、同じく金箔が散りばめられた豪華な看板が掲げられていて「十代目・香之助襲名披露興行記者会見」と大きく書かれている。

香之助の挨拶が始まる前に会長が挨拶をし、次いで香之助と同じ黒の紋付袴を着た忠之助が「できの悪い息子をこれからもよろしくお願いします」と、重みと風格が漂う挨拶を行った。今は、香之助が抱負を述べ終えたところだ。

今回はさすがに遅刻をしなかった。社会人なら当たり前のこととはいえ、香之助はそんな小学生でもできる〝時間を守る〟という概念すらないからハラハラさせられる。相手を待たせても悪いとは思わないのだろう。

（しかも、こういう存在感のある姿を見せられると……普段のわがままぶりもどうでもよくなっちゃうから困るんだよね……）

晴香は鶴亀のスタッフとして、伊戸川とともに出入口のところからその様子を見ていた。動きやすいマーメイドスカートの地味な黒のスーツを着た姿は、背景と一体化している。歌舞伎で例えるなら黒衣《くろご》だ。

対する、主役である香之助は、遠くからでもそのハッキリとした顔立ちと清廉なオーラがよくわかる。通る声も姿も心意気も立派なもので、挨拶を聞くとこれからの歌舞伎界を引っ張っていってくれると心から期待を寄せてしまえるものだった。

「そろそろ会見が終わるわね。これが終わったら二階の大広間でパーティだから、すぐに移動してもらいましょう」

伊戸川が小声で指示をくれる。

「はい。私は受付の様子を見て、忙しそうだったらお手伝いしてから駆けつけます」

このあとの〝十代目・阿部香之助襲名を祝う会〟は、マスコミや彼を祝う歌舞伎役者はもちろん、関係のある芸能人や政治家、ご贔屓もやって来て盛大なものとなる予定。リストを確認したところざっと二千人くらい来場する。

すでに会見から参加しているメディアや歌舞伎役者達は受付が不要だが、それ以外でも千五百人以上は受付しなくてはいけない。それなりにスタッフを用意しているけれど、手一杯になることは確実だ。鶴亀側の人数はひとりでも多いほうがいい。

「水無月さんが受付を手伝ってくれるなら助かるわ。よろしく頼むわね」

伊戸川に頼まれ、会見が終わると晴香は早速受付の手伝いへ向かった。


会見が終わったのは十七時。それから受付を開始して、十八時にはパーティが始まる。鶴亀は二十人のスタッフを用意していた。招待状の確認という簡単な受付だったけれど、千五百人を一時間でさばくのはなかなか骨が折れることで、晴香は目が回りそうだった。

（次は会場へ戻って……その前にお手洗いに行きたい）

行く暇もなかったお手洗いへ駆け込む。パウダールームで自分の顔を見ると、営業スマイルを浮かべ続けた頬は引き攣っていた。

（うわっ……ひどい顔……）

ヨレたメイクを直し、低い位置でアップにしていた髪もまとめ直すと、会場へ戻ることにした。

会場は高い天井にシャンデリアが輝き、金の縁取りがされた白い壁に、繊細な模様が描かれた豪奢《ごうしゃ》な絨毯が床一面に敷かれた大広間だった。

パーティは立食のビュッフェスタイルだが、銀座の高級寿司店の職人が寿司を握ったり、老舗料亭や今人気のフレンチの店など、さまざまなジャンルの有名店がこの日のために呼ばれて料理を提供している。さすが名門恵比寿屋の襲名披露にふさわしい豪華さだ。シャンパンを手にする人々も絢爛《けんらん》な着物や華やかなドレスを身に纏っている。

晴香は扉を開けた瞬間、キラキラと輝く人々の熱気に圧倒された。仕事だとわかっていながら、地味な格好の自分がその中へ入ることに少しだけ気後れしてしまう。

（でも、緊張してる場合じゃないんだった）

黒衣の晴香には、輝く世界で主役をさらに光らせるという役目がある。晴香はスカートと同じく、動きやすさを重視した三センチヒールのパンプスで、一歩踏み込んだ。

会場内を見渡すと、似たような黒スーツを纏った黒衣の先輩・伊戸川が壁際に立っているのを見つける。

「伊戸川さん、お疲れさまです。香之助さんの挨拶、終わっちゃいましたか？」

晴香が歩み寄って声を掛けると、伊戸川が労うような優しい笑みを浮かべた。

「お疲れさま。もう乾杯は終わったけど挨拶はまだだよ。これから、忠之助さんの挨拶が始まるところ」

主役である香之助の挨拶はやっぱり見たい。間に合ったことにホッとしつつ、お客様に不便はないか、進行に不具合はないかと会場内に目を光らせる。

歌舞伎役者達が大勢集まっているだけあって年配の人が多い。立っていることが負担な人はイスを借りているようで、みんな和気あいあいとしていて、問題なさそうに見えた。

（わっ、あそこにいるのは文科省の大臣⁉　あっちには日本舞踊藤村流の師範・藤村清《ふじむらせい》五郎《ごろう》先生、人間国宝のベテラン歌舞伎役者も。あ、市太郎さんも来てる）

会場内を見渡していると、次々に有名な人が目につく。坂井市太郎については『香之助襲名披露公演』の出演者でもあるので来ると予想していたが、ここまでいろんな人が集まるとは思わなかった。さすが歌舞伎の名門、阿部宗家だと実感する。

「これだけ多くの大御所達を一度に見られる機会って、めったにないわよね」

伊戸川も会場を見渡しながら大勢の有名人に目がいってしまうのか、晴香にポツリと呟いた。

「そうですね。この仕事をやっているからこそ、ですね」

改めて、自分は歌舞伎という日本の伝統に関わる仕事についているのだと思い、なんだか誇らしい気持ちになった。

日常では味わえない華やかなパーティの雰囲気を会場の隅から楽しみつつ、晴香は帰る人を見送ったり、カメラのシャッターを押したり、メディアに宣伝のお願いをしたりと、自分の仕事をこなした。

めまぐるしく動いていると、空調が効いているというのに、熱くなってくる。額には汗がじんわりと浮かんでいた。

(パーティって慣れないし受付も手伝ったから疲れたけど……楽しいかも)

鶴亀に入社してよかった。晴香が仕事へのやりがいを噛みしめていると、あっという間に予定の三時間が経ち、パーティは終了となった。

このあとは十七階のバーラウンジへ移動して、二次会が行われる予定となっている。同じホテルで行われるのはお年を召した方が多い歌舞伎界への配慮で、マスコミ関係者の入場は一切お断りにして、だいたい百人程度で気兼ねなく飲んでもらえるようにセッティングしていた。

「水無月さん、私達はこれで仕事終わりだから……香之助さんに挨拶へ行きましょう」

晴香と伊戸川は午前中から記者会見やパーティの準備を行っていたので、ここで仕事が終わりとなり、二次会はほかのスタッフに任せることとなっていた。

もっとも、二次会はかしこまった挨拶などもなく、自由に食べたり飲んだりしてもらうというスタイルなので、案内と片付け以外に仕事はない。

伊戸川に誘われ、晴香は香之助にお祝いの挨拶をするため、彼の元へ向かった。

「香之助さん！」

吉永とともに二次会へ向かおうとしていた香之助を見つけ、呼び止める。吉永は準備を手伝うのか「さきに行ってます」と香之助に小声で言って去って行った。

「香之助さん、襲名おめでとうございます」

晴香が頭をさげると、伊戸川もお祝いの言葉を述べて頭をさげた。

「ああ、伊戸川さんと小さいの……いや、エセ絶間姫か」

香之助がわざとらしく言い直す。どちらにしても、嬉しいあだ名ではない。晴香がそんなあだ名で呼ばれていると知らない伊戸川は、不思議そうに晴香のことを横目で見てきた。

「やっと堅苦しい会が終わったな……次は適当でいいんだろ。ふたりも来たらどうだ？」

香之助は肩が凝ったと言わんばかりに首を回し、晴香と伊戸川を二次会に誘ってくれた。

主役がスタッフに声を掛けてくれるなんて有り難い話である。

（でも、ちょっと行きにくいなぁ……）

さきほどのパーティで嫌というほど出席者の豪華さを目の当たりにした。二次会も同じような顔ぶれに違いない。

伊戸川がいるなら……と思ったけれど、彼女の表情は曇っている。

「申し訳ございません。私はまだ仕事が残っておりまして……」

伊戸川は眉を寄せ、残念そうに辞退する。

「これから仕事？」

香之助は訝しげにたずねる。疑うのも無理もない。時刻は二十一時。普通なら仕事が終わって帰宅する時間だ。

「春三郎《しゅんざぶろう》様との次の巡業に関する打ち合わせです。今月は歌舞伎座の公演でお忙しくされていますが、この時間ですと夜の部も終わってちょうど落ち着いていらっしゃる頃ですので……」

そう言うと香之助は納得したような顔になった。

「ああ……春三郎のおじさまか。それなら、仕方ないな」

あっさりと伊戸川の断りを認める。

春三郎とは、パーティに出席していた坂井市太郎の父親で、女形のベテラン役者。若い頃は可愛らしく魅力的な若女方《わかおんながた》として活躍し、今は上品で安定感があり、中年女性役の花車方《かしゃがた》として重宝されている。香之助の父親である忠之助とはよく共演していて、また彼にとっても尊い先輩のひとりなので、その名前を出されては無理も言えないようだ。

「水無月は参加いたしますので。ぜひ、よろしくお願いします！」

伊戸川に背中を押され、晴香が一歩前に歩み出る。

「えっ、ち、ちょっと伊戸川さん……！」

晴香が焦りながら伊戸川を見ると「楽しんできて」と笑顔で言われた。

（そりゃ、香之助さんの誘いを断ることはできないけど……）

勉強にもなるし、経験として行ったほうがいいことはわかる。ただ、慣れない場なので、伊戸川がいないことが不安だった。

「エセ絶間姫だけか。まぁ、いい……ほら、行くぞ」

香之助はわざとらしく片眉を上げて物足りなさそうな顔をすると、晴香達に背を向けて歩き始めてしまった。

（い、行くぞ……ってことは、ついて来いってこと？）

晴香が戸惑っていると、再び伊戸川に背中を押されてしまう。

「水無月さん、いってらっしゃい！」

「い、伊戸川さん……！」

にっこりとわざとらしい笑みを浮かべる伊戸川に、晴香はうらめしい視線だけ向けて、香之助のあとを追った。

小走りでついて行くと、香之助はちょうどエレベーターを待っているところだった。

「お誘い、ありがとうございます……」

晴香が小さく頭を下げて横に並ぶと、香之助がフッと軽く笑った。

「そういえば、お預けがまだだったな」

「お預けですか?」

晴香がなんのことだろうと思っていると、エレベーターが到着する。ガラス張りで外の景色が見渡せるそれに乗り込むと、香之助が十七階のボタンを押した。

「まさか、覚えてないのか? ……いや、覚えてないわけないよなぁ?」

扉が閉まると同時に、香之助が晴香にジリジリと寄ってくる。ガラス張りの壁際に追い詰められ、逃げ場を失ってしまった。

「こ、香之助さん?」

背後ではキラキラと光る夜景が流れているのに、その景色を楽しむ余裕はない。

晴香が戸惑っていると、身を屈めた香之助が耳元に唇を寄せてきた。

「お前は……俺になにをされてもいいと約束しただろ」

甘く低い声で囁かれ、背筋にゾクリと刺激が走る。

(そういえば、あのときの約束……まだだった……)

御曹司の気まぐれで、とっくに忘れてくれていると思っていたのに、そういうわけにもいかないようだ。

「そ、そんな約束……し、しましたっけ？」

晴香はとぼけてみせる。しかし、怯《おび》えからわずかに声が上擦った。

「声が震えるくらいなら、ウソはつかないほうがいいぞ」

わかりやすいウソはすぐに見破られてしまった。香之助は晴香の耳元にさらに唇を寄せると、耳朶《みみたぶ》をカプリと食《は》んだ。

「ひゃっ……！」

生温かな感触に思わず小さな悲鳴をあげ、肩を震わせた。そうしていると、エレベーターが十七階に到着し、扉が開く。

「ちゃんと思い出せよ」

晴香から身体を素早く離した香之助は、ニヤリと意地悪な笑みを浮かべて、さきにエレベーターから降りて行った。

（お、思い出せよって……こんなことしなくても、覚えてるよっ……！）

晴香は食まれた耳を押さえながら香之助に続いてエレベーターを降りた。押さえた耳は感覚がないと思われるほど熱く、頬まで火照っていくようだった。

二次会の会場はさきほどのパーティ会場よりは狭いが、十七階ということもあって、全面ガラス張りの窓から見える夜景は、水面に浮かぶ月光のようにキラキラと輝いて美しい。店内は夜景が映えるようにほどよく薄暗くされていて、お洒落で上品なムードが漂っている。エレベーターで見損ねた景色はここで堪能できるようだ。

「香之助さん、この度はおめでとうございます。ぜひ、こちらへ……」

「おめでとうございます！　こっちで飲みましょうよ」

香之助が会場の扉を開けると、次々にお祝いの言葉と誘いがかかってくる。彼は意気揚々とした笑顔を浮かべ、至る所で足を止めていた。

うしろからついて入った晴香は、会場全体の雰囲気に尻込みし、肩身を狭くしながら壁際に寄った。目立たないように振る舞ってしまうのは、スタッフとしての癖かもしれない。

（私……香之助さんの付き人みたい）

晴香の知らない人ばかり、しかも華やかで馴染《なじ》みのない場。加えて女性の中で自分だけスーツという格好に違和感を覚え、若干の居心地の悪さを感じていた。

住む世界が違う。言葉なく、そう言われている気がする。

壁際にいてはせっかくの夜景も、経験したほうがいいパーティの雰囲気も楽しめそうにないが、これ以上会場へ足を踏み入れる度胸はなかった。

マネージャーの吉永は香之助から準備ができたら帰るよう言われたらしく、入れ違うように帰って行った。二次会でもあるし、香之助は吉永の監視を離れ、プライベートと同じように振る舞いたいのだろう。

晴香を誘った香之助は、たくさんの女性誌で表紙を飾っているカリスマモデルや、いくつもドラマや映画に出ている旬の女優達がいるグループに呼ばれ、その輪の中で楽しそうに会話をしていた。近くにいる女性達はみんな、香之助の隣に並んでも遜色のない人達ばかりだ。

（私とじゃ、完全に御曹司と付き人だったけど……あの人たちだと、恋人同士みたいに見えるもんなぁ）

この会場にいる女性の誰が香之助の隣に並んでも、お似合いだと思える。

スーツだから……というのを差し引いても、自分とは元が違う。女としての魅力の違いをまざまざと感じてしまい、なんだか悲しくなってきた。

煌《きら》びやかな世界に気圧されつつ、晴香は金色のシャンパンをちびりと口に含んだ。シュワリと細かな泡が口内で弾けていくのを感じる。高級なシャンパンだから口当たりがいいのか、それとも緊張でわからないだけか、アルコールがあまり得意ではない晴香でも飲みやすいものだった。

（そういえば、雑誌のゲラ確認……まだできてなかった。でも、このお祝いムードじゃ無理っぽいな）

このお祝いムード一色のときに仕事の話をすれば、香之助の機嫌は一気に悪くなるに違いない。香之助に限らず、誰だって嫌な気分になるだろう。そんなことくらい、いくら新人の晴香でもわかることだ。

後日確認しようと決め、晴香はまたゆっくりとグラスを傾ける。すると、壁際で飲んでいた晴香に、背後から人影が近寄ってきた。

「辛気臭い飲み方してるな」

冷やかすように笑っているが、かなり声がいい。振り向かなくても相手が誰かわかる。——香之助だ。

「お酒、あまり強くないので……」

晴香は振り返ると肩をすくめ、香之助に言った。彼はさきほどから浴びるようにお酒を飲んでいるのに、顔は記者会見が始まったときと変わらず、赤くもならず崩れもせず、変化が見られない。

「量のことを言ってるんじゃない。小さくなって飲むなと言ってるんだ」

香之助の手が背中の肩甲骨のあたりに触れた。その感触にドキリとしたが、彼が自分に触れる意図がわかり、跳ね除けるのをやめた。どうやら知らず知らずのうちに、場の雰囲気に萎縮して猫背になっていたようだ。

「す、すみません。ちょっと場違いな気がして……みなさん、綺麗に着飾っていらっしゃいますし」

「そうか？　どいつもこいつも同じような格好に見えるけどな」

晴香の言葉に、香之助は首を傾げながらグルリと辺りを見渡す。綺麗なドレス、セクシーなドレス、艶やかな着物を着ている人……それぞれ違うのに、彼は同じに見えると言う。

（香之助さん……女性のファッションに興味ないのかな？）

そんなことはないだろうと思いつつ、小さいことにこだわらないところは彼らしい気もした。周りの女性と比べて、引け目を感じていた自分が馬鹿らしくなってくる。

「そんなことを気にするより、お前はもっと胸を張ったほうがいいんじゃないか。ただでさえ小さいのに、もっと小さく見える」

香之助は意地悪く口角をあげて言うと、晴香の背中をポンと叩いた。

普段から舞台での映え方や人からどんな風に見えるか考えている香之助だけあって、その言葉には妙に説得力があった。

「た……　〝ただでさえ小さい〟っていうのは余計です」

言うことをきくと言うよりは、反抗するように背筋をピッと伸ばすと、香之助はクスリと笑みを零した。

「そうだ、それでいい」

香之助の声色が思いのほか優しくて、不覚にも胸がドキリと高鳴った。

「大きく見せたいならヒールの靴を履くより、よほど効果的だと思うけどな」

「普段はちゃんと胸を張ってます。今はただ、この場の雰囲気に慣れなくて緊張していただけで」

なぜだか素直になれなくて、言い訳してしまう。すると、香之助の大きな手が頭に降りてきて、ポンポンと撫でられた。

「お前でも緊張するのか。おチビな絶間姫は、度胸と威勢だけが取り柄だと思ったけどな」

「な、ひ……ひどいです」

完全に子ども扱いだ。

晴香はむくれながら香之助の手を振り払う。なにか言い返そうと見上げると、自分が結構な角度で彼を見上げていることに気づいた。

（私と香之助さんって……確か三十センチくらい身長差あるんだよね）

ヒールで少しだけごまかされているけど、それでも身長差はある。背が高い人と会話をしていると、たまに声が聞き取りづらいときや、声を聞き取ってもらえないこともあるけれど、香之助とはスムーズに会話ができていることに気づいた。しかも、大勢の人がいて騒がしい場所だというのに。

（香之助さん……いい声してるもんな）

香之助の声はまっすぐ耳に届いてくる。低くてもほかの雑音に紛れることがない。自分の声が聞き取ってもらえるのは、きっと彼の神経が鋭いから。やはり役者として勘がいいのだろうと改めて感じる。

「なんだ、物欲しそうな顔をして……そろそろ〝待て〟を解いてやったほうがいいか？」

香之助の顔をじっと見つめていた晴香に、彼が意味深に微笑んでくる。

「〝待て〟って、どういうことですか？」

「お預けしたままだっただろ。どうにでもしてくれと言うほど、やる気満々だったのに。待たせてしまって、悪いことしたな」

香之助は晴香を見下ろしながら、わざとらしく眉をハの字に下げた。

「ちっ……違います！　あれはやる気満々とかじゃなくて、ついそう言ってしまっただけで……」

しかも「どうにでもして」と言ったつもりはない。晴香は怒りと羞恥が入り混じり、顔がカッと熱くなった。

香之助になにを言っても彼は自分のいいように解釈する気がして、どう言い返していいかわからない。晴香は感情を持て余したまま、シャンパンが入ったグラスをグッと呷《あお》った。

「そんなことより、香之助さん。以前の雑誌の……」

グラスを空にした晴香は、今の状況なら雑誌の記事についてたずねても許される気がして、確認しようとした。しかし、そのとき香之助の背後から、マネキンのような八等身の女性が近寄ってきた。長い髪にスタイルの良さを強調するタイトなワンピースを着ている。

「香之助さん、こんなところにいたんですか。あちらで飲みましょうよ。さっきからみんな、首を長くして待ってるんですよ」

「ああ、そうか。今行く」

香之助は晴香のことを振り返ることなく、その女性と一緒に歩いて行ってしまう。しかも、逞《たくま》しい腕を女性のくびれた腰に回して……。

「えっ、ちょっと香之助さんっ……」

呼び止める声もむなしく、香之助は女性達の輪の中に吸い込まれて行ってしまった。

（なによ……エレベーターでは耳朶を噛んでくるし、さっきは〝お預け〟がどうたらこうたら……って言ってたくせに）

結局は美人のところへ行くのではないか。当たり前だとわかっていたことなのに、からかわれたことを思い出して腹が立つ。

（まぁ……仕方ないかぁ……）

今日は彼が主役。いろんな人に挨拶回りをしなくてはいけない。一次会のパーティでほとんどの人と挨拶はできているだろうけれど、それでも二次会だけ駆けつけた人や、まだ彼のことを祝い足りない人だっているはずだ。

（それに、こんな黒衣みたいな女の側にずっといるわけにもいかないもんね）

さきほど現れた女性の〝こんなところに〟という言葉がチクリと胸を刺す。女性は悪気はなかったのだろうが、妙に卑屈になってしまう。

晴香は近くを歩いていた給仕係からシャンパンのおかわりをもらい、美味しい料理を食べつつまたグラスを飲み干した。華やかな場所にひとりでいると、やけに寂しくなって飲まずにはいられなかった。

少し離れたところからは、さきほどの女性とたくさんの綺麗な女性に囲まれて笑う香之助の声が聞こえてきた。ひとり寂しい自分との違いを感じる。それはそのまま、香之助と自分の住む世界の違いだと感じた。

「すみません、もう一杯いただけますか」

給仕係にシャンパンのおかわりをもう一杯もらい、口へ運んだ。同じシャンパンのはずなのに、さきほどよりも苦い味がする。

（美味しくない……）

はじめは飲みやすいと思ったのに。やはり高級なシャンパンは分不相応らしい。

やるせなさにため息をつく。しかし、その背筋は香之助の注意を守って、シャンと伸びていた。

知り合いがいないパーティは時間を持て余し、美味しくなくても自然とアルコールが進んだ。

（でも、ちょっと飲み過ぎたかな……）

これで最後にしようと甘めのカクテルを手に取っていると、誰かが隣に並ぶ気配があった。背は自分より高く、しかし香之助ほどの高さは感じない。恐らく身長は一七五から一八〇センチくらいだろうか。

「こんばんは」

知り合いは香之助以外いないはずなのに誰だろうか。声を掛けられ、晴香は戸惑いながら声のするほうを見上げた。

「こ、こんばんは……って、えっ……市太郎さんっ」

声を掛けてきたのは若手女形で人気の坂井市太郎だった。さきほど一次会で見かけてはいたものの、二次会では雰囲気に気圧されて周りを見ることができていなかったので、来ていることを知らなかった。

「僕の名をご存知だなんて、光栄です」

市太郎は切れ長で印象的な瞳を細め、首をかしげて長めの黒髪を揺らし、ふわりと笑った。桜が綻ぶような儚《はかな》げな笑みは舞台上で鍛えられたものだろう。女性である晴香はもちろんのこと、男性もほだされてしまうと思えるほど美しい。

（里実がいたら卒倒するだろうな……）

心の中でそんなことを思いつつ、晴香は「当たり前です」と声をあげた。

「市太郎さんほどの歌舞伎俳優さんでしたら、存じ上げていて当然です。それに、私は鶴亀の演劇制作部にいるものなので……」

「制作部ですか？　お見かけしたことがなかったので、つい香之助さんの彼女なのかと」

冗談か本気か。市太郎は優しい微笑みを浮かべたまま、晴香に驚くようなことを言ってくる。自分と香之助では、釣り合うはずがない。

「彼女なわけありません！　今年入社したばかりで、今までは研修で内勤ばかりだったので、初めてお目にかかりますが〝香之助襲名披露公演〟を担当する、水無月晴香と申します。勉強もかねて、今回は制作部と宣伝部のパイプ役としてお仕事させていただきます」

晴香が説明すると、市太郎は納得したように頷いた。

「今まで内勤だったのなら、お会いする機会がなくて当然ですね。香之助さんとは随分仲が良さそうでしたが……いくつかお仕事をされたのでしょうか」

「いえ、今回が初めてですが……公演に関してポスターの撮影や雑誌のインタビューなどがありましたから」

「なるほど。だからですか……しかし、香之助さんは貴女にとても興味をお持ちのようだ」

市太郎は妖しく目を細め、柔らかな口調で話しかけてくる。しかし、晴香には市太郎の言っている意味がよくわからない。

「き、興味……ですか？」

興味を持たれるほど、なにかしたわけでもないし、珍しい特技がある人間でもない。

「ええ。呼ばれたわけではないのに、離れたところにいた貴女へ歩み寄っていた」

「それは……」

自分が誘った手前、礼儀として声を掛けてきたのではないか。それに、小さいくせに背中を丸くして飲んでいたから、つい注意がしたくなったのではないかとも思える。

「香之助さんはいろんな女性との噂がありますが、実際に誰かひとりに興味を持つのは珍しい。そんな彼が気にかける貴女はどんな人なんでしょうね」

市太郎が綺麗な顔を晴香にそっと近づけてくる。艶のある肌に長い睫毛、ふっくらとした唇は女性より女性らしく、甘い香りも漂ってきて胸が小さく跳ねた。

「ど、どんなって……私はごく普通の一般人ですし、香之助さんになにかした覚えもありません。興味を持たれているなんて……そんなことはあり得ません」

(面白がっているならともかく、私に興味を持っているわけではないと思う……)

香之助にからかわれたり、迫られたりしたことを思い出す。どれも本気ではなく冗談で、いちいちその反応を面白がっている香之助の顔しか浮かばなかった。

それはそれで腹が立ってきて、晴香は持っていたカクテルをまた一気に飲み干した。その様子がおかしかったのか、市太郎が上品に口元を押さえながら笑う。

「そうでしょうか。それでは、そういうことにさせていただき……僕は失礼しますね」

市太郎は落ち着いた物腰で軽く頭を下げると、ほかの役者仲間のほうへ歩いて行った。

（市太郎さん……なにが言いたかったんだろう）

少しだけ疑問を感じながら、晴香はまたその後ろ姿を見送った。

やがて二十三時となり、二次会もお開きとなった。「もう一軒いこう」と盛り上がる人達もいれば、「明日も公演が……」と帰ろうとする人もいる。みんながぞろぞろと会場を後にする中、晴香も帰ろうと歩き出した。

出口へ向かっているとき、テーブル以外に用意されていたカウンター席の前を通りかかると、着物を着た四人組の男性がまだお酒を飲んでいるのが目についた。歌舞伎の家の生まれではない恵比寿屋以外の家の弟子達だった。年齢や芸歴は香之助より少し上で、晴香は公演で舞台に上がっている彼らを何度か見たことがあった。

「御曹司は得だよな」

愚痴のように零された言葉に、晴香は彼らのうしろで思わず足を止めた。

「だよなぁ。適当にやっていても、主役を張って注目されるし。けど、さすがに襲名は実力がなきゃダメだろ」

「香之助の名前はまだ重いよな。先々代なんて、カリスマ性もあって実力もあって……伝説のような人だったじゃねぇか。今回はどうだか」

「ダメだろ。香之助を襲名する器じゃないっていうか。いいのは見た目だけだって」

四人の口からは次々に香之助の悪口が出てくる。いくら頑張っても認められにくい門閥外と、いくらでも主役を張る機会がもらえる御曹司。その妬みがあることはわかるが、聞くに堪えない。

(だいたい、香之助さんを妬む前に……やるべきことがあると思うけど)

四人が端役として出ている公演を観たとき、中途半端な出来だと思った。何年続けていても脇役さえもらえず端役しかできない理由は、出身の問題ではなく彼らの努力が足りないからだ。だから、この愚痴は完全な妬み。御曹司は御曹司というだけで妬まれてしまう。

(香之助さんには、聞いてほしくないな……)

重苦しい気持ちからため息が漏れる。

出口に向かって再び歩き出そうとすると、前方から香之助がこちらに向かって歩いてくるのが見えた。カウンターにいる四人は背を向けているのでそれに気づかず、相変わらず香之助の悪口を言っている。

(まずい……このままじゃ、香之助さんに聞こえちゃう!)

そんなことになれば、公演を控えてピリピリしている彼の精神を刺激してしまう。

「香之助さんっ！」

なんとか香之助の耳に入ることを避けたい晴香は、大きな声を出して香之助を呼んだ。

カウンターの四人は咄嗟に口を噤《つぐ》み、不自然に天気の話などを始めた。

さすがに彼らも香之助本人に聞かせる勇気はないらしい。歌舞伎界の有力者である阿部家に嫌われては、歌舞伎の世界で生きていけない。

（わかっているなら、悪口なんて言わなきゃいいのに）

「なんだ？　エセ絶間姫」

晴香は残念な気持ちで四人から離れると、訝しげに自分を見ている香之助の元へ駆け寄り、彼の腕を取った。

「あの、ちょっとこちらへ……」

「は？　なんだよ、強引だな」

二次会はお開きになっているし、個人的な誘いは知らないが、鶴亀がセッティングした三次会はない。

香之助をひと気のない廊下に連れ出し、晴香はホッと息をついた。

（とりあえず、香之助さんの耳に入れることは防げたけど……ちょっと連れ出すのはまずかったかな）

絨毯が敷かれた廊下は足音ひとつせず、二次会の会場やエレベーターからは逆方向に連れ出したので、シンと静まり返っている。晴香は少しだけ緊張していた。

「おい、こんなところに連れ出して……俺を誘ってんのか？」

案の定、香之助はグイッと晴香に身体を寄せてきた。唇の端をニヤリと意地悪くあげ、そこから、白い歯が覗く。

「ち、違います。誘っているわけではなくて……そうだ、インタビュー記事の確認を……」

この際だからインタビューの確認をしてもらおうと持っていたバッグを探る。書類を取り出そうとしていると、その手を香之助が取り上げた。

「まぁ、あまり焦らしても可哀そうだしな。せっかく部屋も用意してもらったし……」

「えっ？」

香之助を見ると、空いた片手でホテルのカードキーをヒラヒラと揺らしていた。それは、鶴亀が香之助のために用意したスイートルームのキー。二次会がお開きになると同時に、担当者から受け取っていたようだ。

「たっぷり、可愛がってやるよ」

「きゃっ……ちょ、ちょっと……！」

香之助はクツリと喉奥で笑うと、晴香の手を引いてエレベーターへと向かう。身長差がある晴香は、足をもつれさせながら半ば小走りで彼のあとをついて行く。なにがなんだかわからず、勢いもあって立ち止まることができない。

（え、可愛がってやるって……もしかして〝なにをされてもいい〟とかいう、約束のこと？）

晴香が、お酒が入って鈍くなった頭をなんとか働かせようとしていると、エレベーターの前に到着する。あたりには人はおらず、すぐに到着した箱の中へ入り、香之助はスイートルームがある最上階のボタンを押した。

「香之助さん……あのっ、ご用意した部屋はそういうために用意したわけじゃなくてですね、香之助さんにゆっくり……」

まさか本気だろうか、どうにかして逃がしてもらえないかと彼を見上げると、冷ややかな視線で見下ろされた。

「〝あとでどうなってもいいのか〟……と、たずねたとき、その条件を〝構わない〟と言って約束したのは誰だ？」

「わ……私です」

晴香はゴクリと喉を鳴らした。逃げるなんて、できるはずがない。好きでもない人とは考えられないが、約束をした自分にも責任はあるのだ。

〝約束〟という言葉を使われると、それを果たさないといけない気がしてくる。『鳴神』の朝廷と同じ立場になってしまうのは、自分が許せなかった。

（それに……）

それに、処女を捨てられる。

頭には、ふと同期の里実から聞いた「処女は重い」という言葉が浮かんだ。

（香之助さんにも貰い手がなくなるとか言われたし……そういえば、香之助さんは処女を重いと感じないのかな？）

隣に立った眉目秀麗な香之助を見つめる。

「なんだ？　決心ついたか？」

香之助はニヤリと意地悪に笑った。

「決心なんて……」

（香之助さんは最初から面白がってたもんなぁ……重いとか、どうだとか考えてないよね）

晴香が未経験だと知っても引いたりせず、嘲笑ったりもしなかった。そこは彼のいいところだ。いや、いいところだと思い込もうとしているだけかもしれない。それでも、この際前向きに考えたほうがいい。

「決心なんて……っ、つきましたよ！」

強気な言葉で自分を奮い立たせる。

「へぇ……さっきまで怯えてたくせに」

からかう香之助には目もくれず、晴香は階数表示の増えていく数字だけを見つめていた。

やがて、デジタルの表示板が最上階になると、ポンと軽妙な音を立てて扉が開いた。

綺麗な模様が入った天井にはシャンデリアが輝き、廊下にはさきほどよりも毛足の長い絨毯が敷かれ、アンティークの壺や高価そうな置き物がところどころに飾られている。

ただ、今の晴香にはそんな豪華なものに目を奪われている余裕はない。

（そうだ。稀代の色男に初体験の手ほどきをしてもらえると思えば、有り難いのかもしれない……！）

今の状況をなんとか前向きに考えようとする。しかし、考えれば考えるほど、初めての行為に緊張が高まり、身体が強張っていく。

（うわっ……なんか、気持ち悪くなってきた……酔いが回ってきたのかな）

お酒に強いわけでもないのに、いろんな感情に振り回されて今日は飲みすぎてしまった。

さきほどから駆け足になったり、エレベーターに揺られたり、緊張したりと落ち着かず、急に酔いが回ってきたらしい。

「さぁ、どうぞ……絶間姫。たっぷり俺を誘ってくれよ」

ホテルにひとつしかない豪華なスイートルームの扉が開く。香之助に手招きされて、晴香は返事をすることもできず、身体をギクシャクさせながら中へ入った。

足を踏み入れた瞬間、ここはこれからさき晴香の人生には縁のない部屋だと確信する。

メダリオンデザインのペルシャ絨毯が敷かれた部屋は、上品でエレガントな英国風の家具で揃《そろ》えられ、洗練されたスタンドライトは美しく、大きなソファは存在感があり、リビングとベッドルームが仕切られていてゆったりできるように作られている。

晴香はふわふわとおぼつかない足どりでリビングまで足を進めた。しかし、開けられているベッドルームの入り口から、しわひとつなくメイキングされた真っ白なベッドが見えた瞬間、急に怖くなってしまった。

「やっぱり、私っ……」

晴香が逃げようと踵《きびす》を返すと、それを遮るように香之助がドンと壁に手をついた。怯んでいる間にもう片側にも手をつかれ、晴香は壁と香之助の間に挟まれるような格好となる。

「逃げるのも、男をその気にさせる手口か？」

香之助が顔を近づけ、耳元で囁いてくる。怖いはずなのに、甘く低い声に身体の芯が震えた。

「手口とかじゃなくて、あのっ……すみません、私……」

「そういえば、処女だったたな。どうだ、怖いか？」

晴香の心境を見抜いていた香之助が、蔑《さげす》みも憐《あわ》れみもなく、ただその恐怖を煽るかのように歪めた口元でたずねてくる。

「こ、怖い………です」

　この状況を楽しんでいる香之助に敗北を認める気分だった。

　絞り出すように告げると、香之助はクックッと肩を小さく揺らして笑いだした。

「ホント……いい顔するなぁ、お前は。怖いくせにどうなってもいいとか言うし……おかしなヤツだ」

「あっ、あれは、勢いでつい……」

　香之助の宣伝がかかっていたのだから、当たり前だ。……いや、もうそんなことも言っていられない。あのとき、自分は確かに香之助にこうなることを約束したのだ。

（腹を括ったはずなのに……情けない！）

　晴香はキッと表情を引き締めると、香之助の目をまっすぐに見つめた。

「わかりました。もう、逃げません……お好きなようにしてください」

　笑っていた香之助の目が驚いたように少しだけ丸くなった。

「へぇ……そういう顔もできるのか」

　言葉を切ると、薄紅の唇をクイと上げる。

「けど……もう少し、色っぽい目をしたらどうだ？　強請場《ゆすりば》じゃないんだ、濡れ場だぞ」

　強請場とは歌舞伎の用語で、悪党が相手の弱みを握って金品をねだり、脅迫して我が物にしようとするシーンのことを言う。対する濡れ場は、男女の抱擁や口説きの場面だ。

（そんなことわかってるけど……色っぽくなんてできないよ……）

依然として晴香が顔を強張らせていると、香之助はフッと息を吐き、長い指先で彼女の顎を掬い取った。

「まぁ、いいか。俺が……色っぽくしてやるよ」

優しく囁くように言い、柔らかな唇を近づけてくる。チュッと啄《ついば》むようにキスを落とされると、すぐに舌を割り入れてきた。お酒のせいか、それとも腹を括ったせいか。晴香は抵抗することもなく、その舌を容易く招き入れてしまう。

「ふっ……んんっ……」

じゅっじゅっとお互いの唾液が口腔を往来し、舌を絡め合う。お酒の酔いも手伝って、晴香の身体はますます熱を帯びていった。

（立っていられない……）

熱くなった身体はだるくなり、立っていられなくなる。晴香はどうしていいかわからず、彼の着物の袖をキュッと掴んだ。

「そう、急かすな」

「そうじゃな……きゃっ」

決して次の行為を急かしているわけではない。そう否定しようとしたら、香之助に横抱きにされてしまった。

「やっ……！」

上半身と膝裏を逞しい腕に抱かれ、足が宙を掻く。

「さすがにこれだけ小さいと、持ち運びも楽だな」

「に、荷物じゃありませんっ！」

晴香がジタバタするのもなんのその、香之助はそのましっかりした足取りで、彼女をキングサイズのベッドまで運び、その上に横たえた。意外にも丁寧に降ろされ、身体がふわりとしたベッドに優しく包み込まれる。

「お前は絶間姫なんだろ……ほら、もっとうまく誘ってみたらどうだ」

香之助はギッとベッドのスプリングを鳴らし、晴香に覆いかぶさってくる。そして暗がりの中、サイドテーブルにあるライトをつけると、艶然と微笑んだ。

「さ、誘うなんてわかりません……」

「手間がかかる奴だな。……まぁ、処女だから仕方ないか」

〝子どもに期待していない〟とばかりに、指先でふにふにと頬をつつかれる。おちょくられている気分だ。

「こ、香之助さん……！」

腹が立ち、抵抗しようともがくが、慣れた手つきでスーツのジャケットを脱がされ、ブラウスのボタンも外されてしまう。

「脱がせてやってるんだろ、甘えろ。女性のシャツのボタンは、脱がされるために男性とは反対になっているらしいからな」

「ち、ちがっ……んっ……！」

シャツのボタンに関してはそういう一説もあるけれど、それは男性に脱がされるためではなく、メイドに着替えさせてもらうためだったはずだ。

そんな反論はさせてくれるはずもなく、晴香は唇を塞がれて、彼の手ほどきを受けるだけになってしまう。

「身体が熱いな……初めての行為に興奮してきたか」

「いやっ……ぁっ……！」

手際よくシャツのボタンを外した香之助は、晴香の首筋に濡れた舌を這《は》わせ、ピンク色のブラジャーの上から胸に触れる。大きな手の平は円を描くようにふくらみを揉《も》みあげた。

晴香は緊張がほぐれていくような、しかし、ゾクゾクと湧きあがってくる刺激にもっと身体を強ばらせてしまうような、どうしたらいいかわからない感覚に襲われた。

「手の平に合う、なかなかの大きさだ。悪くない」

香之助の熱い息が首筋に掛かる。チュッとキスを落とすと、舌先がちろちろと動きながらそのまま鎖骨を舐め上げ、肌蹴た胸元へと下りていく。くすぐったい感覚に肌が粟《あわ》立ち、晴香は肩をぴくりと跳ね上げた。

「やっ……ダメっ……」

　香之助がブラジャーをずり上げると、晴香の白い双丘が零れ出た。露わになった乳房はふっくらと白く、まだ男性を知らない先端は淡い桃色をしていて、ふるふると震えながらも、与えられた刺激によって固く尖っていた。

「いい形だ」

　香之助は噛みしめるように笑うと、筋張った指と指の間に胸の肉が食い込むほど強く鷲《わし》掴《づか》みにし、捏《こ》ねるように揉み上げる。淡い色の突起を強調するかのように指先で押し出すと、濡れた舌先でコロコロと転がした。

「あっ、あぁッ……！」

　経験したこともない快感が、背筋にビリリと走る。香之助はさらに舌先を動かして、ぷっくりと主張している乳首を上下に扱き、キュッと強く吸い上げた。甘く歯を立てられると、双丘の頂上は固さを増し、充血してほんのりと赤く染まる。

「ふぁっ……こ、香之助さん……！」

「気持ちいいだろ。腰に、刺激がこないか？」

　香之助の手が下肢に伸びる。スルスルとくすぐるように擦られ、焦れるような刺激が迫りあがってきて、晴香は身体を捩《よじ》った。

　その間も片方の胸はもてあそぶように揉みしだかれ、もう片方は香之助に吸い付かれてと、愛撫が止む暇はない。

（こんなの、どうしたらいいか……わかんない……）

初めての刺激は身体の奥に響き、もっと欲しくなるような焦れったくてもどかしい感覚が、下腹部から湧きあがってくる。

身体は徐々に熱を増し、神経はどんどん敏感になって、香之助のわずかな息遣いさえも肌が刺激として拾っていく。

「ホント、お前は感度がいいな」

香之助は満足そうに呟くと、這わせていた手をスカートの中へ潜り込ませた。

（私、ホントにこのまま……）

そう思っていると頭の中がクラクラとしてきて、寝ているのに軽い眩暈《めまい》に襲われた。仰向けで見る香之助の顔が、二重にも三重にも見える。

「あっ……はぁっ……あ、あれ……なんか、私っ、変かも……」

「どうした……もう、イクのか？　これだから、処女は……まぁ、何回でもイカせてやるよ」

香之助が面白がるように妖しい声で言う。自分の手技に自信があったのだろうか。しかし、晴香はそれどころではない。

「いえっ……あの、頭がクラクラしてっ……気持ち悪っ……」

晴香は息も絶え絶えに、香之助に今の状態を訴える。

「は!?　気持ち悪いだと!?」

香之助が心外だとばかりに大きな声で晴香を責めた。

「いえっ、そうじゃなくて……うぅっ……」

彼から与えられる快感は晴香自身が知らなかった欲求を刺激し、認めたくはないが決して気持ちが悪いものではなかった。しかし、胸が気持ち悪い。情けないことに、これは酔いのせいだ。

しばらく晴香の様子を見ていた香之助はやっと彼女の状態を理解したらしく、呆れたように大きくため息をついた。

「ったく、今日はヤメだな」

「えっ……」

「酔った女を抱いても、面白くない。残念だろうが、またお預けだ」

晴香の頭をポンと撫でると、ブラジャーのホックを外し、スカートのファスナーを緩めた。脱がすためではなく、介抱のためだ。

「これも飲んでおけ」

ミネラルウォーターのペットボトルをサイドテーブルに置くと、香之助は自身の着物の着崩れを直して出て行こうとする。

「香之助さん……」

「朝まで寝てろ。俺はほかのところに泊まるから」

「そんなわけには……つっ……！」

晴香はベッドから起き上がろうとするが、気持ち悪くなって結局またベッドに寝転んでしまう。その姿を見た香之助からは、憐みの笑みを向けられた。

「鶴亀が用意した部屋だから構わねぇよ。まぁ、どうしても抱いて欲しいって言うなら、昼過ぎまでこの部屋にいろ。そうしたら……抱いてやる」

香之助は挑発的に言うと、部屋から出て行った。

（絶対、昼までには帰ってやる……）

晴香はまどろむ思考の中、そう決意して目を閉じた。

第四章：御曹司の素顔

「あ、あれ……？」

次の日。目が覚めた晴香は、見慣れない高い天井に目をこすっていた。

真っ白なベッドはふかふかで、同じ方向に寝返りを二回うっても落ちないほど広い。

「えっと、昨日は……って、え!?　なにがあったの!?」

鳥の巣みたいになった頭を掻きながら起き上がると、自分の姿を見て驚いた。かろうじてブラウスは羽織っているものの、スカートのファスナーは開いているし、ブラジャーのホックが外れている。暴漢に襲われたあとみたいだ。

「あっ、そうだ！　私、香之助さんと……！」

お酒のせいでまだらになった記憶を思い出し、晴香はひとりで声をあげた。

（なんていう失態……）

項垂れながら昨夜のことを反省する。腹を決めたのはよかったものの、気持ち悪いと言って香之助に介抱された挙句、スイートルームまで譲ってもらった。鶴亀の新入社員がこの部屋に泊まったなんて会社にバレたら、クビになるかもしれない。

「早くこの部屋から出なきゃ！　しかも、会社っ」

部屋の時計を見ると、八時前。会社はフレックス制だが、九時に伊戸川と打ち合わせをする予定を入れていた。

幸いにも、このホテルから鶴亀のビルまで、電車は乗り換えなしに十五分で着く。今からシャワーを浴びてメイクを簡単にすれば、九時の打ち合わせには間に合いそうだ。

晴香は慌ただしくシャワーを浴びると、持っていたメイク道具で簡単に顔を作り、会社まで向かった。


どうにか時間に間に合い、一度本社に寄ったあと、歌舞伎座にいる伊戸川との打ち合わせへ向かう。スカートは穿《は》いたまま眠っていたのでシワが入っていたけれど、シャワーを浴びたり準備をしたりしている間に、備え付けのズボンプレッサーにかけておいたので目立たなくなっていた。

打ち合わせの会議室へ行くと、伊戸川はすでに準備を終えて座っていた。

「すみません、伊戸川さん……遅くなりました」

「いいのよ、まだ時間じゃなかったし。あれ……昨日はどこかに泊まったの？」

すかさず伊戸川の突っ込みが入る。下世話なことを勘ぐるというのではなく、ただ昨日と同じ黒いスーツを着た晴香を見て疑問が浮かんだだけのようだ。

「は、恥ずかしいことに二次会で酔っぱらってしまいまして……ち、近くのビジネスホテルに泊まったんです」

晴香は声をくぐもらせながら言った。伊戸川にウソをつくなんて、胸が痛い。だけど、本当のことを話すと自らのクビが危ない。

「大変だったわね。まぁ、私も若い頃はそんなこともあったわ」

伊戸川は懐かしむように瞳を細めると、資料をパラパラと捲りだした。

「で……それはともかく、香之助さんに雑誌のインタビューは確認してもらえた？」

「それがまだなんです。申し訳ありません。今日、ちゃんと確認してもらえるようにお願いしてみます」

「今週中には片付けたいから……頼むわよ。じゃあ、スケジュールの確認だけど……」

伊戸川はスケジュール帳を開き、予定を確認する。舞台の進捗状況など、演劇制作部の情報も伝え、打ち合わせは終了した。

打ち合わせが終わり、パソコンの時計が十時半ごろになると、晴香はスマホを操作し、ある番号を表示した。

「吉永さんにかけてみるか」

香之助のマネージャーである吉永に電話をかけ、インタビューの確認をしてもらう時間をもらえないか、お願いすることにした。

電話をかけると、三回コールが鳴ったあと「はい、吉永です」と明るい声が聞こえてきた。

「お世話になっております、鶴亀の水無月です」

『ああ、水無月さん。昨日はお疲れさまでした。どうかしましたか？』

吉永が素早く用件を促してくれるので、晴香は早速本題に入ることにした。

「すみません、吉永さん。香之助さんにこの前行った雑誌のインタビューについて、ゲラの確認をしてもらいたいのですが、今週中にお時間いただけませんか？」

吉永はスケジュール帳を捲っているのか、少しだけ無言になる。

『そうですね……今日でよければ少しだけ取れそうですが……ちょっと香之助さんと相談してみます。また、後ほど折り返しかけますね』

吉永は最後まで明るく言うと、電話を切った。

それから十五分もしないうちに、デスクに置いていた晴香のスマホの着信音が鳴った。

（あれ……誰だろう）

吉永からだと思って画面を見ると、知らない番号が表示されていた。スタッフ達にも番号を伝えているので、仕事関係の誰かだろう。

「はい、水無月です」

『昼までホテルにいなかったんだな』

スッキリとした声とホテルという単語。すぐに電話の相手が香之助だとわかった。

「はい……昨日はすみませんでした」

『これから抱きに行ってやろうと思ったのに』

クスクスと笑われ、その息遣いが電話越しに伝わってくる。耳から直接響く声に、昨夜のことを思い出してしまい、晴香はひとりで頬を熱くした。

「だ、抱くって……じ、冗談はやめてくださいっ！」

この人なら、本気でやりかねない。昼までにホテルを出てよかった。

「そっ、それより、インタビューの……」

『ああ、インタビューの確認だったな。十二時から十三時の間だったら空いてる。稽古場に来たらいい。阿部家の離れだ』

「えっ、稽古場に行っていいんですか？」

予想外にすんなり時間をもらえたうえ、稽古場まで来ていいと言う。晴香は驚いて前のめりに聞き返していた。

『俺がいいって言ってるんだから、当たり前だろ。着いたら辻に連絡入れろ。迎えに行かせるから』

「あっ、ちょ、香之助さん……！」

戸惑う晴香には構わず、香之助はさっさと決めると、電話を切ってしまった。

（私、スーツとはいえ昨日と同じ格好だよ……）

俯いて、昨日と同じスーツを見つめる。けれども、歌舞伎好きの血が騒ぎだしていた。なんせ、あの、いろんな名優が生まれ育った阿部家の稽古場へ行けるのだ。こんな機会、めったにない。

晴香は準備を整えると、伊戸川に阿部家の場所を聞いて、鶴亀のビルを飛び出した。


「はぁ……ここが、あの阿部家の家……」

涼しくなった秋の風に吹かれ、晴香はあ然と立ち尽くしていた。

晴香の背より三十センチは高いと思われる石塀は、どこまで続くのだろうかと思うほど長く、鼠《ねずみ》色の瓦屋根でできた平屋は大きくて、手入れがされた高い木々があたりを囲っている。高級住宅街でもひときわ目を引く屋敷に、広大な土地……一等地にこれだけの坪数を持てるのはさすがだと言わざるを得ない。

晴香は感嘆の息をつくと、腕時計を見た。針はちょうど真上を差している。

バッグからスマホを取り出すと、香之助に言われた通り、辻に電話をかけることにした。

「辻さん、阿部家の前に到着しました」

『承知しました。今、向かいます』

辻は了承の返事をすると、間もなく門扉の前までやって来た。引き締まった身体に、浴衣を纏っている。

「香之助さんはまだ稽古中です。あと少しで休憩に入りますから、こちらへどうぞ」

「お忙しいのに、ありがとうございます」

晴香は礼を言うと、辻のあとに続いて門をくぐる。足を踏み入れた瞬間、目の前には日本庭園が広がっていた。

綺麗に整えられた松の木。丸い池には鯉《こい》が泳ぎ、枯山水が広がっていて石灯籠も置かれている。まるで有名な寺社の庭園のようだ。

辻は、威厳がひしひしと伝わってくる屋敷の前を通り、その近くに建てられた、屋敷と同じ瓦屋根に白壁の小さい建物のほうへ晴香を案内する。ただ、〝小さい〟と言ってもどっしりとした佇《たたず》まいの屋敷よりは……という意味で、一般的な一軒家と同じくらいの広さはある。

「香之助さんは朝からずっと稽古をされているんですか？」

晴香は石畳を歩きながら、前を行く辻にたずねる。

「はい。昨夜、二次会が終わったくらいの時間でしょうか……タクシーでこちらに帰って来られまして、朝からずっと稽古をしています」

「えっ、ど……どこかに泊まったんじゃないんですか!?」

辻から語られたことにびっくりしてどもる。どこかべつの女性の家にでも泊まるのかと思っていた。香之助なら、いくらでも行くところがあっただろう。

「いえ、どこにも……ああ、そっか。鶴亀さんがホテルをご用意してくださっていたんですよね。でも、そこには泊まらずこちらに直行したようです。しかも、到着するなりすぐに稽古場へ入られまして……僕は香之助さんを迎えたあと眠っちゃいましたけど、遅くまでされていたかもしれません」

「け、稽古……？　マンションじゃなく、こちらに帰って来られたのは稽古をするためだったんでしょうか？」

ホテルからは、香之助のマンションより実家であるこちらのほうが近く、公演のときも寝泊まりしていると聞いている。だから、こちらに帰るのは理解できる。だけど、休むためなら、稽古場ではなく自分の部屋へ行くだろう。

「どうですかねぇ。確かに、昨日は午前中ずっと挨拶回りで忙しかったですし、朝から稽古はできていませんでしたけど……」

辻は首をひねり、苦笑していた。どうやら、彼にも香之助の行動が理解できないようだ。

（香之助さんが夜遅くに稽古……？）

女遊びが激しく、平気で遅刻をする香之助が、まさかそんなに真面目に稽古に励むだろうか。晴香はにわかには信じられなかった。

そんな話をしながら玄関で靴を脱ぎ、稽古場の中へ案内してもらう。辻はついてくる晴香を時折振り返って気にしつつ、天井の照明がハッキリと映り込むほどよく磨かれた板張りの廊下を通ると、木の引き戸の前で立ち止まった。

「この中で香之助さんは忠之助さんに稽古を見てもらっています。お静かに願います」

小声で告げる辻の注意に頷き、そっと扉を開けて中に入る。せめて「お邪魔します」と挨拶をしたいところだが、あまりにもピリピリと張りつめた空気にそれも憚《はばか》られた。

床の木目が鮮やかな広々とした部屋は、上座にあたる位置が一段せり上がった造りとなっていて、姿がよく見えるように壁の一部が鏡張りとなっている。稽古をしている香之助の傍らでは、父親である忠之助が目を厳しく光らせていた。

ところどころ白が交じる髪はすっきりと横に流され、顔には年輪のようなしわが刻まれている。浴衣に羽織を着て正座をしている姿は、重鎮そのものだ。

虫さえも飛ぶことをためらいそうな厳かな空間で、ひとり汗を流している香之助は、〝恵比寿屋〟の役者文様である「鯛」と「釣」の字が書かれた浴衣を着ていた。手には大太刀に見立てているのだろうか、二メートル近くある木製の棒を持ち、拍子に合わせて振り回している。

（もしかして『暫』の型を教え込まれているのかな……だとしたら、すごい場面に居合わせちゃった。写真撮りたい……でも、ダメダメ！）

　この稽古があってこそ、舞台で披露される芸が出来上がる。稽古場の隅に座った晴香は、写真を撮りたい衝動に必死に堪えていた。

　香之助は『暫』の鎌倉権五郎を演じたことがあるが、一度やったことがある役でも稽古はまだまだ必要。型を代々継承しなくてはいけないし、型をなぞるだけではなく、役に命を吹き込むためには無意識に身体が動くほどにならないといけない。

　晴香が興奮を抑えながら見惚れていると、急に忠之助がパンッと大きく手を叩いた。

「違う。その一歩が遅い」

　地を這《は》うような低い声が稽古場にビリビリと響く。忠之助の目つきは鋭く、その厳しい視線とひと言だけで晴香は逃げ出したい気持ちになった。

　それでも香之助はまっすぐに父親である忠之助を見つめ「もう一度お願いします」と頭を下げた。普段の彼からは考えられない姿に、晴香は目を疑う。

（意外だけど……稽古となると香之助さんは真面目なんだ……）

　やがて、再び香之助が長い棒を振るい始める。下半身に力を込め、凛《りん》とした姿で足の爪先まで神経を注ぎながら、一歩一歩拍子に合わせて踏み出していく。力強い足踏みに床がビリリと振動し、彼の顎先から汗がポタリと落ちる。それさえも朝露のように美しく、清らかなものに見えた。

晴香が彼の一挙手一投足に目を奪われていると、香之助が「あっ」と小さく声を漏らした。その瞬間、棒がガランと大きな音を立てて床に落ちた。汗で手が滑り、落としてしまったようだ。

「くそっ……！」

香之助は悔しそうに唇を噛み、前髪をクシャリと握り締めながらかきあげた。忠之助はその様子を見つめるだけでなにも言わず、苦い表情で腰をあげる。

「和仁《かずひと》、昼食のあとは清五郎さんが来る。それまでに片付けておけ」

俯いている香之助に本名で呼びかけ、それだけ言うと稽古場の出入り口へ向かう。出入り口付近で座っていた晴香は、近づいてくる忠之助に身体を固くした。

眉間にしわを寄せ、難しい顔をした忠之助に、どんな風に挨拶をしたらいいかわからない。なにより、「こんなときになんだ！」と、怒られてしまうのではないかと若干怯えていた。

（でも、挨拶はちゃんとしなくちゃ……！）

狼狽《うろた》えつつも気持ちを奮い起こして、立ち上がった。

「いつもお世話になっております。あの……香之助さんの襲名披露公演を担当しております、鶴亀の水無月と申します。どうぞ、よろしくお願いします」

忠之助に頭を下げ、そろそろと顔をあげる。ドキドキしていたが、忠之助は怖い顔をしておらず、むしろ若い晴香を気遣うように、優しく顔を綻ばせていた。

「ああ、鶴亀さんところの。いつもお世話になっているね。主役があんな愚息だけれど、襲名披露公演はよろしく頼むよ」

晴香に小さく会釈すると、忠之助は稽古場から出て行った。

いつも多くのスタッフに支えられていることを知っている、謙虚な態度に晴香は感銘を受ける。偉くなればなるほど謙虚になる……それこそが本当の大物だと聞いたことがあるけれど、まさにその通りの人物だと思った。

「じゃあ、僕もこれで」

隣に座っていた辻も、晴香に声をかけると稽古場から出て行く。残されたのは、香之助と晴香だけになった。

(どうやって声をかけようかな)

忠之助はさすがに気持ちを切り替えて微笑んでくれたけれど、怒られて悔しい香之助が気持ちを切り替えられるとは思えない。出方を窺っていると、香之助は転がっていた棒を持ち上げ、ひとり、鏡のほうを向いてまた一歩踏み出した。

(えっ……まだ練習するの？)

稽古場の壁に掛かっている時計は十二時を十五分ほど過ぎていた。昼からは日本舞踊の師範である藤村清五郎が来るようなので、それまでに昼食をとらなくてはいけないはずだ。

晴香は心配に思ったが、気迫が伝わってくる演技に圧倒され、声がかけられなくなる。ひとり稽古でも必死に大太刀を振り回し、迫力のある演技をする香之助を見て、芸に関してはやっぱり真面目で、努力家なのだと思い直した。

雄弁で力強くて、荒々しい。男らしさが溢れる姿に心を奪われてしまい、目が離せずにいた。

「かっこいい……」

晴香がぼうっと見惚れていると、やがて香之助は手を止めた。肩で息をしながら、鏡の側にある、ペットボトルやうちわなどを置いたテーブルからタオルを取り、汗を拭く。

「おい、エセ絶間姫」

タオルを肩にかけて一息つくと、扉近くにいた晴香を手招きした。もっと近くに寄れ、ということなのだろう。

昨夜のことが頭を過《よぎ》り、身体が強張ったが、どのみちゲラを渡さなければならない。彼との距離が近くなることに、躊躇している場合ではなかった。

「そういえば、お前を呼んだんだったな……インタビュー記事の確認とか言ってたっけ？」

香之助の側に寄ると、彼が身に纏っているグリーン系の香りに汗が混じり、男らしい匂いがした。汗ばんだ首筋はタオルで拭いてもきりがなく、次から次へと汗の粒を結んでいる。その姿は今までのどんな姿より色っぽい。

「あっ、そ……そうです。記事と写真の確認をしていただきたくて、持ってまいりました」

意外にも普通に話しかけられた。晴香のほうがドギマギしてしまい、焦りながらバッグから見てもらいたい書類を取り出した。

「なんでもかんでも確認って……めんど――」

「あとから修正ができませんので！」

香之助が「面倒」だと言う前に、すかさず晴香が牽制《けんせい》する。その勢いがよすぎたのか、香之助がクシャリと破顔した。

「お前は小さいくせに、ホントに威勢がいいな」

こういうところが女らしくないと思われてしまうのかもしれない。晴香は恥ずかしくなり、瞬時に顔を赤くした。それを隠すように俯き、香之助にゲラを渡す。

「へぇ……いいんじゃないか。この助六風のも、うまくキマッてる」

香之助は、晴香が提案した蛇の目の傘を持ってポーズを決めている写真をまじまじと見つめる。晴香の頭は羞恥から歌舞伎に、一気に切り替わった。

「はい。助六は去年の新春で公演されて評判もよかったので、この姿を見てきっと思い出すファンもいると思いますよ」

晴香はその様子を想像して、キラキラと目を輝かせた。傘を渡しただけで香之助がこちらの意図を察してくれたのは、さすが歌舞伎役者だと思われた。

「お前……それも考えて、俺に傘を持たせたのか？」

嬉しそうにしている晴香を見て、香之助はあ然としながら言った。

「もちろんです。やっぱり歌舞伎を愛する鶴亀の社員としては香之助さんのファンを大切にしなくてはいけませんから」

「なんだ、俺はまんまと乗せられたわけだな。……ったく、お前は誰のために仕事してんだか」

香之助はフッと噴き出すと声を立てて笑い、晴香の髪をくしゃくしゃと撫でた。それはどこか優しい手つきで、晴香は胸がくすぐったくなった。

「だ、誰のためって……それは香之助さんと、香之助さんのファンのためですよ」

晴香が当然とばかりに言うと、香之助は撫でていた手を止めた。

「は？　お前、どっか変だぞ」

片眉をあげ、頭がおかしいのではないかと晴香の顔を覗き込んでくる。あまりの近さに、思わず一歩後ずさった。

「へ、変って……そんなことありませんよ」

こちらの気持ちが伝わらないのはいいとしても、変だとバカにされるのは悔しくて、ついムッとして言い返してしまった。しかし、香之助はそんな態度を気にも留めず、さらに首をかしげる。

「いや、ある。仕事は、普通自分のためにするもんだろ？」

「でも……私のためといえば私のためですから」

役者やファンのことを考えて仕事をすれば、成果として返ってくる。それはいい仕事をしたい晴香にとってはとても嬉しいことなので、結局自分のためになる。

「人のためが自分のためとか、なんの教科書に載ってんだよ。お前はホント変というか、どこかおかしいというか……面倒くさいな」

変だとかおかしいだとか、面倒だとか、よくもまあこんな短い台詞でいろいろ罵られたものだ。

(まぁ……いいや。そもそも、香之助さんに自分の仕事を理解してもらおうと思っていたわけじゃないし)

晴香は諦めたようにため息をついた。

「もう、面倒でもなんでもいいです。私は香之助さんの評判を落としたくないだけなので」

「へぇー……そんなに俺のことを考えてくれてるとは、優しいんだなぁ。そうだ、なにかご褒美でもやろうか？」

香之助は妖艶に微笑みかけてくる。完全にこちらをからかっているとしか思えなかった。

「い、いりませんよ！　私は香之助さんの担当だからやっているだけです！　香之助さんだって、見てくださる人のために舞台に立っているんでしょう!?」

突っぱねるように言って顔を背けると、香之助は飽きた玩具を手放すみたいに晴香から離れた。

「わかったようなこと言いやがって」

深いため息をつく。空気が急にピリリと緊張感に包まれた気がして、晴香は背中を丸くした。

「す、すみません……」

確かに、舞台に立ったこともないのに言いすぎてしまった。小声で謝ると、香之助にフンと鼻であしらわれる。

「まぁ、いい。俺のためにもファンのためにも聞かせてくれよ。俺の稽古はどうだった？」

「え……？」

素人の晴香に稽古のことなどわからない。それはきっと香之助もわかっているはず。だから、技術的なことではなく、感じたままの素直な感想を求めているのだろう。

「私は……勇猛でかっこよくて、それでいてとても美しいと思いました。私の目には、ちゃんと〝鎌倉権五郎〟として映っていましたよ」

晴香は慌てて心から思った通りのことを言うと、香之助がフッと笑った。その表情は彼の得意な色気たっぷりの笑みでもなく、垣間見せる無邪気な表情でもなく……悲哀に満ちたものだった。

「……お世辞が俺のためになると思ってるのか？」

「お、お世辞なんかじゃ、ありません」

晴香がフォローするが、そんなもの、香之助の耳には届かないようだった。

「あれじゃ、まだまだだ。あんな演技じゃ……〝八代目はすごかった〟〝まだ香之助の名前は早いんじゃないか〟なんて、いろいろ言われるんだろうな」

「香之助さん……」

香之助は、自分がいないところでどのようなことを言われているのか、知っているのかもしれない。晴香がじっと見つめていると、香之助も同じように見てきた。

「二次会のパーティでお前が俺を連れ出したとき、近くにいた奴らもなにか言ってたんだろ。だいたい、わかる」

「そ、そんなこと……」

言葉がすんなりと出てこない。〝そんなことない〟とフォローをすることは、香之助にウソをつくことだ。勘のいい彼のことだから、きっとすぐに見抜いてしまう。

「べつにいい。だからこそ、稽古してるんだ」

香之助はきっぱりとした調子で言った。晴れ晴れとしていてさきほどの悲痛さは感じられない。

見た者全員を納得させる、圧倒的な演技を見せる――。そう言わんばかりの強い気持ちが感じ取れた。

「お前にも、八代目を越える鳴神……見せてやるよ」

彼のコンプレックスでもある八代目。しかも、その八代目の当たり役と言われた〝鳴神〟の名前を出し、堂々と宣言する。

香之助がひと皮むけて強くなる瞬間を目の当たりにしたようで、晴香は嬉しくなった。

（どんな鳴神が見られるのだろう……ファンも絶対喜ぶ……！）

今から舞台を想像するだけで胸が躍り出す。

「はい！　楽しみにしています」

晴香は飛び跳ねたいほどの高揚感のまま、人懐っこいとびきりの笑顔で返事をした。すると、香之助は「へぇ……」と言い、なぜか目を丸くして晴香の顔を覗き込んできた。

「な、なんですか……？」

黒目がちな瞳に自分の顔が映り込みそうなほど見つめられ、晴香は思わず身体をうしろへ引く。

「お前、男いないって本当か？」

香之助は肩にかけていたタオルをするりと外すと、テーブルに戻した。流れるような動作で、晴香のほうへジリッと近寄ってくる。

「えっ、なっ……そ、そうですけど」

（なにを今さら……！）

せっかく香之助がコンプレックスを乗り越えたのかと嬉しくなったが、こちらのコンプレックスを刺激してくるとは思わなかった。

「見ての通り、子どもっぽくて女に見られませんから」

晴香が言い返すと、香之助の手が伸びてきて彼女の頬に触れた。

「俺には……女に見えるけどな」

「お、女にって……えっと……」

女なのだから女に見えて当たり前だが、この場合意味が違うのだろう。要するに〝女性として意識できた〟と言ってくれているのか。――あの、香之助が。

どう反応していいかわからず狼狽《うろた》えていると、頬に触れていた香之助の手にわずかに力がこもる。

「今のは……結構そそられた」

「そ、そそられ……って、なに言ってるんですか」

顔が熱くなっていくのがわかる。頬に触れている香之助も感じているに違いない。

「お前の笑顔はいい……と、褒めてやってるんだろ」

香之助は噴き出したように笑い、顔を近づけてきた。

「んっ……！」

晴香が抵抗する間もなく、唇が唇に触れ、チュッと軽い音を立てた。

「ちょ、こ……香之助さん！　なんでこんなっ……！」

香之助を咎《とが》めるが、キスが止む気配はない。離れた唇は再び重ねられ、か細い音を立てながら何度も吸い上げ、晴香の緊張や戸惑いを消し去っていく。

「ん、はぁっ……こ、のすけさ……舌がっ……」

晴香の唇を割り、香之助が舌を忍び込ませてきた。晴香の縮こまっていた舌を見つけると、誘うようにザラリと擦り上げる。

「俺の舌に絡めてみろ。できるだろ？」

「できませ……んんっ……！」

身体が心を裏切るとはこういうことか。否定しながらも、香之助のキスが心地よくて晴香は香之助の浴衣の袖を掴み、自ら顔を引き寄せていた。

口腔をまさぐっている彼の舌に、自分の舌をおずおずと絡めてみると、香之助が熱い息を漏らした気がした。

「できるじゃねぇか……俺を、誘ってるよ」

香之助は犬を躾《しつ》けるかのように褒めると、手を晴香の後頭部に回し、角度を変えてさらに深く口付ける。ちゅくちゅくと水音を立て、晴香の身体に大きな手を這わせ始めた。

「昨日は酒のせいで抱ける状態じゃなかったが……今日は、容赦しないぞ」

晴香を射抜くような強い視線で見ると、香之助は晴香の上着を脱がせ、ブラウスのボタンを外し始めた。素早い動きにすぐに前がはだけ、下着が露わになる。

「やっ……こ、香之助さん、ここ……稽古場ですよ」

ここは神聖なる稽古場で、香之助はやっと稽古を終えたので、休憩をとらなくてはいけないはず。しかし、晴香が何を言っても気随気儘《きずいきまま》な香之助の手が止まるはずもない。

「稽古場だろうが、ホテルだろうが関係ない。どうなってもいいということは、俺の好きなようにしていいってことだろ？　それならどこだろうが、最後までされてもいいということだ。お前はなにも言えない。……約束、忘れたわけじゃないよな」

威圧感のある言葉に晴香は息を呑む。そんな晴香を見て、香之助は満足げにフッと笑った。

香之助はブラウスのボタンを外すと、晴香の背後に回ってするりと脱がした。肩に触れる生地の動きに敏感な肌が粟立ち、背筋がゾクリと震える。そして、香之助が移動したことで気づいたことがあった。

「かっ、鏡……！　あの、せめて鏡を閉じてください」

目の前には稽古をしている姿がよく見えるようにと取りつけられた、壁一面に広がる鏡があった。上半身にブラジャーしか身に着けていない自分の姿が映しだされ、羞恥からさらに身体が火照っていく。

「お前はなにも言えないって……さっき教えたばかりだろ。鏡はそのままだ。お前は女としての自覚が足りないから、自分の姿を見てしっかりと知るといいんじゃないか？」

鏡に映った香之助が、ニヤリと白い歯を見せる。

「そんな……やっ……！」

背後に回った香之助の熱い舌が晴香の首裏を這い、うなじにキスを落とす。脇の下から回された両手は、ブラジャーをずらすと、ぽろんと零れ落ちた両の胸を掬い上げ、いやらしい手つきで双丘を寄せては離して揉み上げる。

「ぁっ……ん、ふぁっ、あ……！」

固くなってきた突起を指先でいじられ、キックつまみ上げられると、キュンと下腹部が締まるような刺激が駆け抜ける。下肢が疼き、腰の奥が熱くなっていくのがわかる。

「ん、や、……ヤメてっ……」

なんて説得力のない否定だろうか。息を熱くしながら言っても、香之助が聞いてくれるはずもない。

薄紅色した胸の先端は指先で左右に扱かれても動じることがないほど固く尖り、香之助から与えられる刺激を存分に感じている。

「こうの、すけさ……っ、こんなこと……」

「こんなこと？　これも稽古のひとつだ」

「けいこ……？」

どんな稽古かとたずねたいが、香之助のクツリと笑う気配から、からかわれていることを察する。

「まだ絶間姫に落ちていく鳴神の心境が摑みきれていないんだ。協力してくれないか？俺の評判をあげたいんだろ」

身体を屈めた香之助が、耳元で甘く囁く。そのまま舌を耳孔に挿し込み、クチュリと耳をくすぐる。胸だけではなく耳まで弄られ、晴香はせり上がる興奮をこらえきれずに喉を反らした。

「そっ、それは、そうですけど……っ、あぁっ……！」

両方の乳首をギュッとつまみ上げられ、晴香は甲高い声で喘《あえ》いだ。嬌声《きょうせい》は甘く、稽古場に響き渡る。

「いい声で啼《な》けるじゃねぇか」

香之助は肩口にキスを落としながら、胸を弄っていた手をずらし、スカートのファスナーに手をかけた。ジッと素早く下げると、スカートがストンと晴香の足元を囲うように円を描いて床に落ちた。

「やっ……！」

鏡には、香之助に背後から抑えられ胸を曝《さら》け出している晴香の姿が映る。しかも、スカートがなくなった下半身はストッキングからピンク色の下着が透けていた。

（こんなの……恥ずかしい）

晴香はその姿から目を背けるように俯いたが、香之助の手に顎を捕らえられた。

「どんな顔で男を誘っているか……見ておいたほうがいいぞ、エセ絶間姫」

口元を意地悪く歪め、面白がるように言ってくる。

「み、見たくありません」

晴香は顔を赤くし、目を潤ませながら鏡越しに香之助を睨みつけた。すると、香之助にグイと顎を引き寄せられて、顔だけ彼のほうを向く格好になる。バランスがとりづらくて、晴香は鏡に片手をついた。

「見たくないなら……こっちを向け。俺のことしか考えられないようにしてやる」

晴香の唇に、身を屈めた香之助が吸い付いてくる。嚙みつくようなキスをすると、舌をねじ込んできて口腔を貪りだした。

「んっ……！」

獰猛でありながらくすぐるような動きに、晴香は肩口をピクンと揺らす。香之助は顎を捕らえた手はそのままに、もう片方の手で脇腹や腹をさわさわと撫でながら下肢へ伸ばした。

（香之助さんから離れたいのに……）

身体を捩り、鏡に突いた手とは逆の手で彼の鋼のような胸板を叩くが、香之助はびくりともせず、結局添えるだけの格好となってしまった。

抗いたくても抗えない。香之助の手の感触やキス、彼の香りなど身体の五感すべてが彼に与えられる快感で埋め尽くされ、思考が麻痺《まひ》していく。晴香は自分が持っていた女の部分を初めて知った。

「そろそろ……このあたりが疼くんじゃないか」

香之助は耳元で囁くと、下肢に伸ばしていた手でストッキングと下着を太腿《ふともも》までずらし、隠すものがなくなった秘部に触れた。

「やっ、そんなところ……触らないでっ……」

泣いているわけでもないのに、感じて瞳が潤み、声が掠《かす》れた。……それは、晴香にとってなにより屈辱的なことだった。

「最後まで、するんだろ」

香之助は悪戯な笑みを浮かべると、薄い茂みをかき分けて恥丘を探り、指先で狭間の手前にある秘芽をコリコリと弄った。

「ぁあっ……！」

胸の先端以上の刺激が背筋を駆け抜け、晴香は喉を震わせる。秘芽は、狭間から溢れ出た呼び水ですでに湿り気を帯びており、香之助の指の動きに過剰なほど反応した。

「相変わらず、感度がいいな」

香之助は楽しそうに唇を弓なりにすると、指先を狭間へと沈めた。濡れそぼったそこはクチュッと水音を立てて彼の指を簡単に飲み込む。

「ゆ、指なんてっ……」

「これだけ濡れていれば、いくらでも入りそうだな」

香之助は濡れた秘所に沈めた指を動かし、中をほぐすように抜き差しした。ぐちゅぐちゅと自分の身体から漏れているとは信じがたい音が響き、彼の愛撫で零れ出た蜜がポタリと下に落ちる。よく磨かれた床が、滴で淫猥《いんわい》に光った。

「もう一本、入るだろ」

「やぁっ、だめ、もう……無理ですっ」

晴香の訴えは聞き入れられるず、香之助の長い指がもう一本侵入する。中を押し広げられ、バラバラに動き回る指に、晴香はお酒を飲み過ぎたときのように、どうしようもないほど気持ちよく、酩酊《めいてい》しそうだった。

(どうしよう……本当にこのまま……？)

目眩がしそうな快楽に溺れながら考えていると、廊下からパタパタという足音が聞こえてきた。

(誰か来たっ……！)

晴香の身体は瞬時に強張り、自然と下腹部をキュッと収縮させて、彼の指を締め付ける。

廊下の足音は晴香達がいる扉の前で止まり、中の様子を窺う気配がした。

「香之助さん、そろそろ昼食をおとりになってはいかがでしょうか？」

声の主は辻だった。

(辻さん!?　やだっ……こんな姿……誰にも見られたくない)

辻が香之助の断りもなしに扉を開けるとは思わないが、それでもやはり晴香は気が気じゃない。晴香は助けを請うように香之助を見つめた。しかし、彼女の身体のいたるところを弄り続けている彼は、意地悪にもさらに手の力を強めた。

胸の先端を擦り上げられ、二本だった指がさらに一本増えて三本になり、グリグリと奥まで刺激される。晴香は背を反らし、腰をリズムよく跳ね上げていた。

「んっ……ふぁっ……ぅんっ……！」

(声が洩れちゃうっ……！)

晴香は唇を噛みしめ、なんとか洩れ出る声を抑える。鏡に映った自分は、ひどく淫らな表情をしていた。

「香之助さん？」

返事のない香之助に、再び辻が声をかけてくる。不審がられて扉を開けられでもしたら
……そう思っていると、香之助が晴香の身体を弄りながら口を開いた。

「ああ、わかった。すぐ行く」

晴香を翻弄しながらも、香之助の声はいつも通り落ち着いて、凛としてさえいた。

「清五郎先生ももうすぐお見えになるそうです。では、僕はこれで」

辻はそう言い残すと去って行った。

「辻がいなくなって、ホッとしたか？　それとも、もう少しいてもらいたかったか？」

背後から香之助が、晴香の顔を覗き込むようにしてたずねてくる。

「そ、そんなわけっ……」

「声を抑えているとき、一番締まっていたぞ」

香之助は楽しそうに頬を緩めると、嬌声を押さえている晴香へ口付けた。

「っ……ぁっ……ん！」

奥まで挿れられた指で、恥骨の裏をグリグリと擦るように動かされ、晴香は香之助のキスを受けながら声にならない声で喘いだ。

（そんなわけない……バレたくなかったし、こんな行為もやめてほしい……）

それは自分に必死に言い聞かせているようだった。

香之助が指の速度を速めると、晴香の目の前にはチカチカとフラッシュが光り始める。

「ぁっ、ぁあっ……やぁっ……！」

それはしだいに激しくなり、喘ぐ声が熱と艶を増していく。激しい快感に襲われた瞬間、晴香は身体を大きく仰け反らせて絶頂を味わったのだった。

香之助の指が引き抜かれると、晴香は鏡にすがりつくようにして床にしゃがみ込んだ。身体をぐったりと弛緩《しかん》させ、乱れた息を整える。

背後に立ったままの香之助は、晴香の愛液で濡れた指をなんの躊躇もなくペロリと舐めると、乱れた浴衣を直した。

「今回も最後までできなかったな……まぁ、いいか。約束は持ち越しで」

香之助の言葉に、背を丸めて辱められた身体を隠していた晴香は、勢いよく彼を見上げた。

「えっ、ま、また持ち越しって……これでもまだダメなんですか!?」

確かに香之助の言う〝最後まで〟はできていないと思うけれど、もう十分、身体は弄ばれた。これ以上なんて、身体も心もおかしくなってしまいそうだ。

「当たり前だろ。しっかり誘ってくれよ、エセ絶間姫」

香之助がニヤリと微笑んだのを見て、晴香は背筋に悪寒が走るのを感じた。

「信じられない……しかも、神聖なる稽古場でこんなことするなんて……」

いくら遊び人でもこんな場所で身体を虐めてくるとは思わなかった。晴香がショックを受けていると、香之助が眉を顰《ひそ》めた。

「神聖？　ここが？」

「そうですよ！　神聖な稽古場です」

晴香がもう一度言い直すと、香之助は眉間のしわをより深くした。怪訝《けげん》な表情というよりは、どこか痛そうにも苦しそうにも見える。

「神聖な場所なんて……俺にとっては舞台上だけだ。あとはどこも、泥臭い」

「香之助さん……」

なにも言えなかった。御曹司である香之助は、どこへ行っても妬みや嫌味、悪口を言われてきた。だからこそ、真剣な台詞の応酬しかない舞台上だけが神聖であると感じている。

晴香が切ない気持ちに締め付けられていると、香之助はそんな彼女を見て不敵に笑った。

「まぁ……稽古にはなった」

「どういうことですか？」

なにが稽古だというのか。晴香が衣服をかき集め、身なりを整えながらたずねると、香之助は艶然と唇を引き上げて見下ろしてきた。

「ここに来れば、お前の淫乱な姿を思い出して俺は鳴神に近づける。十分な稽古だった」

「い、淫乱って……ヒドイです。私、そんなにやらしい女じゃありません！」

晴香はキッと香之助に鋭い視線を向けた。

「そうか？　充分やらしいと思うが……確かに、もう少し色気があったほうがいいな。絶間姫にしては物足りなかった」

「やらしいのもヒドイですけど、色気がないっていうのも……結構ヒドイです」

晴香がむくれながら言うと、香之助は呆れてため息をついた。

「なにを言ってもヒドイって言うんだな。ホント面倒くさい奴だ」

髪を掻き上げると、出入り口のほうへ歩いて行く。しかし、扉に手をかけるとその足を止め、晴香のほうへ振り返った。

「ああ、そういえば雑誌の件だが……お前に任せるよ」

「私に？　いいんですか？」

「ああ、お前なら俺の評判をあげてくれるんだろ？」

香之助は悠然と言うと、稽古場を出て行った。

「そりゃ、香之助さんの評判は落とさないけど……」

ひとり残された晴香は、誰に言うでもなく呟いた。

(私に任せるって……信頼、されたのかな……？)

しかも「評判をあげてくれるんだろ」と言われた。自分の仕事ぶりを理解してくれているということだ。

（やった……！）

身体を弄ばれたことは腹立たしいけれど、今は〝任せる〟と言ってもらえたことが嬉しい。信頼されたということだ。

身なりを整え、興奮が落ち着いた晴香は、インタビュー記事の了承も得たし帰ることにする。稽古場を出て、門に向かうために庭を歩いていると、辻に会った。

「水無月さん、お疲れ様でした」

辻はいつも通り挨拶をする。しかし、晴香はさきほどのことが頭を過り、羞恥で頬が熱くなった。

「お、お疲れ様でした」

辻に異変を気づかれないよう、そそくさと出て行こうとする。すると、辻の少し後から日本舞踊・藤村流の師範代・藤村清五郎が現れた。

コシのありそうな黒髪を一本の乱れもなくうしろに撫でつけ、紫苑《しおん》色の優美な着物を着ている。彫りが深いわけではないが、目元は凛としていて美しく、体幹が鍛えられた身体は、歩いているだけでも気品に溢れていて見惚れてしまう。

（さすが人間国宝……）

清五郎は香之助の父親である忠之助と同じ六十二歳。しっかりとした足取りは、見た目以上に若々しい。晴香が目を奪われていると、すぐそのあとをしずしずと歩く女性がいた。清五郎の娘である藤村葵《ふじむらあおい》だ。清五郎が歌舞伎と関わりの深い日本舞踊の大御所なので、そういう名前の娘がいることは知識のひとつとして知っていた。

落ち着いた雰囲気の葵は、髪を右の耳下あたりで大きなお団子に結い上げ、ススキと女郎花が描かれた単衣に合わせ、木蘭《もくらん》色の簪《かんざし》を挿している。少し伏せた目元を長い睫毛が縁取り、白く瑞々しい肌に桃色の唇が品と可憐さを与えていて、黙っていても女らしさが滲みでていた。同じ女性として見習いたい。

（綺麗だな……私にはない雅な品があって……）

晴香はふたりが通りすぎるのを待ち、それから門へと向かう。そのとき、背後から草履がジャリッと石畳を踏む音がした。

「いらっしゃいませ、藤村先生……葵さん」

足音のあと、聞こえてきたのは香之助のよく通る声だった。

晴香がチラリと振り返ってみると、彼は舞台上で見せるような堂々とした立ち姿で、優しい笑みを浮かべてふたりを出迎えていた。

「和仁さん！」

嬉しそうに笑った葵が、香之助を本名で呼び、彼の元へ駆け寄る。なにやらはしゃいだ様子の彼女を、香之助は微笑んで出迎えた。

「和仁さん、この前はすごく楽しかったわ、ありがとう。それで、またお願いがあって……」

葵は肩を可愛らしく上げ、顔の前で手を合わせた。

「ったく。次はなんだ？」

香之助は口では困ったように言っているが、まったく困っている様子ではない。

「あのね……」

葵が香之助の浴衣の袖を指先で引っ張ると、香之助は穏やかな表情で彼女の口元に耳を寄せていた。

（仲……いいんだ）

どういった関係かはわからないが、ふたりの距離感から親しい仲であることはわかる。

香之助のあんな穏やかな表情を見るのは初めてだ。

目の前で繰り広げられる、あまりにもお似合いなふたりの仲睦まじい光景に、晴香は呆然としていた。

（付き合ってるのかな……）

そう考えると、胸がチクリと痛んだ。

（わたしにあんなことをしたのは、稽古のため。信頼してもらえるだけで、充分なはずなのに……）

晴香はなにを考えているのだろうと思い直すと、阿部家の稽古場をあとにした。

本社に戻る前に、歌舞伎座にいる伊戸川の元へ向かう。香之助のインタビュー記事に了承をもらえたことを報告したかった。

「よかったわね、すんなりＯＫがもらえて。さすが水無月担当！」

香之助に「任せる」と告げられたことを言うと、伊戸川に茶化された。

「いえ、私はなにもしてなくて……たぶん、あとから藤村先生との予定が入っていたから急いでいたんだと思います」

「えっ、藤村先生⁉　私も一度、お会いしたことあるわ。優男な感じがかっこよくて、年齢より若く見えるのよね。奥様も、娘の葵さんも綺麗だし。美形一家なのよ」

「へぇ、奥様も……。娘さんは来られてましたけど、確かにお綺麗でした」

晴香の言葉に、伊戸川が目を丸くする。

「葵さん、来てたの？　香之助さんの稽古に？」

「は、はい……」

「それって……なんか怪しいわね」

伊戸川はニヤリと口の端をあげ、詮索するような表情になった。

「怪しい……ですか？」

「普通、親の仕事に娘がついてこないでしょ」

伊戸川も晴香と同じく、ふたりの関係を訝しむ。

（やっぱりふたりはそんな関係で……稽古を利用して逢引き？　それならそれでいいけど、特定の人がいるなら私で弄ぶことはやめてほしいよ……あんな、稽古場の鏡の前で……とか……）

つい思い出してしまい、香之助に触られた感触が蘇《よみがえ》る。身体は熱くなるのに心が冷えていくのを感じ、晴香はそっと息を吐き出した。

「まぁ、香之助さんのプライベートは派手だから、一概には言えないけど。あ、それはともかく……水無月さん、十六時からお練《ね》りの打ち合わせだから。よろしくね」

月末に名跡を襲名した八代目・香之助を多くの人々に披露するお練りというものがある。役者と関係者たちが行列を作り、今回は浅草寺の参道を歩く予定だ。

「はい、わかりました」

（そうだ……私は大好きな歌舞伎に携わる者として、しっかり仕事をしなくちゃ）

香之助のプライベートに干渉できる立場ではない。自分はひとりのスタッフなのだから。

晴香は伊戸川に報告を終えると、本社へ戻ってお練りの打ち合わせのための資料作りに励んだ。

やがてパソコンに表示されている時計が十六時十五分前になり、晴香はデスクから腰をあげた。

打ち合わせのために、歌舞伎座の宣伝部へ向かう。資料を持ち、会議室の扉を開けると伊戸川のほかにふたりほど宣伝部の先輩が座っていた。

「では、これから打ち合わせを始めます……と、このさきは水無月さんに仕切ってもらおうかしら」

長机を四つ組み合わせて四角に並べ、それを囲んで全員が座っている。扉から一番遠い場所にいた伊戸川は、晴香を見て腰をあげた。そこはホワイトボードに近く、いつも会議を仕切る人が座る席だった。

「えっ、私ですか!?」

「担当だからね。これも勉強よ」

伊戸川の言葉に戸惑っているのは晴香だけで、ほかのふたりも頷いていた。

まだ入社して半年。打ち合わせを仕切れるほど仕事を理解できてはいないが、今回は身内ばかりで少人数なうえにごく簡単な議題。なにより、勉強の場をもらえるのは有り難い。

「あ、ありがとうございます。やってみます」

晴香は胸を張ると、伊戸川に席を譲ってもらった。

「では……早速ですが、浅草寺で行われる〝香之助襲名披露のお練り〟について、スケジュールの確認をします。当日は十一時より雷門を出発、約四百メートル先にある本堂まで三十分かけてゆっくりと歩き、最後に挨拶をしていただきます」

お囃子《はやし》に山車《だし》、木遣《きや》り唄がお練りを盛り上げ、恵比寿屋一門が華やかに練り歩く。挨拶のあとは記念撮影をし、マスコミ向けの撮影が行われたのち、香之助だけ囲み取材があり、お練りは終了となる。

スケジュールを説明した晴香は、質問がないのを確認すると次の議題に入った。

「次に、お練りのチラシについてです。モノクロの素写真に開催日時と地図を載せ、次の公演の宣伝も書きます。フォーマットもありますので、サンプルはすぐにできあがります」

晴香が話し終えると、伊戸川が少し納得のいかないような顔つきになった。

「通常はそれを事前に劇場や浅草の商店に置いてもらって、当日もそれを配るのよね……なんか、特別というかいつもと違うことできないかな。彼を特別視してるわけじゃないけど、やっぱり歌舞伎界の期待と……なにより鶴亀の興行の成功もかかってるからね」

伊戸川は鶴亀の部分を強調すると拳を握った。鶴亀で働いている以上、大事なことだ。

「そうですね。なにか、少しだけ加えられたり、これからのお練りのお手本になるようなことができればいいですね」

伊戸川の言葉に、宣伝部の先輩も同意する。

（お手本かぁ……お練りはみんなに名前を覚えてもらうものだから……）

晴香も瞬時に考えを巡らせる。彼を知ってもらうためには、どうしたらいいのか……。

「あのっ、では……お練りのチラシに香之助さんの名前をふりがな付きで書いて、屋号と家紋も書いて……彼の魅力を書いてはいかがでしょうか？　代々の香之助の魅力を書くのも、名跡の重みが伝わっていいのではないかと思います」

香川で年に一度行われているこんぴら歌舞伎では、公演前のお練りとして役者達が商店街を人力車で通るとき、事前に名前と屋号を書いたチラシが配られている。そこに香之助の魅力を伝える文面をつければ、襲名披露公演をより身近に感じてもらえると考えた。

（八代目と比べなければ、香之助さんだって気分悪くないはず……）

晴香の提案に、伊戸川はノートにメモをし、小さく頷いた。

「そうね……でも彼くらいになれば、屋号や名前の呼び方とか……だいたいの人が知ってるんじゃないの？　しかもそんなスペース、このチラシにないわよ」

伊戸川が見本として持ってきていたべつのお練りのチラシを、ボールペンで指し示した。

彼女の言い分はもっともだ。しかし、晴香はもう一度考え直して、案を伝える。

「知っていてもあやふやな人もいると思いますし、なにより親に連れてこられたような子ども達にも覚えてもらえます」

歌舞伎の見物人には年配の方が多い。本当はもっと若い人達や子ども達にも見てもらい、日本の伝統芸能である歌舞伎を代々伝えていきたいのに、絶えてしまう可能性だってある。そういうこともあって、香之助や市太郎といった顔立ちのいい若手の歌舞伎役者はテレビにも盛んに出演しているのだ。

「スペースについては、この特別なチラシは当日お練りに来てくれた人にだけ配ることにするのはどうでしょうか。そうすると、地図はいらなくなるので、そのスペースに記載できます。事前に作るチラシには、当日は特別なチラシを配布するお知らせを記載すると、気になって来てくれる人もいると思うんです」

「そうねぇ……じゃあ、屋号や家紋以外に、なにかほかに載せたらいいと思うものはある？」

伊戸川に試すように聞かれ、晴香は資料を持つ手がじわりと汗ばむのを感じた。

「あとは、先日撮影した『鳴神』と以前公演されたときの『暫』の写真も載せると、より興味を持ってもらえるんじゃないでしょうか？」

晴香の言葉に、二人は考え込む。最初に口を開いたのは、伊戸川だった。

「うん……いいわね」

「あ、ありがとうございます！」

自分の提案に賛同してもらい、嬉しくて晴香は声をあげた。

「歌舞伎初心者にもわかりやすいチラシは必要かもしれない。水無月さんの言う通り、事前に配る素写真のチラシとはべつに、お練りの人だかりを見て通りかかった人に配るような形にしたらいいわね。襲名公演がもっと盛り上がりそう」

伊戸川が笑顔で言うと、ほかのふたりも同じような笑みを浮かべて頷いてくれた。

「うん、私も面白いと思う。スペースがどうにかなるなら、フォーマットもあまり変えずに済むし、なんとかなりそうじゃない？」

「そうね。しかも演目の写真付きって、香之助のファンが殺到しそうだよね。あとで部長に決裁あげなくちゃね」

ふたりからも了承をもらい、この案は宣伝部の部長に決裁をあげ、判断を仰ぐことになった。

そのあとも打ち合わせは順調にまとまり、そろそろ解散となったとき、伊戸川は深刻そうな顔つきになった。

「今回のお練り……一番心配なのは香之助さんの遅刻よね」

伊戸川の言葉に、晴香もほかのふたりも深く頷いた。

「マネージャーの吉永さんと付き人の辻さんには、前日から注意してもらうようにお願いしています」

今のところ、晴香ができることはそれくらいだ。伊戸川も「そうね」と同意を示す。

「あとは香之助さんを信じて祈るのみね。じゃあ、お練りまであと少し。みんな、頑張りましょう……って、ごめんなさい。危うく私が締めちゃうところだったわ」

「い、いえ……では、最後までよろしくお願いします」

この打ち合わせの仕切り役である晴香は、伊戸川に最後の言葉を譲ってもらって、打ち合わせを締めた。なんとも頼りない終わり方になってしまったが、自分の意見が採用され、少しだけ認められたようで嬉しかった。

席に戻った晴香は早速宣伝部の部長に決裁を回し、デザイナーに伝えるためのサンプルを作ることにした。


サンプル作りに夢中になっていると、デスクに置いていたスマホが短く震えた。そこで初めて、二十一時を過ぎていたことに気づく。窓から見える景色も真っ暗だ。

（そろそろ帰らないと……）

帰ってから料理をする気がしないので、コンビニでなにか買って帰ろう。そんなことを考えながらスマホを確認すると、歌舞伎座で案内人として働いている里実からメッセージが届いていた。

【お疲れ！　今、夜の公演が終わってこれから帰るところなんだけど、晴香はもう帰った？　よかったら、ご飯食べに来ない？　もちろんご馳走《ちそう》するよ】

こんな有り難い誘い、断るはずもない。ひとり暮らしをしている晴香にとって、食費が浮くのはすごく助かることだった。

【ありがとう。まだ仕事してた。これから片付けるから、あとでお邪魔するね】

簡単に返信すると、素早くデスクを片付けて会社を出る。美味しいご飯を食べられるからか、心なしかいつもより足取りが軽い。

晴香は歩いて数分ほどのところにある〝たから亭〟の前で立ち止まると、里実に電話をかけた。すると、里実が電話に出ることなく店の扉を開けてくれた。晴香が来たとわかったらしい。

「いらっしゃい。入って」

「ありがとう、お邪魔します」

笑顔で招き入れてもらい、晴香はお礼を言って中へ入る。フロアの明かりが消された店内のいつもの席へ座ると、里実がそこだけ照明をつけてくれた。

「今日はハンバーグだって。食べて」

そう言って、里実が晴香の目の前にデミグラスソースがたっぷりかかった大きなハンバーグに、サラダが盛りつけられたお皿を出してくれる。みじん切りの玉ねぎと人参が入ったコンソメスープ、ほかほかのご飯も出してくれ、すごく豪華な食事になった。

「おじさんのハンバーグ好きなんだよね」

晴香はお礼を言ってさっそく頬張った。里実もそれを見て、同じように用意した自分のハンバーグに手をつける。ふたりでどの公演がよかった、最近はどの役者がいい……など、歌舞伎について盛り上がったあと、仕事の話になった。

「それで、十代目・香之助とはうまくやってるの？」

「うん……まぁ、ちょっとは信頼してもらえたかな」

〝お前に任せる〟と言ってもらった。それはすごく嬉しいこと。

（でも……変なこともされたんだった……）

身体を弄られ、鏡の前で愛撫された。しかも自分は、その指遣いに翻弄されて、あられもない姿でイカされてしまった。晴香はそのときのことを思い出し、白桃のような頬をほのかに赤く染めた。

「えっ、なに!?　ちょっと……晴香、赤くなってるけどなにかあったの？」

前回、キスをされたことを話しているだけあって、里実が鋭く突っ込んでくる。しかし、今回のことはさすがに言えるはずがない。

「な、なんでもないよ」

慌てて首を振り、ごまかすようにご飯を掻きこんだ。

「なにもないならいいけど。この前は私も手ほどきしてもらいたいなんて思ったけど、やっぱりあの色男の香之助だからさぁ……心配で。この前も劇場に女の人と一緒に来てたからねぇ」

「女の人と……？」

　歌舞伎役者がほかの役者の公演を観るとき、会場がパニックにならないようあとから里実のような案内人が席へ案内する。お金はいらず簡単に入ることができるようで、だいたいの人はうしろのほうの席や、空いていなければ立ち見で見ていく。

「そう。和服が似合うおとなしそうな感じの人で……単衣も着慣れてる様子だったから、どこかの家元の娘かもね。年齢は私達と変わらないくらいだったかなぁ。ちょうど市太郎の公演だったからよく覚えてるの」

　市太郎贔屓《びいき》の里実は、彼の公演の案内ができて弾むような気持ちだったらしい。

（私達と歳が変わらない和服が似合う女性……）

　ふと頭に浮かぶのは、昼間すれ違った藤村流の娘・葵だった。「この前は楽しかった」という、それっぽい会話をしていた気がする。

（ふたりきりでデートかぁ……やっぱり、そういう関係なんだ）

　人目を気にせず歌舞伎見物のデートなんて、きっと真剣な付き合いなのだろう。

（香之助さん、本気なのかな……）

　いろいろ考えを巡らせつつ、それでも香之助が真面目になってくれるのであればいいと、湧きあがった苦い思いはそっと飲み込んだ。

第五章：改心と本音

空も空気も澄みきった、心地よい九月末日。

「まさか、ありえませんよね？」

晴香は穏やかな気候とはそぐわない、不穏な声で電話の相手を責め立てた。今さら、怒っても仕方ないし、そもそも悪いのは違う人間だ。それでも、どうしても込み上げてくる怒りと落胆から、声を荒げずにはいられなかった。

「大事なお練りの日ですよ……香之助さん、どこにいるんですか？」

電話の相手は香之助の付き人である辻だ。打ち合わせのときに、伊戸川と「まさか……」と予想していたことが、実際に起こってしまった。

十一時からお練りが始まるので、準備のためにせめて一時間前には浅草寺の控えテントへ入ってもらえるようお願いしていたのに、十時になっても香之助が一向に現れない。辻が香之助を迎えに、彼がひとり暮らしをしているマンションへ向かったが、いくらチャイムを鳴らしても出て来ず、持っていた合鍵で中へ入ると姿がなかったらしい。

マネージャーの吉永は心当たりの場所を探しに行き、辻は香之助に連絡を取りながらしばらく待っていたが、それでも現れなくて晴香に電話をかけてきた。

(前日から注意しておいてって言ったのに……。でも、香之助さんが夜に抜け出したんだったら、どうしようもないか……)

公演のときは、いつも稽古もあるので実家から通っているけれど、今回はお練りの場所が香之助のマンションに近かったため、夜はそちらに帰っていた。だから、監視が甘くなっていたようだ。

(今はとにかく、この状況をどうにかしなくちゃ)

電話をしながら見た腕時計は十時を十分ほど過ぎたところ。香之助の居場所にもよるが、自宅周辺にいるならまだ間に合う。

「吉永さんが探してくださっているなら、辻さんはしばらくそこで待ってみてください。私も彼に電話をかけてみますから」

『すみません、よろしくお願いします』

辻は申し訳なさそうな声で謝ると電話を切った。それから香之助に電話をしようとスマホを操作していると、伊戸川が心配そうに駆け寄ってきた。

「水無月さん、どうだった!? 香之助さん、間に合いそう?」

ひとつにまとめた黒髪を振り乱しながら、肩で息をしている。伊戸川は香之助が現れないことをスタッフから問い詰められ、説明をして回っていた。

「それがマンションに姿がなくて、連絡も取れないみたいで……今、吉永さんに心当たりのあるところを探していただいていて、辻さんにはしばらくマンションで待っていただくようお願いしています」

辻とのやり取りを説明すると、伊戸川はため息をついて頭を抱えた。

「ったく……やってくれるわね、香之助さん。お練りの日にまで遅刻なんて……これで女のところにいたら、小芝居じゃ許さないんだからね」

最初に晴香が香之助と仕事をしたときも彼は遅刻をし、昂然《こうぜん》たる態度で七五調の台詞を述べて、その場をごまかしていた。けれども、今回はそれで丸く収まるわけがない。

（女性のところ……かぁ。どこかに泊まってるのかな……）

二次会のあとも実家へ戻り、真面目に稽古をしていた。だから、そんなはずはないと思いたいのに、なにせいろいろと噂が絶えない香之助だから不安になる。

伊戸川はスタッフから緊急の打ち合わせに呼ばれ、晴香は香之助に電話をかけ続けた。

（お願いだから……出て……！）

しつこくコールを鳴らし続けていると、ふいにそのコール音が止む。

「えっ、こっ、香之助さん……!?」

まだ相手が声を発する前に晴香は呼びかけていた。

『……うるさい』

電話の相手はしゃがれたセクシーな声で、寝起きそのものだった。いつものハッキリと清々しい声とは違うが、ひどく不機嫌そうな口調から香之助だとわかる。

「香之助さん！　今、どこにいるんですか!?」

晴香が興奮気味にたずねると、電話の向こうから鬱陶しそうなため息が聞こえた。

『どこだっていいだろ……』

「よくありません、今日はお練りの日ですよ！　早く……浅草寺に来てください。お練りの時間には間に合いますよね？」

『ああ……どうだろうな。あと一時間くらいかかるか？　まぁ、とにかく向かうよ』

香之助は面倒くさそうに返事をすると、電話を切ってしまった。ひとつも焦っていない様子に、慌てふためいている自分がバカみたいに思えてきた。

（とにかく、このことを伊戸川さんとスタッフに報告して……開始を遅らせてもらおう）

吉永と辻にも香之助と連絡がついたことを伝えると、晴香は早速、緊急の打ち合わせを開いている伊戸川とスタッフの元へ向かった。

「伊戸川さん、香之助さんと連絡がつきました！　あと一時間くらいで来られるそうです」

晴香の言葉に、伊戸川や周りにいたスタッフの顔が安堵の色に変わる。

「ホント!?　……じゃあ、香之助さんのお支度は急いで済ませることとして、お練りの開始時間を三十分ずらせばなんとかなるかしら」

伊戸川が打ち合わせの資料と腕時計を交互に見ながらスタッフにたずねる。その言葉に、スタッフは頷いていた。

「では、私はほかのスタッフや、お集まりいただいている方達に説明してきます」

晴香がスタッフや関係者の元へ行こうとすると、背後から「お待ちください」と声をかけられた。決して大きくはないのに、背筋に緊張感が走る研ぎ澄まされた声に、晴香は肩を小さく跳ね上げながら振り返る。

「私から説明させていただきたい」

声をかけてきたのは忠之助だった。黒の紋付袴を着て仁王立ちした姿はいつもより数倍大きく見え、眉を寄せた恐ろしい表情は般若の面のよう。腹の中で煮え滾《たぎ》る息子への怒りと失望が見て取れた。

「忠之助さん……し、しかし、説明はこちらの役目ですので……」

「愚息が皆様にご迷惑をおかけして、さらに鶴亀さんの手を煩わせるわけにはいきません。お集まりいただいている方々に、わたしから説明、謝罪させていただきたいのです」

まっすぐ晴香を見つめる瞳は、敵陣へ切り込む武士のように腹が据わっていて、こんなときだというのに歌舞伎の一幕を見せられているような感覚に陥った。

「で、では……私もご一緒させてください」

香之助の父親である忠之助もひどく責任を感じている。それに配慮しつつ、晴香も一緒に謝罪と説明をさせてもらうことにした。

さすがに忠之助に謝罪されたスタッフ達は恐縮していた。けれど、忠之助の姿が見えなくなると様々な反応を見せた。呆れている人もいれば今まで香之助からされた失礼な態度をあげつらねる人もいて、ちょっとした愚痴の言い合いが始まっていた。もちろん、遅れてでもお練りが始められることにホッとしている人もいたけれど、大抵の人がこれだけの人に迷惑をかけるなんて信じられないという怒りを抑えているようだった。

「襲名披露のお練りで遅刻なんて……聞いたことねぇよ」

「これだから御曹司は……」

若いスタッフがテントの隅でしゃがみ込み、機材の準備をしながらブツブツと言い合っている。誰にも聞こえないと思っているのかもしれないが、近くに立っていた晴香の耳には届いていた。

「まだ香之助の襲名なんて早いんだよ。桜太郎でさえ、分不相応だったんじゃねぇか」

「だよな。恵比寿屋っていう家柄に守られてるだけだよ、あんな役者」

晴香は唇を噛みしめた。恐らく、この言葉は香之助が一番聞きたくない言葉だ。

(香之助さん……あれだけ努力してるのに)

稽古場へ行ったとき、〝家柄のおかげ〟〝御曹司だから〟……そういうことを言われないために、日々努力を重ねている香之助の姿を知った。家の重みも名前の偉大さも、誰よりも彼自身が感じている。

それなのに、遅刻ばかりしていては、こんな風に悪いイメージが先行してしまう。

（こんなんじゃ、誰も認めてくれないよ……）

晴香は悔しい気持ちが湧きあがってきて、気が付けば若いスタッフ達の目の前に立っていた。

「香之助さんは……誰よりも努力しています！　遅刻は……いけないことですが、もっと舞台上の彼も見てください。彼のことを理解して……支えてください」

若いスタッフ達は突然怒られたので呆然《ぼうぜん》としていた。ただ、スタッフが若いと言っても今年入社したばかりの晴香よりは年上だ。

（あ……生意気な真似しちゃった……しかも盗み聞きなのに……）

言ったことに間違いはないと自負できるが、ちょっとだけ居心地が悪くなる。

「す、すみません。言い過ぎました……」

彼らが驚いている間に、晴香は慌てて頭を下げ、そそくさとその場を離れることにした。

そうこうしているうちに、時間は十一時近くになった。時間を三十分ずらしてもらったとはいえ、そろそろ現れてくれないと準備もあるし、間に合わない。

晴香が雷門の側に建てた白い横幕のある控えのテントから出て、道路の様子を窺っていると、黒塗りの高級タクシーが一台停まる。中から降りてきたのは、恵比寿屋の家紋である円に千切り菱が入った黒の袴を着た香之助だった。遅刻をしてきたくせに、腹立たしいくらいにビシッとキマッている。

「香之助さんっ！」

やっと来た。晴香が香之助に呼びかけると、彼は悪びれる様子もなく「ああ」と返事をした。焦りもせず、まるで自分が一番正しいとでもいう顔をしている。

「香之助さん、来たのか!?」

晴香の声を聞きつけた数人のスタッフ達がテントの白い幕を引いて現れ、香之助の周りをわらわらと取り囲んだ。

「香之助さん、早くこちらで準備を……」

テントの幕を押さえたスタッフに、中へ入るように促され、香之助が眉を顰めた。

「紋付袴なら着てる。ほかになんの準備がいるんだよ」

「最終的な打ち合わせをさせてください。あと、お練りのあとにマスコミ向けの撮影もありますので簡単なメイクを……」

「わかったよ……慌ただしいな」

香之助はスタッフの指示に気だるげに従い、用意されていたパイプ椅子にどっかりと腰を下ろした。

「なんだよ、あの態度。謝りもしないじゃないか」

「遅刻しておいて、普通平然としてられねぇだろ。どんな神経してんだ」

謝罪の言葉も遅刻の理由を説明しようともしない香之助に、スタッフ達が苛立っているのがわかった。その中に忠之助もいたが、彼も渋い顔をしていた。

（忠之助さんも私達と一緒に、スタッフに謝ってくれたのに……）

息子の遅刻を詫び、一緒に頭をさげてくれた忠之助。なのに、本人がこのまま謝罪もせずにお練りを始めていいのだろうか。

「香之助さん……今まで、どこにいたんですか？　辻さんの電話にも出なくて……」

メイクをしている香之助に近寄り、晴香は小声でたずねた。せめて理由がわかれば、自分からスタッフに説明することもできる。

「あー……ちょっとな。お前には関係ないだろ」

「関係なくないです。遅刻をしてるんですから、理由を教えていただきたいです」

「ホントにお前は……どこまで面倒くさいんだ。藤村流のところだよ」

問い詰める晴香を追い払うように、シッシッと手を振りながら香之助は答える。晴香はその手ぶりには答えず、まだ側に立ち続けた。

「えっ、清五郎先生のところですか？」

「いや、先生のところというか……まぁ、似たようなもんか」

香之助は気まずそうな顔で言葉を濁した。

(先生のところではないけど、似たようなところ……? それって、もしかして……)

晴香の頭には、清五郎の娘である葵の姿が浮かんだ。

家に来たときに仲良さそうにしていたり、一緒に公演を観に行ったり……彼女を特別に扱っているのはわかっていたので、家に行っていたと聞いても納得はできる。だけど、問題は〝お練りの前日〟にということだ。

晴香は手をギュッと握り締めた。手の平に爪が食い込むほど力を込めた拳が、湧き上がる怒りでふるふると震え出す。

(こんな大事なときにも女性と会っていたわけ!? しかも遅刻なんて……これじゃ、スタッフにバカにされて当然だよ! いくら努力したって……認められるはずがない)

香之助自身が自分の評判を下げている。そのことに思いが至らない彼に、晴香はひどく悔しい思いを抱き、やるせなさが胸に募った。悪口を言っていたスタッフに香之助のフォローをしたが、あんなもの、まったく意味がなかったということだ。そう思うと腹の底がじりじりと熱くなる。

「香之助さん、貴方の遅刻ひとつでどれだけの人が迷惑を被ったか、わかっていますか?」

晴香は腹の底で燻《くすぶ》る熱を抑え、静かに問いただした。小声でたずねたはずなのに、控えのテント内に響き、周りのスタッフに緊張感が走った。

「……なにが言いたい？」

香之助が低く響く声で凄む。鋭い目つきに威圧され、晴香は怯えと怒りから膝が震えだしそうになった。

「周りのことを、少しでも考えていますか？」

喉が渇き、声が掠れる。それでも、言わずにはいられなかった。

「言いたいことがあるならハッキリ言え」

香之助の目には苛立ちが宿っている。言葉を促され、晴香は声を張った。

「じゃあ、ハッキリ言います！　香之助さんが……貴方がそんな、周りを考えない行動ばかりとるから、いつまで経っても〝十代目・香之助〟として認められないんですよ！」

周りがしんと静まり返る。元々静かだったが、サッと波が引くように、物音ひとつしなくなった。誰もが自分の作業をやめ、晴香と香之助のことを見ていた。

（い……言ってしまった……私、香之助さんに……）

言い終えた晴香は、肩で息をしながら、猛烈な後悔に襲われていた。

込み上げてくる怒りに任せて口にしてしまった。いくら香之助が悪いからとはいえ、人前で責めるなんてデリカシーにかけている。

本人に言いたいことを言ったのだから、もっとスッキリしてもいいはずなのに、さらに靄《もや》がかかっていくようで、まったく晴れた気持ちにはなれない。

「あ、あのっ……」

香之助はただ晴香のことをじっと見ていた。〝見ていた〟というよりは〝睨み付けていた〟のほうが正しいかもしれない。晴香はすっかり身がすくんでしまい、喉が震えて声が出なくなる。謝りたいのに、それより早く香之助が不機嫌そうに口を開く。

「………気分じゃなくなった。お練りは午後からだ」

そう言うと、メイクの席から腰をあげ、奥のお茶を置いているテントへと入ってしまう。

「えっ……こ、香之助さんっ！」

晴香が声をかけるが、振り返るはずもない。テントの白い幕を下ろすと、彼は姿を消してしまった。

（どうしよう……お練りの時間がまたずれる。これじゃスタッフにもご見物の人にもさらに迷惑かけちゃう……）

晴香が香之助を追いかけて奥のテントへ行こうとすると、がっしりした身体つきの男性が晴香に詰め寄ってきた。

「おい、鶴亀の新人！　どうしてくれんだよ、せっかく三十分遅れで始められると思ってたのによぉ」

紺色の法被《はっぴ》に足袋と草鞋《わらじ》を履いていて、その姿でお練りのときに山車を引いて歩くスタッフのひとりだとわかった。耳をふさぎたくなるほど、声が大きい。

「も、申し訳ございません……」

謝りながら、たくさんのスタッフの刺すような視線を感じる。ほかの人は誰も直接晴香を責めてこないが、その視線は明らかに晴香を非難していた。

「水無月さん、謝りに行きましょう」

騒ぎを聞きつけた伊戸川がやって来る。いつの間にか吉永と辻も浅草寺に到着していて「僕達も一緒に行くよ」と言ってくれた。

「すみません……私、迷惑ばかりかけて……」

思えば香之助を怒らせてばかりだ。彼の行動が晴香には考えられないことばかりということもあるけれど、我慢すればいいことなのに、彼に対してはそれができない。思いをぶつけてしまうのは晴香の社会人としての甘さかもしれないが、どうしても彼には素晴らしい役者になってほしいと思う。

こんな遅刻なんかで躓いてほしくない。歌舞伎界を引っ張っていく素質があると信じているから……。

しょげた晴香が香之助のところに謝りに行こうとすると、近くにいた男性スタッフが晴香にこっそりと声をかけてきた。

「あんまり気にしないで……俺達だって、待たされて腹が立ってんだから。元々悪いのはあの御曹司だし」

「そうだ、俺達は御曹司のわがままに振り回されたんだよ」

話しかけてきた男性の側に、べつのスタッフもいて、みんなに聞こえるように大きな声をあげた。それを聞いたスタッフ達に、嫌な空気が広がっていく。

「御曹司のわがまま……」

もしかしたら、スタッフ全員が晴香に怒っているわけではないのかもしれない。香之助は晴香だけではなく、ここにいる人々全員を待たせたのだから。

隣にいる伊戸川でさえ頷きはしないものの、そのスタッフの言葉を咎めなかった。

(でも、それじゃダメだ……香之助さんが悪者になってしまう……)

確かに、悪いのは香之助だ。もっと阿部家の御曹司だという自覚を持つべきだと思う。だけど、自分は人前で彼を責め、そのプライドを傷つけてしまった。そのことを、時間を巻き戻したいほど後悔した。……これ以上、傷ついてほしくない。

(どうしたらいいんだろう……香之助さんのために、なにができるんだろう)

香之助に対する不穏な空気を消し去りたい。このお練りを成功させたい。

晴香は香之助がいるテントに入る前に、足を止めてスタッフのほうへ向き直った。

「この度は……私の連絡ミスでご迷惑をおかけして本当に申し訳ありませんでした」

晴香は膝に頭がつきそうなほど深く頭をさげた。

「み、水無月さん？」

事情を知っている伊戸川や吉永、辻はなにを言いだすのかと驚く。伊戸川と打ち合わせをしていた運営スタッフも、どうして晴香が謝るのかと不思議そうな顔をしていた。

「え？　香之助の遅刻って、本人が悪いんじゃないの？」

「連絡ミス？　ホントかよ。それこそありえねぇだろ……」

晴香の言葉を真に受ける人は少ないが、香之助を責める気持ちが半信半疑となり、彼への怒りが徐々に薄まっていくのがわかった。

（よかった……）

あとは香之助だ。晴香は深呼吸すると、中に声をかけてテントの白い幕を横に引いた。

「失礼します」

ひとりで中に入る。三人には外から様子をうかがってもらい、晴香だけでは収まりそうにない場合は助けてもらうこととした。

テントの中には、香之助がいるだけだった。横柄な態度で椅子にどっかりと腰かけ、心を落ち着けるかのように俯いて目を瞑っている。

「香之助さん……さきほどは生意気なことを申し上げてしまい、大変申し訳ございませんでした」

スタッフに謝ったときよりも、深く頭をさげて謝罪する。

「……なんで、俺をかばった？」

「え……？」

思ってもいなかった問いかけに晴香が戸惑いながら顔をあげると、香之助もこちらを見ていた。その表情が、晴香の目には切なく映る。

「自分のせいにして、遅刻した俺をかばっただろ？」

晴香がスタッフに謝罪しているのを、香之助は聞いていたようだ。

「かばったわけではありません。しっかり宣伝するのが私の仕事で……だから、役者さんの評判を落とすわけにはいかないので」

晴香はキッパリと述べる。その言葉には裏がなかった。

「お前は……本当に、面倒ごとが好きだな」

香之助は呆れたようにポツリと呟くと、クックッと肩を揺らして、頬を緩めた。

「甘いよ、甘い……本当にお前は……。だから、子どもっぽいって言われるんだ」

「べ、べつに……いいですよ、もう」

（気にしていること、今言わなくてもいいのに）

晴香は香之助が恨めしくて、そっと上目で睨みつけた。

「だけど、俺を乗せるのだけはうまい」

柔和な笑みを浮かべた香之助は腰をあげ、白鼻緒の草履をざっざっと鳴らして晴香のほうへ歩いてくる。

「仕事に自信を持て」

「こ、香之助さん……？」

晴香の頭をポンと撫で、優しい声色で言われる。晴香が困惑しながら彼を見上げると、白い歯を見せて不敵に笑った。

「行くぞ。女に守られたままじゃ、香之助の名が廃る。……お前の期待に、応えてやるよ」

「は……はいっ！」

なにが香之助の機嫌を戻したのか。晴香にはわからなかったが、とにかくお練りをやってもらえることが嬉しい。

「お練り、やるぞ！」

香之助は控えのテントから出ると、スタッフ達がいるテントの幕を開け、大きな声で言った。テントの幕を割って入る香之助の姿は、うしろから見ていると山並みから昇る朝日のように大きく輝き、堂々としていて気持ちがいい。

スタッフ達は香之助の言葉に驚いたのか、静まり返って物音ひとつしなくなった。しかし、すぐに勝利を告げられた兵士達のように、わっと一気に沸き立つ声が聞こえてきた。もう、誰ひとり香之助のことを責める人はいない。

（香之助さんっ……！）

こういうところがあるからこそ、彼に期待をしてしまう。だから、言わなくていいことも言ってしまうし、自分自身を大事にしてほしいと思うのだと改めて気づいた。

香之助に続いて晴香もテントから出ると、スタッフ達が機材を運び出したりお囃子の奏者や警備員に指示を出したりと慌ただしく動き出していて、すぐ側にいた伊戸川達は気の抜けたような顔をしていた。

「まったく……怒らせるのも機嫌を戻すのも水無月さんなんだもん。ハラハラしちゃうわ」

「僕でも、そんな風に香之助さんを操作できませんよ」

「とにかく無事、始められるみたいでよかったですね」

三人の言葉に、晴香は困ったように笑うしかできなかった。


結局お練りは一時間遅れで始まり、見物人に謝罪とお礼をしてからのスタートとなった。

初めに山車とお囃子が進み、恵比寿屋一門が続いて行く。晴香が香之助やスタッフと一《ひと》悶着《もんちゃく》起こしている間も、ずっと関係者に謝罪して回っていた香之助の父親である忠之助も、お練りが始まる前は恐ろしい表情だったが、今は笑顔で歩いている。主役である香之助は、一門の中心で手を振りながら、威風堂々とした姿で歩みを進めていた。

晴香は少し先へ移動し、お練りの様子をそこから眺めていた。すると、電話で離れていた伊戸川が、こちらにひどく悲しそうな表情で戻ってきた。

「はい、大丈夫です。今ちょっと、いい？」

「水無月さん、今ちょっと、いい？」

伊戸川の様子から、胸に嫌な予感が過る。恐る恐るたずねると、伊戸川は神妙な面持ちで口を開いた。

「水無月さん……言いづらいんだけど、貴女にはこの〝香之助襲名披露公演〟から担当を外れてもらうことになったわ」

「えっ……担当を、外れる？」

一瞬、意識が遠くなった。

「そう。このお練りが終わったら担当を外れて、もう……この公演に関わらないようにしてほしいって……部長が上に言われたらしいの」

つまり、今の電話は、部長からの連絡だったようだ。恵比寿屋の大事な御曹司のお練りなので、鶴亀の社長も出席していた。どうやら、今回の顚末が伝わってしまい、社長から直々に注意されたらしい。

この公演から離れる――。

歌舞伎界の大事な香之助を、大勢の人の前で注意し、恵比寿屋の看板を傷つけたも同然なのだから、当たり前の処分だ。何度も反省したし、自分がしたことは理解しているので、受け入れられる。しかし、受け入れられても……やっぱりつらい。

「わかりました……ご迷惑をおかけして、すみませんでした……」

声はか細くなった。晴香はこみ上げてくる苦い思いを飲み込むと、持ち場を離れた。

なぜ、あのとき怒りを抑えられなかったのか。なぜ、口にしてしまったのか。

今さら取り返しのつかない自問自答を繰り返す。

(出過ぎたマネをしたから……)

自分の行動を思い返すと、悔しさが募るばかりだった。

(でも、香之助さんが気持ちを入れ替えてくれたなら……それでいい)

反省も後悔も、しだしたらキリがない。とことん落ち込んでしまいそうだ。だけど、今は仕事中。しかも、お練りという華やかな催しの最中だ。暗い顔でいるわけにはいかない。

晴香は前向きな気持ちを取り戻すと、多く集まった見物人に目を向けた。

(みんな、夢中で見てる……)

初めは恵比寿屋一行の近くから見ていた晴香だったが、その場は伊戸川に任せ、もっと離れた持ち場へ移動していた。お練りの間はまだ担当だけど、終わったあとは担当じゃなくなる。迷惑をかけてしまったのだから、離れたところにいたほうがいいと考えたからだ。

感嘆の息を漏らす見物人の視線の先には、香之助が堂々たる姿で手を振りながら歩いていた。半月状に開かれた唇から白い歯を覗かせ、爽やかな色気を振りまいている。見物人は皆、惚れ惚れとしていた。

晴香がその様子を嬉しく思いながら見つめていると、ジャリッと草履の足音を立てて誰かが近づいてきた。

「さすが香之助さん……色男っぷりを発揮してますね」

まっすぐに澄んだ声。かすかに節のある喋りは艶っぽく、雅な雰囲気がある。晴香が声のしたほうを見ると、少し長めの黒髪に切れ長の瞳の市太郎がいた。着ている黒の袴には、大月屋の円に三日月の家紋が入っている。

「市太郎さん、どうしてここに……？」

市太郎は恵比寿屋ではなく大月屋の御曹司だ。今回のお練りでは香之助とともに歩くことはないのに、どうしてここにいるのか。

晴香が不思議そうにたずねると、市太郎はクスクスと微かに笑った。

「共演者としてお祝いしにお邪魔しただけです。公演も迫って来ていますし、相方のことを知るにはいい機会だと思いましたので」

市太郎がにっこりと微笑んだ。その美しさに、晴香の胸がトクリと跳ねる。香之助とはまた違う、匂い立つような色気が漂っていた。

「そうですね。ではどうぞ、ゆっくりしていってくださ……」

晴香が挨拶をしてべつの持ち場へ行こうとしたとき、市太郎が手首を掴んだ。突然のことに足を止め、晴香は目を丸くして市太郎を見た。

「貴女はすごい人ですね……」

「え？」

言っている意味がわからず、首をひねって聞き直す。

「香之助さんにあそこまで言える人……なかなかいませんよ」

市太郎がなんのことを〝すごい〟と言ったのか、すぐに理解できた。香之助を叱ったときのことだ。

「どうして、市太郎さんがそのことを……？」

「仲のいいスタッフがいるんです。その人から聞きました。彼は晴香さんがガツンと言ってくれたから、スッキリしたと言っていましたよ」

あの場には歌舞伎関係のスタッフが、若手からベテランまでたくさんいた。市太郎が仲良くしている人がいてもおかしくはない。

「スッキリしてもらえたならいいのですが……でも、私は社会人失格です。後先考えずに、感情に任せて発言してしまいました。担当も外されることになってしまいましたし、全然……すごくありません」

晴香は自嘲的な笑みを浮かべた。それでも、市太郎は静かに首を振って晴香の言葉を否定する。

「僕は……晴香さんを女性として素晴らしいと思いました。強くて、美しい……貴女のような人と出会ったのは初めてです」

「そんな……」

「まるで、絶間姫と出会ったようだ。いえ、貴女は絶間姫、そのものです」

市太郎が胸に迫るような表情と声色で晴香への想いを告げる。晴香は、そんな風に思ってもらえることが嬉しいというよりも、まるで台詞みたいな甘い言葉を信じ切れない気持ちだった。自分はそんな素晴らしい人間ではない。

「大袈裟ですよ。私みたいな無礼な人間が珍しいから、新鮮なだけですよ」

『鳴神』に出てくる〝鳴神上人〟は、絶間姫によって初めて女性の身体というものを知り、彼女に溺れていく。市太郎は、その初めて女体を知ったときの衝撃と、自分のような礼儀を知らない人間と出会ったときの衝撃を混同しているのだと思う。

香之助が晴香をからかってくるのも、きっと同じ気持ちからだ。

「絶間姫は……もっと妖艶で色気があって、男性を誘うのが上手で……とにかくもっともっと美しい人だと思いますよ。私からすれば、市太郎さんそのものです」

絶間姫を演じる市太郎は、きっとその女性像を考え抜き、追い求めるばかりに、自分のような普通の人間にさえも絶間姫の影を重ねてしまっているのだろう。晴香は恐縮した。

そうこうしていると、香之助のお練りで歌舞伎ファンが集まっている浅草寺の近くなので、市太郎の姿を見たファンが近づいてきた。

「ほら、やっぱり市太郎！」

「うわっ、かっこいい……ねぇ、サインもらおう！」

にわかに周りが騒ぎ始める。市太郎は笑顔で答えると、晴香に向き直った。

「すみません、そろそろお暇します……晴香さん、またゆっくりとお話しましょう」

市太郎は柔和に口元を綻ばせると、騒ぎが大きくなる前に素早く姿を消したのだった。

その後、お練りは順調に進み、本堂の前で行われた香之助の挨拶は立派なものだった。

メディア向けの会見もそつなくこなし、遅刻については表向きを交通渋滞ということにして、忠之助が代わりに謝っていた。

本来なら香之助が謝る立場。しかし、それができないのが香之助だった。――今までは。

「大変、ご迷惑をおかけし……申し訳ございませんでした」

あの傍若無人でわがまま言いたい放題の香之助が、多くのメディアや見物人の前で頭を下げた。

「えっ……うそ!?」

離れたところで見ていた晴香は、目を見張った。

（見間違いじゃないよね？　しかも、ちゃんと自分の口から謝罪した……？）

目をこすり、何度も冷静にその姿を見たが、やはり間違いなく香之助が頭を下げている。隣に立っていた忠之助も、恵比寿屋の一門も、もちろん今までインタビューしてもろくに答えてもらえなかったメディア関係の人々も、驚いて静まり返っていた。どうやら、見間違いでも聞き間違いでもないようだ。

香之助にどんな心境の変化があったのか。誰もが聞きたかったが、そんなことを聞けるはずもなく、会見は厳かに終了した。


「香之助さん……やっと名前を継ぐ自覚が芽生えてきたのかもね」

晴香と一緒に歌舞伎座に戻ってきた伊戸川は、宣伝部の真ん中にあるテーブルに荷物を置き、嬉しそうに口を開いた。

「そうなんでしょうか……驚きすぎて、幻かと思いました」

嬉しさより驚きが勝った。けれど、香之助の変化が窺え感慨深いものが込み上げてくる。

（襲名の重みは前から感じていたみたいだし、自覚はあったと思うけど……なにがあったのかな）

どういった理由にせよ、香之助の評判がよくなるなら喜ばしいことだ。

歌舞伎座でお練りの片付けを終えた晴香が、本社の演劇製作部に戻ると、ノンフレームの眼鏡に黒髪をさっぱりと短く切りそろえた、演劇制作部の部長がやってきた。

「水無月さん、ちょっとこちらへ」

「……はい」

呼ばれた理由はわかる。香之助を叱ったことと、担当を外れることについてだ。

部長のうしろをついていくと、小さな会議室へ案内された。晴香は身体を強張らせ、喉をゴクリと鳴らすと、一歩一歩踏みしめるようにして中に入った。

部長の話は予想通り、お練りのことについてで、元々厳しい顔立ちなのにさらに眉をつりあげ、口をへの字に曲げて怒鳴りつけられた。

「香之助は歌舞伎界の宝となる人物なんだ。それを大勢の人の前で叱りつけるとは何事だ！　新人だからと言って知らなかったじゃ済まされないぞ。君も入社したときから、鶴亀と歌舞伎役者との繋がりは理解しているはずだ」

「申し訳ございません。もちろん、理解しています」

晴香は深く頭をさげ、反省する。しかし、部長の怒りは収まらず、延々と鶴亀と歌舞伎界のことについて入社説明会と同じくらいこんこんと言って聞かされたのだった。

最後には「君は演劇制作部には必要だから……もっと頑張るように」と励ましの言葉ももらい、今後のことはまた連絡すると言われてやっと解放された。

「頑張るように……かぁ……」

怒られるとわかっていたし、自分なりに後悔も反省もしていたけど、やはりヘコむものはヘコむ。

晴香はやっとの思いで帰宅したものの、なにもする気が起きずにただベッドに寝転がっていた。

今後は演劇制作部の仕事を中心にしていくこととなった。配属が制作部なので当たり前だが、パイプ役が中途半端に終わってしまい、不完全燃焼感が否めない。

（でも、自業自得だし……いい勉強にもなったし……）

自分で自分を慰めるように気持ちを落ち着けていると、枕の傍らに置いていたスマホが着信を告げた。

「ん？　誰だろう……」

晴香は寝転がったまま、着信音を響かせるそれを手に取ると、表示された名前を見た。

「えっ、な……なんで⁉」

慌てて起きあがる。電話の相手は香之助だった。

「もっ、……もしもし……？」

動揺で声が上手く出てくれない。少し震えた声でたずねると、電話の向こうから歯切れのいい声が聞こえてきた。

『俺だ。お前、家はどこだ？』

「えっ⁉　い、家……ですか？」

突然の電話にも飛び起きて驚いたが、家を聞かれたことにも耳を疑うほど驚く。

『ああ。どこに住んでる？　これから迎えに行く』

動揺する晴香をよそに、香之助は平然ととんでもないことを言ってきた。

「へっ？　迎えに……って、なんでですか？　急に言われても困ります！」

〝迎えに行く〟ということは、どこかへ連れていかれようとしている。それはわかったが、場所や理由がわからない。

『お前……俺になにをしたか、わかってるよな？』

香之助の凄む声が耳に響く。背筋がゾクゾクと寒くなった。

「う……は、はい……」

（そうだ……私、香之助さんに失礼なことしたんだ……）

彼に逆らえるはずもない。晴香は観念すると、家の住所を告げた。

『なんだ、それなら車で十分もあれば着くな。ちゃんと準備しておけよ』

「えっ、ちょ、だからどこに……」

晴香の問いかけもむなしく、電話は一方的に切られてしまった。

（もしかして、お練りのときのこと……怒られるのかな）

「お練りをする」と言ってテントを出て行ったあとの香之助は、サッパリとした顔で、怒っているようには見えなかった。しかし、実はずっと根に持っていたのかもしれない。

そう思うと、なにをされるのか、どこに連れて行かれるのか……考えると怖くなってきた。

「でも、今さらどうしようもない……」

しかも、時間は刻一刻と迫ってきている。晴香は考えるのを諦めると、身支度を始める。

帰って来たままだったので、簡単にメイクを直して待っていると、電話が鳴った。

『着いたぞ。部屋まで迎えに行ってやろうか？』

「い、いえ、結構です！　今、下まで行きますから。そこで待っていてくださいっ」

晴香は電話を切ると、バタバタと部屋を飛び出した。

外へ出ると、マンションの植木の側に一台の高級外車が止まっていた。窓のない共用通路から漏れた明かりで、平凡な街並みには不釣り合いな、黒塗りのクーペタイプの車が妖しく浮かび上がっている。晴香が近寄ると、左ハンドルの運転席の窓が開いた。

「乗れ。食事に行くぞ」

中から顔を覗かせたのは、ラグジュアリーな車がお似合いの香之助だった。

「えっ、食事ですか!?」

香之助と食事をするとは思わず、薄い素材の長袖ブラウスにタイトスカートを合わせ、七センチヒールのパンプスという仕事用の格好をしてきた。

（香之助さんが行くところなんて……絶対高級レストランだよ）

こんなことなら、もっと余所行きのワンピースにジャケットなど、フォーマルな格好をしてくれればよかったと後悔する。

一度部屋に戻ろうかと迷っていると、帰宅するほかの住人に怪しむような目で見られてしまった。

「ほら、早くしろ」

「わ、わかりました！」

（そうだ、どのみち断れない……）

晴香は香之助に急かされるがまま、車に乗り込んだ。

エクステリアが洗練されたものなら、車内も当然驚くほど優雅で美しい。人生でこれほどいい車に乗る日が来るとは思わなかった。シートの座り心地をゆったりと存分に味わいたいのに、気持ちが落ち着かない。

「あ、あのっ、食事って……どうして私と？　どこへ行くんですか？　なんで急に？　ふたりきりですか？」

晴香は聞きたいことがあり過ぎて、早口でたずねる。頭の中は半ば混乱していた。オロオロする晴香とは対照的に、香之助は涼しい顔をしていて、慣れた手つきでハンドルを切ると大通りへ出た。

「少し落ち着け。そんなに一度に聞かれたら、答えられないだろ。まずは場所を決めるか……和食、フレンチ、イタリアン、中華、鉄板焼き……好きなところを選べ。とりあえず、全部押さえてある」

「ぜっ、全部予約してるんですか？」

「そうだ。……っと、記者が追って来てるな」

「え？　うそ……！」

同時に全てのレストランを予約している香之助の横暴さに驚いたのも束の間、記者が追ってきていることに晴香は背筋が凍るのを感じた。

（まずい……もし香之助さんと一緒にいるところをスクープなんかされたら、今度こそ鶴亀にいられない）

背中を嫌な汗が流れていく。焦りから唇を噛みしめていると、大きな手の平が頭の上に降りてきて、髪をワシワシと掻き混ぜた。

「なに、焦ってんだよ」

「だ、だって……」

「お前は今、誰の助手席に乗ってんだ？　俺、だろ。任せとけ」

香之助はニヤリと口の端《は》を吊り上げると、左折して細い道に入る。それでもうしろにいたシルバーのセダンはついて来るので、さらに路地に入り、今度は曲がってみたりと記者の車を翻弄した。

「巻いたか。結構、しつこい奴だったなぁ」

そう言って香之助が車を停めたのは、お台場の海浜公園だった。

東京湾が見えるところで車を停め、ふたりしてひと息つく。エンジンが切られた車内は静かで、ふたりの呼吸や、身動きするとシートと衣服が擦れるわずかな音だけが聞こえてくる。フロントガラスから見える夜景は色とりどりの星屑《ほしくず》が散りばめられたようで、水面に映るそれもゆらゆら揺れて幻想的だ。

「香之助さん……なんで私のこと、食事に誘ってくれたんですか？」

このままふたりきりで車内にいると、ドキドキして心臓がもたない。そう思った晴香は、自分から話を振ってみることにした。なにより、プライドを傷つけたはずの自分をなぜ食事に誘ってくれたのか、疑問でもあったからだ。

「お前が担当外されて、さぞかし落ち込んでいるんだろうな……と思ってな」

「え……あっ、ありがとうございます……」

（香之助さん……怒ってないんだ）

怒るどころか、励ましてくれている。自分のような新人を気遣ってくれるなんて……と感動していると、香之助は目を細め、意地悪な顔つきになった。

「いや、礼には及ばない。なんせ……落ち込んでるお前の顔が見たかったんだが、期待外れだったようだしな」

「なっ……ひ、ヒドイです！　私がヘコでんる顔が見たかったなんて。しかも、充分落ち込んでますし……反省もしています」

人でなしのような発言をする香之助にカッとなったものの、語尾がどんどん細くなっていく。

「自業自得とはいえ、香之助さんの襲名披露公演という記念すべきイベントに携われないのは本当に残念です……」

「へぇ……」

香之助が意外そうに相槌《あいづち》を打つ。

「ただ、まだ歌舞伎に関わることができるので、この幸せを大事にして、これからも頑張っていきます」

決意表明のように言い切ると、香之助はもう意地悪な顔をしておらず、ただまっすぐに晴香の言葉を聞いていた。

「お前は……本当に歌舞伎が好きなんだな」

どこか寂しげに呟かれた言葉。それは、静かな車内によく響いた。

「私の両親は共働きで、いつも忙しい人達だったんです。休みの日でもなかなか構ってもらえなくて、歌舞伎好きのおばあちゃんに遊んでもらっていました。それで、よく観劇に連れて行ってもらったり、ＤＶＤで見たり……歌舞伎はすごく華やかで優美で、あっと驚くようなしかけもあったりして面白くて、夢中になりました」

歌舞伎と出会ったときのことは今でもはっきりと覚えている。周りが大人ばかりで落ち着かず、どうせ子どもの自分にはわからないと思っていた。でも、予想をはるかに超えて面白かった。つけてもらっていたイヤホンガイドのおかげもあったかもしれない。まだ幼かった晴香にはストーリーを半分も理解できなかったけれど、とにかく迫力に圧倒され、華やかな衣装や舞台が眩しく、美しい世界に引き込まれた。

「両親と遊べない寂しさも、学校であった嫌なことも……歌舞伎を見ると全部忘れられたんです」

晴香は声を弾ませて嬉しそうに話した。香之助とふたりきりだということや、静かな車内にいることはもう頭の中からなくなっている。ただ、あのときの感動と興奮を香之助に伝えたかった。

「だから、歌舞伎が大好きです」

晴香が言い終えて隣にいる香之助の顔を見ると、彼の表情はひどく苦しそうに曇っていた。眉を寄せ、難しそうに口を引き結んでいる。

「あの……？」

心配になって声をかけると、固く結ばれていた唇が重たく開いた。

「俺は……好きじゃない」

掠れた声で発された言葉は、歌舞伎の神に祝福されたような演技をしている舞台上の香之助からは、想像できないものだった。

「香之助さん……」

しかし、晴香は不思議なことに、自然と彼の言葉を受け止められていた。……御曹司の苦悩を知っていたからかもしれない。

「俺は歌舞伎が好きじゃない。……父親は舞台で忙しいし、母親は父や家、ご贔屓さん達のことで常に駆けまわっていた。幼稚園の送り迎えも小学校の参観日も、全部付き人。みんな時間や周りの付き合いに追われていて、せかせかと動き回って家族団らんの時間もない。テレビアニメで見るような温かい家庭なんて夢でしかない。何週間ぶりに両親と話ができたと思ったら〝稽古はどうだ？〟〝もっと精進しろ〟……家は家じゃなかった」

晴香は口を噤み、ただ聞き入っていた。

襲名披露パーティの二次会で、どこかの弟子が「御曹司はいいよな」と言っていた。香之助は何度もそういう言葉を浴びせられたに違いない。きっと、もっとひどい妬みもあったと思う。それを〝俺の気も知らないで〟と言い返したりせず、まるで聞いていなかったかのようにさらりと流せるまで、どのくらい苦しんだのだろうか。

「俺自身も物心ついたときから自由はないし、同年代の奴らがサッカーやバスケに夢中になっていても、怪我をするわけにはいかないからできないし、稽古でそんな時間もなかった……。好きなことは、なにひとつできなかったな。……歌舞伎に全部奪われたよ。嫌な思いも腐るほどしたし、逃げ出したいときも数えきれないほどあった。だから……好きじゃない」

歌舞伎に対する思いを吐露する香之助は、苦悩に苛まれ、手を伸ばしても届かないものを欲しがるようなもどかしさが感じられた。

(香之助さんは……歌舞伎に対して私とは真逆の思いを持ってるんだ)

香之助の思いを知り、晴香の胸が引き絞られる。でも、こんな胸の痛みとは比べものにならないほど、彼は歌舞伎でつらい思いをしてきたのだ。

ふたりとも黙ったまま重苦しい雰囲気に包まれていたが、しばらくして香之助がフッと息を漏らすのがわかった。

「けど、今はその分自由にさせてもらってるし。いろんなことが理解できるようになって、あの頃は仕方なかったんだろうな……とも思ってる」

「そう……ですか……」

香之助は軽く言うが、晴香は神妙な面持ちのまま気持ちを切り替えることができなかった。そんな晴香を見て、香之助が「それに……」と言葉を続けた。

「それに、お前が俺のことを必死に考えてくれたり、歌舞伎を好きだと言ってくれたりするなら……悪くないと思ったよ」

香之助が晴香の目を見つめ、柔和に笑いかけてくる。

歌舞伎役者である阿部香之助というより、ひとりの男性である阿部和仁そのもののように感じて、晴香はドキリと胸が高く跳ねあがるのを感じた。

「こ、香之助さんはきっと……これからもっと素晴らしい役者さんになります。だから、今日みたいな遅刻は絶対にやめていただいて……」

なんとか平静になろうと晴香が懇願するような思いで訴えていると、香之助がギッとシートを鳴らして身体を近づけてきた。

「約束はできないが……努力はする」

顔が目の前に迫ってきて、彼の体温を感じた晴香は身構える。

「っ……だ、ダメです！　香之助さん、こういうことはちゃんと婚約者としてくださ い！」

もう少しで唇が触れ合うところだった。しかも、それを受け入れそうにもなっていた。

寸でのところで香之助の胸板を押し、晴香は顔を背けた。

「……婚約者？」

香之助は身体を晴香に近づけたまま、とぼけた声でたずねてくる。

「そうです。藤村流の……娘さんです。今日だって、その方のところに泊まっていたんですよね？　ま、まぁ……私には関係ありませんけど」

関係ないと言いつつ、正直気になって仕方がない。しかも、それを肯定されることが怖いとさえ思っている。

香之助は少し考えたあと、思い出したように「ああ」と声をあげた。

「今日のことか。あれは……昨晩、藤村先生のところへ舞を習いに行ったんだ。二十二時以降なら空いてるって言われて、思ったより時間が遅くなったんだよ。それで、そのまま稽古場に泊まらせてもらったんだ。つい寝過ごした」

「えっ、ま、舞を習いに……？」

あっけらかんと「寝過ごした」という香之助に怒ることも忘れ、葵のところへ泊まったわけではないという事実を確認してしまう。

「ああ。舞を磨けば、今度の演目のリズムも摑めると思ったんだよ。まぁ、いつか『鏡獅子』をやりたい気持ちもあるけどな」

「そ、そうだったんですか……」

晴香は呆然としたまま、返事をする。自分は勘違いしていただけだったのだ。

「葵とはなんにもない。親同士がなにを企んでるかは知らないけど、アイツとは昔からの付き合いだから、俺にとっては妹みたいなヤツなんだ。お互い、家に自由を奪われた同志でもあるかな。とにかく、特別な感情はない」

キッパリと言い切る言葉に、晴香は胸がスッキリと晴れていくのを感じた。

「それに、葵は市太郎を贔屓にしてる。いつかアイツに会わせてやらないとな……この前、頼まれたんだった」

「市太郎さんの？　だから、ご一緒に公演を……」

そこまで言い、晴香はハッとして口を塞いだ。しかし、ふたりきりの車内では言葉を遮る雑音もなく、すでに香之助の耳には届いてしまっている。

「なんで俺が市太郎の公演を観に行ったことを知っているんだ？」

訝しげに香之助がたずねてくる。晴香は観念して口を開いた。

「私の同期が劇場の案内人をしているんです。それで……おふたりを見た、と」

（だけど理由がわかった。香之助さんは藤村師範にお世話になっているし、葵さんは妹みたいな存在だから、お願いを聞いてあげてたんだ）

香之助ならチケットをもっていなくても公演を見ることができる。

「全部、私の思い違いでしたね……すみませんでした」

勘違いしたことを申し訳なく思う。そしてホッと安堵する自分に気付く。

（あれ？　でもなんで……ホッとしてるんだろう）

胸に降りた安堵の意味がわからず、晴香は眉を寄せて首をひねった。すると、香之助は

からかうような目つきで晴香の顔を覗き込んできた。

「思い違いって……お前は、嫉妬していたわけか」

「えっ、な、ち……違いますよ！」

否定するが、その顔は赤く火照りだす。肯定しているのも同然だった。

「かわいいところがあるじゃないか……女の嫉妬は大歓迎だ」

晴香の言葉は聞かず、香之助は晴香の肩を押さえ込むとキスをしてきた。噛みつくようなキスは熱がこもっていて荒々しく、口内へ入り込んできた舌が貪るように蠢《うごめ》き出す。

「ぁっ……こうのすけさっ……やめて、くだ……ぁっ……」

急な展開に頭がついていかない。戸惑う晴香を無視し、香之助は手を伸ばしてきて、身体を弄り出す。スカートからブラウスとスリップを引きずり出し、下から大きな手の平を忍び込ませてきた。

「担当を外されたお前を、慰めてやってんだろ」

「もう、大丈夫ですからっ……ぁあっ……」

香之助の手が晴香の胸を揉み上げ、ブラジャーの上から突起をこすった。すでに勃ち上がった乳首に布地がザラリと擦れ、刺激はかすかだというのに晴香は上半身をピクンと反応させてしまう。

「やっぱり、感度は最高だな」

ほくそ笑んだ香之助は、ブラジャーをずらして胸の粒に直接触れた。指先で弾いたり、爪先でひっかかれたりと自由に弄ばれる。

「やぁっ……やめっ、ぁっ……！」

その刺激に背筋を跳ね上げていると、窓に夜景ではない光が飛び込んできた。

「こ、香之助さんっ……！」

香之助はチッと舌打ちすると身体を離した。香之助の車から少し距離を開けて、黒のSUV車が停まる。どうやら、追って来ていた記者ではないようだ。しばらく様子を見ていると、中からカップルが出てきて、肩を寄せ合って夜景を眺め出した。

「邪魔されたな。まぁ、いいか……そろそろ食事へ行くか」

香之助はあっさりと頭を切り替えると、車を発進させた。

（よかった……なにもされなくて）

そう思ったが、身体の疼きは収まらず、香之助の熱が離れたことを残念に思っている。

（え……ざ、残念って私……なんでそんな風に思ってるの!?）

もっと香之助に触れて欲しいと思っているのか。あの、自分とはかけ離れた、住む世界が違う香之助に？

自分でも理解できない落胆に頭が混乱し、動揺してしまう。なんとか身体の火照りを鎮めて落ち着こうと、手の甲で額や頬を押さえるがまったく効果がない。

「そういえば、なにが食べたいか決まったか？」

ひとりアタフタしている晴香をよそに、香之助は余裕の顔でたずねてくる。

「じ、じゃあ……い、イタリアンで」

「イタリアンね。道はこっちだな」

そう言って、香之助は大きな交差点でUターンした。身体の揺れが少なく、運転はとても安心できる。けれども、心は乱されっ放しだ。

「香之助さん、予約は何時にされてるんですか？」

ひと息ついて晴香がうかがうと、香之助は興味なさそうに口を開いた。

「んー……二十時か？　忘れたな」

カーナビの時計を見るともう二十一時となっていた。もし二十時に予約していたら一時間も遅刻だし、ほかの予約をしているレストランにはもっと迷惑な話だ。やはり香之助には周りに迷惑をかけるという概念がないのか。

「とりあえず、遅れるという連絡をしましょう！　あと、予約していたお店の電話番号を教えてください。キャンセルします」

晴香がスマホを渡してほしいと手を差し出すと、香之助は苦笑しながら手渡す。

「お前は本当に面倒な奴だな……」

呆れたように言う香之助の表情は、最高に優しかった。

第六章：スランプとデート

それから車で二十分ほど走った住宅街の中にある、隠れ家のような高級イタリァンレストランで食事をした。

服装を気にしていた晴香だったが、個室に案内されたために人目が気にならずにすんだ。なにより、香之助自身が気にしていない様子だったので気持ちが楽だった。

綺麗に盛り付けられた前菜やヒラメのヴァポーレ、トリュフのソースがかかった黒毛和牛とフォアグラのソテーなど、今まで味わったことがないほど豪華で美味しい料理に舌鼓をうった。

食事のあとのことを警戒していた晴香だったが、意外にも香之助は「今日もお預けだな」とからかうだけに留まり、マンションまで送ってくれたのだった。

十月に入ると、街中や劇場で『十代目・阿部香之助襲名披露公演』のチラシやポスターを見かけるようになった。鶴亀の事務所にもB全サイズのポスターが貼られ『鳴神』と

『暫』の衣装とメイクをした香之助が勇ましくポーズを決めている。

（やっぱり最後まで一緒にやりたかったなぁ……）

晴香は廊下に貼られた、そのポスターの前で立ち尽くしていた。

「水無月さん、そろそろ打ち合わせ始めるよ」

「はいっ！」

演劇制作部の先輩に呼ばれ、晴香は会議室へと向かった。

（香之助さんにも、仕事を頑張るって言いきったし……今できることをやっていこう）

打ち合わせは、冬に新橋演舞場で行われる坂井春三郎の公演についてだった。

春三郎は市太郎の父親で、ベテランの女形。安定した演技には定評があり、人気も高く、出演する公演はいつも超満員となる。

「春三郎さんには『藤娘』をお願いするのはどうかな？　酒を飲んでからの艶めかしい酔態。夫を持つ女性の色気なんて見てみたいものだけどね」

演劇制作部の課長が意気揚々と案を出す。

「華やかだし、春三郎さんの良さも出ますね。本当は息子の市太郎さんにも早くやってほしいですけど」

「市太郎はまだ早いだろう。もうちょっと知名度も欲しいところだし……春三郎なら『娘道成寺』もいいと思うけどなぁ」

「あー……遊女もいいですね。舞台上が華やかになりますし」

春三郎ならどの役もこなせるという安心感からか、次々に案が出てきて決まらなくなる。

いろいろと意見が出たが、結局最初に課長が案を出した『藤娘』でいくことになった。

打ち合わせをまとめたノートを持ち、会議室から出ると隣の大きな会議室から見知った姿が現れた。

「あれ、市太郎さん！」

しなやかな体軀《たいく》の市太郎が白のTシャツにグレーのカーディガンを羽織り、ジーパンというラフなスタイルで立っていた。晴香が声を掛けると、大きな目をさらに見開く。

「ああ、晴香さん。打ち合わせですか？」

ふわりと微笑み、気さくに話しかけてくれる。威圧感がまったくない。こういった点は香之助と大違いだ。

「はい、今終わりました。市太郎さんはどうしたんですか？　本社にいらっしゃるなんて、珍しいですね」

「鶴亀さんが発行されている会報誌のインタビューがあったんです。まぁ、僕は脇役で……主役は香之助さんですけどね」

市太郎はわざとらしく苦笑いを浮かべた。

鶴亀の会報誌は、優先的にチケットを取れる有料会員に定期的に配布されるもので、舞台の裏側や役者のインタビューなどが掲載されている。以前、香之助の祖父が彼との思い出を語ったのも、この会報誌だった。

今回は香之助の襲名披露に関する特集が掲載される予定で、香之助と関わりがある人にインタビューを行っているらしい。

「今は香之助さんがインタビューを受けていて、僕はこれから帰るところなんですよ。そうだ、少しお時間ありますか？　今、車を玄関に回してもらっていて……その間、お付き合いいただければ嬉しいです」

市太郎ににっこりと微笑まれ、お願いされれば断れるはずもない。晴香が了承すると、ふたりで事務所の隅にある簡易的な打ち合わせのスペースを借りて話をすることにした。

社内に備え付けられているコーヒーメーカーから紙コップに注ぎ、市太郎に差し出す。

「よろしかったら、どうぞ」

「ありがとうございます。晴香さんに淹《い》れていただけるなんて、嬉しいですね」

コーヒーメーカーから淹れただけだというのに、市太郎は優しい言葉を言ってカップを口に運ぶ。

「晴香さんが担当を外されたとお聞きしましたが、しっかりお仕事をされているようで安心しました」

香之助と同じく、市太郎も気にかけてくれていたようだ。

（役者さんに心配されるなんて……不甲斐《ふがい》ない）

「ご心配おかけして申し訳ございません。考えもなく勝手なことを口走ってしまい、香之助さんにも阿部家の皆さんにもご迷惑をかけてしまいました……きちんと反省し、今はできることを頑張ろうと思っています」

つい口調が固くなる。香之助に心配されたときは嬉しかったのに、どうしてか市太郎から心配されると申し訳なさでいっぱいになる。きっと、どの役者に言われたとしても、同じ気持ちになるだろう。

（あれ？　じゃあ、香之助さんが特別……？）

ふとそんな考えが浮かび、コーヒーカップを握った手をじっと見つめていると、前に座っていた市太郎が顔を覗き込むように話しかけてきた。

「やっぱり、落ち込んでいるんじゃないですか？」

心の奥まで見透かすような視線を向けられ、晴香はハッと顔をあげた。

「い、いえ……反省はしていますが、落ち込んでいられませんから」

「自分の非を認めて頑張れることは素晴らしいことです」

「大袈裟ですよ。私は褒めてもらえるような立派な人間ではありませんから」

謙遜ではなく、本当にそう思った。褒めてもらえるような人間なら、そもそも香之助を怒らせていない。仕事中だというのに香之助と葵の仲を勘違いして、嫉妬してしまう女なんて、素晴らしいはずがない。

（どうも市太郎さんは私のことを褒めすぎるんだよなぁ……）

香之助に気に入られていると誤解したり、絶間姫だと言ってみたり。女形だから気が利いて、誰にでも優しいのかもしれない。だから、女性ファンが多いのだろう。

晴香が微妙な笑顔を作っていると、市太郎の綺麗な手がスッと伸びてきた。

「市太郎さん？」

カップを握っていた晴香の手に触れ、ギュッと握られる。市太郎の細く長い指が絡み、晴香の白い指先を弄りだす。

「ところで、またゆっくりお話をしたいと申し上げていた件ですが……今夜でもどうですか？　貴女と……もっと、仲を深めたいんです」

瞳に妖しい光を灯らせ、晴香を見つめてくる。香之助とは違ってじわじわと効いてくる媚薬《びやく》のような柔らかな色気が漂い、晴香もつい「行きましょう」と返事をしてしまいそうなほどだった。

「じょ、冗談はやめてください……」

手をそっと押し返すが、もっと強く握られてしまう。

「僕に絶間姫を教えてください」

晴香の断りは聞かず、さらに迫ってくる。きめ細かな肌をした市太郎の顔が近づき、握られている手にはギュッと力が込められた。

（市太郎さん……急にどうしちゃったの……!?）

晴香が戸惑っていると、突然市太郎の手が何者かに取り上げられた。

「きゃっ……！」

反動でカップが倒れ、簡易テーブルの上にコーヒーの水たまりができる。

「こ、香之助さんっ！」

ふたりの間に立った人物は香之助だった。眉を吊り上げた恐ろしい形相で、市太郎を睨みつけている。香之助も市太郎と同じくTシャツにカーキのシャツを羽織り、ジーパンを穿《は》いたラフなスタイルだ。

うしろからマネージャーの吉永が現れ、三人のただならぬ雰囲気を察しておたおたしているのが横目でわかった。

「悪いが、コイツを誘っていいのは俺だけだ」

「香之助さん……」

彼氏でもないのになんのつもりか。わからないけれど、晴香をドキリとさせるには充分だった。

「絶間姫を教えてください？　そんなもの……俺が舞台上でいやというほど手ほどきしてやるよ。だから……コイツに触るな」

香之助は市太郎にきっぱり言い切ると、晴香の手を引っ張ってずんずんと歩き出す。周りにはにわかに人が集まりだし、吉永が市太郎に謝っている声が聞こえた。

「香之助さん、あの、手をっ……」

強い力で取られた手首が引っ張られて痛みだす。晴香の言葉が聞こえていないのか……香之助は力を弱めることも歩みを止めることもせず、さきほど香之助がインタビューの場所として使っていた会議室へ連れて行かれた。

入った瞬間、応接用のふかふかのソファに投げられるようにして座らされる。そして晴香を冷たい目で見下ろしながら、香之助は後ろ手で扉を閉めた。

「こっ、香之助さん……?」

呼びかける晴香の声は震えていた。今まで無理矢理キスをされたり、突然迫られたり、怖いと感じたことは何度もあったけれど、今の怖さはそれとはべつだ。晴香の身体はカタカタと小刻みに震えだしていた。

「俺は……お前に、俺をその気にさせろとは言ったが、俺以外の男を誘えと言った覚えはないぞ」

低く凄まれ、晴香は身体を萎縮させた。なにをされたわけでもないのに、威圧感で押しつぶされそうだった。けれど、威圧的なだけじゃなくて、そこには苦しみや痛みも混じっている気がして、香之助の言葉を受け止めたい気持ちもあった。

「さ、誘ってなんかいません」

きちんと否定をしたかった。あれほど呆れながらも優しく笑ってくれた香之助が、今は全く違う顔になっている。そのことが悲しくて、もう一度笑ってほしくて否定する。

「誘ってない？　楽しそうにしていたくせに」

「そんなことありません！」

市太郎に笑顔を見せたかもしれないが、決して楽しかったわけではない。だいたいなぜ香之助はこんなに怒っているのか。晴香が誰となにをしていようと関係ないはずだ。

気持ちがかみ合わないもどかしさに唇を噛みしめていると、香之助は綺麗に整えていた髪をクシャリと手で崩した。

「なんで……今日はお前を見るとこんなにイラつくんだ……」

くぐもった声で苦しげに言い、眉間にしわを寄せながら切なげな表情を浮かべていた。

「なんだよ、これ……」

吐き捨てるように言うと、拳で扉近くの壁を殴った。晴香はビクリと身体を震わせたが、香之助はそれ以上なにもしてこず、会議室から出て行った。

（香之助さん……）

晴香は香之助の後ろ姿を見送りながら、彼と同じくらい切ない気持ちに苛まれていた。

演劇制作部へ戻ると、先輩が心配そうに駆け寄ってきた。

「水無月さん！　香之助さんに会議室へ連れ込まれたって聞いたんだけど……大丈夫だった!?」

さっきの騒動は、すでに社内に広がってしまったらしい。とりあえず部長が席に着いたまま晴香を呼ばないので、大事には発展していないようだ。

「あ、いえ……またちょっと叱られてしまいました」

晴香が肩を落とすと、先輩がポンとその肩に手を置いた。

「どうしたんだろうね。最初は、水無月さんのことを気に入ってたって、歌舞伎座の伊戸川さんから聞いてたけど……またいつもの気まぐれなのかな」

「いいえ、すべて……私が悪いんです。すみません」

晴香は頭を下げると、仕事に戻った。


なぜ、あれほど香之助が苦しい顔をしていたのか。わけがわからず、晴香はどんよりとした気持ちで数日を過ごした。

「今日は春三郎さんと打ち合わせか……」

スケジュール帳を確認すると、春三郎はポスターの撮影があり、鶴亀のスタジオでポスターの確認も兼ねて簡単な打ち合わせをすることとなっていた。

春三郎はさすが人気の女形であり、あの市太郎の父親だけあって、見た目も仕草も美しく、物腰が柔らかだった。打ち合わせはスムーズに進み、時間よりも早く終えることができた。

「じゃあ、私はこのままほかの仕事へ行くから」

「はい。お疲れ様でした」

無事、打ち合わせが終了すると、スタジオで先輩と別れた。

晴香が本社へ帰ろうとしていると、「水無月さん」とうしろから呼び止められた。振り返ると、ほかのスタジオでポスターの撮影をしていた伊戸川だった。

「久しぶり。今日はここで打ち合わせだったの？　珍しいのね」

相変わらずさっぱりした口調の伊戸川は、黒髪をひとつにまとめて黒のパンツにベージュのジャケットというスタイルだった。

「はい。今日は春三郎さんと打ち合わせをしていました」

担当を外されてからまだ半月くらいだというのに、懐かしさがある。伊戸川の表情からも、そんな雰囲気が感じ取れた。

「そういえば、最近香之助さんと会った？」

「い、いえ……」

どうやら歌舞伎座にいる伊戸川の耳には、晴香が香之助に会議室へ連れ込まれた話は届いていないらしい。どうしてそんなことを聞くのだろうかと疑問に思っていると、曲がり角から足音が近づいてくるのが聞こえた。

「和仁の調子はどうだ？」

地を這《は》うように低く、よく通る声が響く。香之助のことを本名の〝和仁〟で呼び、鶴亀のスタジオを歩くような人物はひとりしかいない。

（忠之助さんだ……！）

声が聞こえたとほぼ同時に、忠之助とその付き人が歩いてくるのが見えた。

「ええ、最近は稽古もめっきりしなくなりました……大事な襲名披露公演が近づいてきているというのに、どうされるんでしょうか」

「遅刻は毎度のこととしても、稽古だけは真面目にやっていたはずなんだがな」

「阿部家はもちろん、ひとり暮らしのマンションにも帰られていないようですね」

「壁にぶち当たって悩むのはいいが、ご見物に出来の悪いものを見せるわけにはいかんしなぁ……バカ息子が」

晴香と伊戸川は廊下の隅によけてふたりに道を譲りながら、挨拶をして彼らが去って行くのを待っていた。

（お練りのときに香之助さんを叱ったこと……謝りたかったけど、とてもじゃないけど声がかけられなかったなぁ……）

忠之助と付き人は難しそうな表情をしていて、さらにその内容を聞いて晴香も動揺した。香之助が稽古をしていないうえに、壁にぶち当たっているという。

晴香が伊戸川のほうを見ると、彼女は両肩をすくめて見せた。

「そういうことなの。最近、香之助さんスランプみたいで。水無月さんがもし会っていたら、どんな様子だったか聞きたかったんだけどね」

香之助が不調だなんて信じられない。あの、いつもの過剰な自信と男っぷりはどこへいってしまったのだろうか。

「すみません、なにもわからなくて……」

そう答えつつ、会議室から出て行くときの切なげな香之助の表情が思い浮かぶ。

(香之助さん、すごく思い詰めたような顔だった……)

伊戸川とはそこで別れ、晴香は本社へ戻った。

「よし、かけてみるか」

家に帰ってきた晴香は、香之助のことが気になってしまい、鬱陶しがられるかもしれないと不安になりつつも、彼に電話をしてみることにした。

「でないなぁ……」

耳元で何度もコール音が鳴り響く。もう無理か……と諦めかけたころ、音が切れて通話に変わった。

「も、もしもし！　香之助さんですか!?」

相手が応答するより早く、晴香が話しかける。

『……なんだ？』

電話の相手は間違いなく香之助だ……ただし、機嫌が悪いときの。電話を通してでもわかるくらい、声が冷たい。

「あ、あの……その……」

香之助に冷たい態度をとられることくらい予想していたが、つい動揺して上手く喋れなくなる。

（どんな調子ですか？　なんて聞くのも担当じゃないからおかしいし……でも、様子が気になるし、スランプなら抜け出す手助けがしたいし……）

晴香が言いよどんでいると、しびれを切らした香之助に急かされる。

『ハッキリ言え。用がないなら切るぞ』

「わっ、待ってください！　あっ、あのっ……お会いできませんか？」

咄嗟に思いついたことが口をついて出る。とにかく会って、様子を確かめたかった。しかし、忙しいうえに不機嫌な香之助が簡単に了承してくれるはずもない。しかも今は担当を外れているから仕事で会う理由もなかった。

『無理』

バッサリと切り捨てられ、どうしたものかと考える。

「え、ええっと……そんなこと言わず……この前、ごちそうになったので、お返しがしたいんです」

『いい。身体で払うならべつだけどな。約束もお預けになったままだし』

約束なんて随分前の話だが、まだ覚えているらしい。しかし、それを口実に会うわけにはいかない。

「身体は無理ですけど、あのっ、香之助さんとデ……デデ、デートがしたいんです！　わたしとデートしてくださいませんか!?」

思い切って誘ってみる。男性をデートに誘うなんて、初めてのことだった。

『……なんだ、その誘いは』

少し間があり、香之助の呆れたような声が聞こえた。さきほどの冷たさはどこかに消えていて、晴香は胸を撫で下ろした。

「稽古ばかりでお疲れかと思いますので……よかったら、気分転換にどうかな……と」

晴香がしどろもどろになりながら誘うと、香之助がクスリと笑う気配があった。

『もっと色っぽく誘えよ、エセ絶間姫』

「すみません……」

誘い方が気に食わなかったのだろうか。機嫌は取り戻せたように思うが、了承してもらえる自信はなかった。

（一般人の私と出かけても楽しくないって思うかもしれないもんね……）

香之助の返事を、緊張しながら待つ。

『だが……俺をデートに誘うなんてたいしたものだ。楽しませてくれるんだろうな？』

「そ、それはもちろんです！」

晴香は意気込んで声を張り上げた。

『なら、お前のデートに付き合ってやるよ。今は襲名前の休演中で時間もあるしな。明日なら……ちょうど、稽古もない』

稽古の部分だけ、声が沈んだ気がした。

「では、明日……十五時にホテルＳのロビーでお願いします」

『わかった。楽しみにしてるよ』

香之助はそう言うと、電話を切った。最後のひと言は決して甘い言葉ではなく、脅しの意味が大いに含まれている。

「うわっ……香之助さんとデートの約束しちゃった……！」

自分から言ったこととはいえ、信じられない。

（週刊誌の記者は心配だけど……帽子で顔を隠して、写真が撮られにくい場所にして……）

これ以上、鶴亀にいられなくなるようなネタができると困るので、必死に対策を考える。

（でも、なにより……香之助さんが元気になってくれたらいいな……）

自分のことも心配だが、それ以上に香之助のことをどうにかしたいと思った。

「そうだ、洋服！　なに着よう……」

デートは明日。今さら洋服を買いに行くこともできない。晴香は焦りながら、クローゼットやタンスを引っ掻き回した。

「お前……この帽子は合わないだろ」

デート当日。晴香はホテルのロビーで待ち合わせたあと、香之助と一緒に新宿御苑《ぎょえん》のバラ園へやってきた。

香之助は変装もせず、ジャケットにパンツというシンプルなスタイルで現れた。対する晴香は、ネイビーの膝丈ワンピースにカーディガンを合わせ、足元はアンクルストラップのパンプス。バラ園が砂利道なので、ヒールは低めにした。頭には夏に日よけ用として使っていた、黒のチューリップハットをかぶっていた。

「帽子、ないほうがいいんじゃないか？」

香之助に合わせて上品にした服装に、自転車にでも乗りそうなアクティブな印象のチューリップハットはどうにも合わなかったらしい。今まで晴香の服装についてなにも言ってこなかった香之助がさすがに突っ込んできた。

背が高い香之助は、ヒョイと晴香の帽子を取ってしまう。

「だ、ダメですよ、香之助さん！　もしバレたら……」

晴香が慌てて奪い返そうとするが、香之助が手を高く上げて取れなくしてしまう。身長差があるので、晴香がジャンプしたところで届くはずがない。

「バレたら、俺の事務所からマスコミに手を引くように通達してもらう。マスコミには散々ネタをあげてやってんだ、ひとつくらい見逃してもらわないと割に合わないしな」

「そ、そんな無茶苦茶なことを……」

「無茶苦茶でもできるんだからいいだろ。だから、これはバッグにでもしまっておけ」

香之助は帽子をやっと返してくれたが、バッグにしまえと指示される。それを拒んでかぶれば、また取り上げられてしまうのだろう。

「……わかりました。でも、あまり目立たないようにしましょうね」

とはいえ、オーラがだだ漏れしている香之助に目立たないようにというのは無理だろう。ただ、今は華やかに咲き誇るバラ達に囲まれているので、少しは抑えられている気がした。

「バラは秋にも咲くんだな」

大輪のバラを見つめながら、香之助が不思議そうに感想を漏らす。

「そうです。春はボリュームたっぷりなバラが咲きますが、秋は繊細で色とりどりで……とても綺麗ですよね」

「初めて来た……こんなところ」

香之助は物珍しげにあたりを見渡していた。その様子がなんだか可愛らしくて、晴香は秘かに顔を綻ばせる。

「香之助さん、夜景スポットは知っているのに、こういったところは来ないんですか？」

晴香はちょっと意地悪く、下から覗き込むようにしてたずねた。少しからかうつもりだったのだが、香之助はニヤリと笑い、余裕を見せる。

「昼間に女を口説こうと思わないからな」

「それもそうですね」

香之助らしい答えに晴香が頷くと、拍子抜けした顔をされた。

「なんだ……もっと顔を赤くしてジタバタするのかと思ったんだが……」

「ジタバタなんてしませんよ。もう、随分慣れましたから」

晴香が胸を張って言うと、香之助が心外だとばかりに肩を抱いてきた。

「こ……香之助さんっ!?」

「慣れてきたんだろ。ほら、歩くぞ」

「ちょっ……手を……からかわれるのは慣れてきましたけど、こういったことは……」

身体を捩って逃れようとするが、しっかりと肩を抱かれていて引き離せない。結局、晴香はコンパスのように振り回されながら、バラ園を見て回ることとなった。

「少し、休憩しませんか？」

晴香の提案で、近くにあったベンチに腰掛ける。のんびりバラを見てリラックス……とはいかず、終始晴香が小走りになったり、香之助がゆっくり歩いたりとバランスが悪かった。それでも、香之助は晴香の肩から手を離さなかった。

「今日は……リフレッシュできましたか？」

悩みは解決できなくても、リラックスはできたのではないか。

隣で、長い足を組んで座っている香之助の横顔を見ながらたずねた。高い鼻筋に凛々しい眉、まっすぐにバラを見据えた瞳が美しく、洗練されている。会ったばかりのときより、気分がスッキリしているように見えるのは気のせいだろうか。

「……そういえば、俺の気分転換のために誘ってくれたんだったな」

香之助がポツリと呟き、バラに注いでいた視線を晴香に向ける。じっと黒い瞳に見つめられ、晴香は思わず目を逸らしてしまった。

「はい……稽古が大変かと思いましたので。たまには、日常から離れることも大事ですし」

「稽古か……最近は、してないな」

「えっ……!?」

香之助の言葉に驚き、逸らしていた視線を再び香之助に向ける。彼は背もたれにどっかりと体重を預け、太陽が西に傾き始めた十月の空を見上げていた。

(香之助さん……パーティのあとやお練りの前にも稽古をしていたくらいだから、周りには気付かれなくても、ひっそりと稽古しているんだと思っていたのに……)

どうして稽古をしていないのか聞こうとしたとき、香之助のほうがさきに口を開いた。

「鳴神の気持ちが摑めそうだったのに……離れていったんだ。あの日、お前と市太郎が一緒に話をしているのを見てからだ……」

「私と市太郎さんが……?」

鶴亀の事務所で市太郎と遭遇し、引き止められて一緒にコーヒーを飲んでいたときだ。その様子を見た香之助に怒られ、会議室に連れて行かれた。彼に〝イラつく〟と言われたことを思い出す。

(でも、なんでそれが鳴神の気持ちに繫がるの……?)

晴香は疑問に思いながら、香之助の話に耳を傾けた。

「鳴神は、絶間姫に誘われて酔わされた。しかし、騙されたことを知り、怒り狂う……。俺も、お前と市太郎が一緒にいるところを見たとき、同じような感情に襲われた」

香之助がその感情の正体を確かめるように、晴香の瞳の奥をじっと見つめてくる。

「こ……香之助さん？」

熱い視線に胸が高鳴りだし、声がうまく出てくれない。

「けど、怒りじゃない……悔しさと似ていて、でも少し違っていて……奪い返して、俺だけのものにしたい……そんな感じだ」

「っ……わ、私が……香之助さんの、ものに……？」

晴香は何度も瞬きを繰り返し、香之助にたずねる。顔が熱く紅潮していくのがわかる。体温も上昇し、心臓の音がうるさいくらいにこめかみまで響いていた。

（なんか……告白みたい）

うぬぼれだとわかっているけど、それでも「俺だけのものに」なんて言われれば、勘違いもしてしまう。

「その感情がわからなくて、しばらく稽古にも集中できなくなった……自分がどういう状態か、わからない……」

香之助は脱力したように項垂れ、額に手を押し当てていた。今まで欲しいものはなんでも手に入っていただけに、欲しいものを奪われてしまう、焼け付くような感情は初めてなのだろう。しかし、晴香にはその感情に覚えがあった。

「私も最近……そういった気持ちになりました。香之助さんと、葵さんが付き合ってるんじゃないかと思って……」

胸がモヤモヤして、バカみたいに勘違いしてしまった晴香はそのときのことを思い出し、苦しげに眉を寄せる。

「あれは……お前が俺とあの女との関係に嫉妬したからだろ？」

「え、そ……それは……」

晴香が言い淀《よど》んでいると、香之助はふとなにかに気づいたように、ハタと動きを止めた。

「……待てよ？　じゃあ、今の俺の感情も、嫉妬というわけか？」

疑問形で呟きながらも、確信めいた顔をしている。それから、フッと噴き出して破顔した。

「なんだ、嫉妬か……俺は、そんな感情に振り回される人間になったんだな」

おかしそうに笑う香之助の顔は柔らかく、晴香はその表情を見られて心の底からホッとした。

（ということは……市太郎さんとのことを、嫉妬してもらえてたってこと？）

じわじわと嬉しさが胸に湧きあがってくる。晴香は緩みそうになる口元をきゅっと引き締めた。

「それなら、鳴神の気持ちがわからなくて当然だな。アイツは嫉妬じゃなく、女に裏切られたことに腹を立てているから」

香之助は考え込むように顎に手を当てて、足元を見つめていた。

（香之助さん……鳴神と向き合おうとしてる……）

普段の傍若無人・色男という姿は鳴りを潜め、歌舞伎人として真剣な表情になっていた。その横顔は凛としていて美しい。

「けど、どういう気持ちで追い回していたんだろうな。きっと殺したいほどの怒りなんだろうけど……一度は結婚を決めた相手に、そんな感情が湧くか？」

役を心から理解しようとしている。香之助の姿勢に晴香は感動した。

今まで何度か香之助の公演を観たことがあったが、彼には生まれながらに人を惹きつけてやまない魅力があり、圧倒された。しかし、その芝居は型通りでどこか単調でもあった。それは、完全に役になり切ることができていなかったから。だからこそ、今、晴香は香之助の成長を感じていた。

「香之助さん……なんだか、少し変わられましたね」

晴香は嬉しさを噛みしめながら言う。

「恵比寿屋には代々継承する型がある。だから、それができれば歌舞伎の関係者も、ご見物も満足すると思って技を磨くことに必死になっていた……けど、そうじゃないと思うようになってしまったんだよなぁ……どこかの、誰かさんのせいで」

香之助がニヤリと口の端を意地悪くあげて晴香を見てきた。

「わ、私のせいですか？」

晴香は焦りながら自分を指差した。

「お前が……俺のことを考えて仕事をしているから、俺もお前のために……本気でやらなくちゃいけないと思ったんだ」

「私のために……」

思ってもいなかった言葉に胸がじんと熱くなる。香之助が自分と触れ合うことで、なにか得てくれたのだとしたら、鶴亀の社員としても女としても、こんなに嬉しいことはない。

「本気でやろうと思っていたのに、スランプになってこの有様だ。型は稽古で身体に染みついたけど、役を理解しないと気持ちが入らない。そうしたら手も足も、どう動かしていいかわからなくなって。三歳のときから舞台に立っているくせに……今さらそんなことに悩むとはな……情けない」

香之助は苦しそうに眉を寄せ、切なげな笑みを浮かべた。いつもの自信満々な表情はそこにはなく、晴香よりずっと大きな身体がなぜだか小さく見える。

「私にも……なにかできたらいいのに」

抱き締めて、包み込みたいという、母性に似た……だけど、それよりもっと熱い気持ちが胸に迫ってきた。どうにかしてあげたいと心から思う。悩んでいる香之助の側にいて支えてあげて、彼を満面の笑顔にしたい。

晴香が香之助をじっと見ていると、彼は引き絞っていた眉間のしわをふと緩めた。

「お前は……俺を鳴神にしたよ」

「どういう……意味ですか？」

「鳴神は女の柔肌を初めて知って絶間姫に堕ちていく。俺はお前からその感覚を学んだ」

「え？」

よくわからず、晴香は意味を求めて聞き返す。すると、香之助が晴香の顎に手を添えてきた。

「俺は……晴香と出会って、初めて誰かのために……なんて、考えたよ。お前の喜ぶ顔が見たいと思った。こういうの……なんていうんだろうな、愛おしいって……いうのか？」

「愛おしい……？」

初めて香之助から〝晴香〟と名前で呼ばれた感動と、情熱的な言葉に胸が大きく脈打つ。

「ああ、そうか……愛おしいということは、好きということか。こういう気持ちを、好きだというんだな」

「こ、香之助さん……？」

なにを言っているのだろうか。香之助の言葉に、晴香の鼓動は速くなる。

「晴香……俺は、お前のことが好きだ」

香之助の瞳がまっすぐに晴香を見つめてくるので、ありのままの言葉の意味がしっかりと伝わってきた。

「好き……って、えっ、わ……私のことを……？」

まさか、そんなわけない。そもそも住む世界が違うし、香之助は自分をからかって面白がるだけで、自分もただひとりの役者として見ていたはずだ。

(なのに……好きなんて言われたら……)

見て見ぬフリをしていた気持ちに、気づいてしまう。

葵の存在に嫉妬し、勘違いだったとわかるとホッとしたし、今は香之助のためになにかしたいと心から思っている。

(私も、自覚しちゃうじゃない……)

もう、見て見ぬフリなんてできない。仕事ではなく、誰よりも一番近くで彼を支えたいと願う気持ちが、溢れ出してしまいそうだった。

(私も……香之助さんのこと、好きなんだ……)

自分でも気付かないうちに、香之助の意外な一面を知っていく中で、彼に強く惹かれていた。けれど、気持ちを香之助に伝えていいのかわからず、晴香は顔を真っ赤にしながらしどろもどろになった。

恥ずかしくて顔を逸らしたいが、顎を捕らえた香之助の手がそれを許してくれない。

香之助は赤くなる晴香を面白がっているのか、唇を弓なりにして微笑む。

「なんだ……お前も俺と同じ気持ちなんだな」

「ど、どうしてそうなるんですか!」

「顔に書いてある」

香之助は噴き出して笑い、やっと晴香の顎から手を離した。

（ば、バレバレ……）

バレているなら顔を隠す必要もないが、晴香はやはり恥ずかしくて俯いた。

香之助はひとしきり笑うと、姿勢を元に戻して空を見上げた。

「あー……なんとなく、鳴神の気持ちがわかってきたよ。もしかしたら、アイツは怒り狂っていても、絶間姫を見つけたら……殺したい気持ちを失くすんじゃないかな」

「鳴神の気持ち……わかったんですか？」

空を見上げていた香之助の目が、再び晴香に注がれる。優しい眼差しはくすぐったく、だけどじっと合わせていたいほど引き込まれていた。

「鳴神は自分の気持ちを絶間姫に伝えたら、満足するんじゃないかと思ったんだ。……今の俺がそうであるように」

「香之助さん……」

さっぱりした口調で語る香之助は急にイキイキとしてきて、瞳に力強い火が灯っている。

「まぁ、勝手な解釈だから親父に話せば怒られるんだろうけどな」

香之助は苦笑してはいたが、さきほどみたいに苦しそうな表情ではなく、囚われていた悩みから解放されて晴れ晴れとしているように見えた。

（香之助さん……もう大丈夫みたい）

「そんなことありませんよ！　……じゃあ、そろそろ帰りましょう」

香之助がスランプから脱却したのだと思うと、晴香の声も自然と興奮した。香之助を促し、ひとりベンチから腰をあげる。

「帰る？　飯は食っていかないのか？」

隣の香之助は座ったままで、キョトンと目を丸くする。

「ご飯なんて食べている場合じゃありません！　香之助さんにはこれから稽古に戻っていただかなくちゃ」

「なんだ、稽古に戻れって……。ムードもなにもないぞ。中途半端なデートだなぁ」

香之助は呆れたように、冗談めかして肩を落としていた。

「なんとでも言ってください。満足させた自信はありますよ」

「キスのひとつもしてないのにか？」

「はい！　だって……今の香之助さん、すごく稽古したそうな顔してますから」

晴香のデートの目的は、香之助にリフレッシュしてもらい、やる気にさせることにあった。中途半端ではなく大成功のデートだ。

「なかなか鋭いな」

香之助も見抜かれたとばかりに片眉をあげて苦笑いを浮かべている。その表情に、晴香は心が満たされていくのがわかった。

「それじゃあ、帰りましょう……」

出口に向かおうと、香之助に背を向けて歩き出した。しかし、すぐにその手を取られてしまう。

「こ、香之助さん？　きゃっ……！」

晴香がなにか言いたいことがあるのかと尋ねようとすると、立ち上がった香之助に引き寄せられ、そのまま彼の胸の中に飛び込む格好となった。力強く、ギュッと抱き締められる。

「香之助さん……あのっ、こんなところで……！」

腕の中でもがくが、その力はますます強くなる。引き締まった胸板に顔を埋めていると、香之助が身を屈め、頭の上でそっと囁いてきた。

「公演……観に来いよ。晴香が俺を本気にさせたんだ……俺の鳴神、ちゃんと見に来い」

囁いているのに、その言葉には力強さがあった。

「……はいっ」

晴香は嬉しさから今にも泣き出しそうになり、小さく頷いて、震える声で約束をした。

第七章：梨園への覚悟

鶴亀の前にある街路樹が紅葉し、着るものが一枚増えた十月下旬。香之助と約束を交わしてから半月経った。

あと五日で十一月。襲名披露公演は目の前に迫っていた。

（今日は顔寄せと平稽古くらいかな……）

公演前の稽古はだいたい一週間程度行われる。少ない場合は三日ほどの稽古で舞台を仕上げることもある。現代劇では稽古に一月以上かけることもあるのに、歌舞伎ではそんなことはまずありえない。

公演の演目が決まったときから出演者達には台本が手に渡っているのだが、形式上は「顔寄せ」で全出演者の名前が披露され、それが承認されたということになる。

顔寄せのあとは座ったまま台本を読み合わせする「平稽古」を行い、次の日に実際に立って動く「立稽古」を行う。やり慣れた古典となると平稽古や立稽古を省略することもあるそうで、それを知ったときは晴香もかなり驚いた。

立稽古のあとは「附立」という音楽が入った立稽古を行い、このときに下座音楽とのタイミングや曲の変更などを行う。そうした過程を経て、稽古場で衣装は着けないが本番通りに全部を通す仕上げの「総浚《ざら》い」が行われる。最後は「打ち出し」という大太鼓に合わせて拍手をし「縁打ち」が終わると手締めを行って終了となる。

それから、舞台稽古を二日間行うこととなり、一日目の「初日通り」というリハーサルは扮装も大道具も小道具もすべて本番通りに行い、二日目は扮装《ふんそう》せずに休憩時間などを本番通りに取りつつ行う「素」という最終確認のような舞台稽古が行われ、本番を迎えるという流れだ。

（稽古、うまく進んでいるといいけど）

平稽古とはいえ、ただ台本を読むだけではない。台詞の意味や読み方を確認して、一番重要な受け渡しの呼吸を把握する。これからに向けて十分に準備する必要があるのだ。

晴香は香之助の様子を気にかけながら、できあがったばかりの筋書き、いわゆるパンフレットを見ていた。

この筋書きは、本来なら歌舞伎座の売店で初日から売り出されるもの。さきほど、伊戸川がサンプルとして持って来てくれたのだ。

（公演が始まって十日間程度は浮世絵の筋書きなんだよね。いい公演だと両方欲しくて買いに行ったこともあったなぁ）

筋書きには演目のあらすじや解説、出演者のインタビューなどが載っている。その中には舞台の写真も掲載されるのだが、チラシやポスターのときのようにスタジオで撮り下ろしをしたり、過去の写真を使ったりせず、今回の公演で撮影されたものが使われる。なので、その写真ができあがるまでは浮世絵で代用されるのだ。それを知らずに公演の前半に見に来られたご見物の中には、役者の写真がないことを残念がる人もいる。

筋書きの最後には出演者が、一門ごとにあいうえお順に掲載されている。チラシなどは同じ格の出演者がいるとき、写真の配置が難しいが、そういったことがないから伊戸川が「気が楽」と言っていた。

（本当だったら、これができあがるまで私も関わっていたのになぁ）

筋書きを捲りながら、少し懐かしいような、切ないような思いが込み上げてくる。晴香はすべてのページを読み終えると、サンプルを返しに、昼休みに歌舞伎座へ向かった。

「伊戸川さん、筋書きのサンプル……ありがとうございました」

休憩時間でもおにぎりを片手に仕事をしている伊戸川に近づき、声を掛ける。サンプルを差し出すと、伊戸川は満足気に唇に弧を描いて微笑んだ。

「どうだった？　香之助さんのインタビューすごくよかったでしょ」

伊戸川は自信満々の様子で晴香の顔を覗き込んでくる。

「はい……襲名にあたっての決意が真摯に伝わってきました。このインタビューは会報用のものと一緒に行われたんですか？」

本社で香之助と市太郎と遭遇したとき、市太郎が会報用のインタビューを受けていたと言っていた。十一月から公演が始まることを考えると、同時期にインタビューが行われていてもおかしくない。しかし、伊戸川は首を振る。その表情はわずかに曇っていた。

「違うの。会報用はべつに担当者がいるからその人がインタビューして、後日ウチがさせてもらう予定だったんだけど……そのあたりから香之助さんがスランプに陥っちゃって。インタビューをずっと断られてたのよ」

出演者のインタビューがない、しかもそれが襲名披露公演の主役である香之助となると大問題だ。

「締切はあるしインタビューは外せないし、でも香之助さんは応じてくれないし……で、かなり参ってたんだけど。十月の中旬に差し掛かるころに連絡があって、このインタビューをさせてもらえたの。待ったかいがあったわ」

伊戸川の顔が晴れ晴れとしたものに変わった。

（十月の中旬……私とバラを見たあとくらいかな……）

バラ園で別れる間際の香之助の顔を思い出す。あのときの彼は、スランプを脱出したように見えた。それはこのインタビューからも感じられたので、思い違いではなかったということだ。

伊戸川のスケジュールを聞くだけでも本当にギリギリに完成させた筋書きだったことがわかる。インタビュー以外のページは完璧に作成し、残りは印刷所に頭を下げて間に合わせてもらったに違いない。

「香之助さん……きっといい舞台にしてくれますね」

「そうね。随分といい顔になっていたから」

今の香之助なら、どれほど多くの人が自分を支えてくれているのか理解していると思う。

「そういえば、水無月さんは初日に観に来るの？」

「はい。勉強として劇場の案内をしている同期と一緒に行きます。もちろん、昼も夜も両方見ますよ」

香之助と、公演を観に行くと約束した。ただ、香之助の公演というだけあってチケットは完売。困っていると、今朝、先輩から「接待用としてキープしていた席、結局使われないみたいだから水無月さん、勉強のために行ってきなさい」と言われた。ウソみたいに有り難い話で、晴香は夢かと思いながらも、目を輝かせて飛びついた。

しかも、チケットは接待用とお得意様用ということで二枚ペア。「勉強のためだから、もうひとり同期を誘いなさい」と言われ、晴香は早速里実を誘った。彼女はちょうど休みだったらしく、一緒に行けることになった。

「よかった。香之助さん、水無月さんに見てもらいたいはずだから、喜ぶわ」

「私に……ですか？」

伊戸川には香之助とのことをなにも話していない。内心ドキリとしつつ、晴香は冷静さを装って首をかしげた。

「そうよ。香之助さん……水無月さんに出会って変わったから。本人から聞いたわけじゃないけど……きっと見てもらいたいはずよ」

「そ、そうだといいんですが……。では、そろそろ失礼します」

晴香は苦笑いを浮かべて頭を下げ、歌舞伎座から戻ることにした。その足取りはウキウキと弾んでいる。伊戸川に言われると、香之助本人から「観に来い」と言われたときとは違う、周りから認められたような嬉しさが胸に湧きあがってくる。

「公演、楽しみだなぁ……」

勇壮な香之助の姿を思い浮かべながら、晴香は仕事へ戻った。


公演日の初日。人気のある香之助の襲名披露公演というだけあって、チケットは全日即完売。しかも初日と千秋楽の倍率の高さは抜きんでていたと販売担当の先輩から聞いた。

初日の人気が高いのは、いち早く公演を観たいという人の他に、まだ完成されていない舞台が、千秋楽に向かって出来上がっていく過程を楽しみたい人もいるからだ。

「勉強のために歌舞伎が見られるなんて……こういうとき、鶴亀に入ってよかったって思うよね」

　里実が、ホクホク顔で、晴香に言ってきた。小花柄が可愛らしいワンピースにカーディガンを羽織り、サイドで髪を編んでいる。晴香も今日はお洒落をしようと、ネイビーのニットに小さな石がついたネックレスをし、膝丈のタイトなキャメル色のスカートを合わせ、髪はハーフアップにした。

「たまたまお得意様からキャンセルが出たんだって。ホント、ラッキーだったよね」

　花道が見える一等席。ここを自分で取ろうと思ったら、かなりの競争率を勝ち抜かねばならない。

　晴香はこれから始まる香之助の舞台が楽しみでそわそわしながら、あたりを見渡した。周りにいるご見物の顔も、みんな明るい表情でワクワクしているように見える。

（これだけの人が香之助さんの舞台を楽しみにしてる。きっと、期待に応えてくれるよね）

　晴香は柿色・萌葱《もえぎ》・黒の縦縞で彩られた定式幕《じょうしきまく》が下りている舞台を見つめ、成功を祈りながら心の中で香之助に呼びかけた。

　やがて〝チョン〟とも〝キン〟とも取れる柏子木を打つ柝《き》の音がふたつ響き、それから間隔を開けて何度か打ち鳴らされる。そろそろ幕が開くという合図だ。しだいに柝の音は〝キンキンキン〟と細かく刻まれ、それと同時に笛の音が響き渡り、幕が開いていく。

——ついに舞台の始まりだ。晴香の鼓動がトクントクンと高鳴り始める。

完全に幕が開くとそこには神社の風景が現れた。

場所は鶴岡八幡宮。赤い縁取りの境内《けいだい》に石段、そこにずらりと並ぶのは烏帽子《えぼし》をつけた家来《けらい》達、真ん中には〝公家《くげ》荒《あ》れ〟という青系統の隈の化粧を施した公家悪である清原武《きよはらのたけ》衡《ひら》が厳かな雰囲気で居座っている。

清原武衡は天下を我が物にしようと企む典型的な公家悪。商人の帳簿である大福帳《だいふくちょう》と掛額を奉納に来た加茂次郎義綱《かもじろうよしつな》に、言いがかりをつけて掛額を引きおろし、さらには義綱とともに来ていた美しい恋人を自分の嫁にしようとする。もちろん義綱と婚約をしていた恋人は断るが、それに腹を立てた清原武衡は、義綱と恋人の一行を打ち取ろうとする。

ふたりは困惑し、巷《ちまた》でうわさのヒーロー・鎌倉権五郎《かまくらごんごろう》の話を始める。しかし、そんな話に耳を傾けない武衡は、でっぷりと腹の出た赤っ面の家来にふたりの打ち首を命じた。

話の流れを知っている晴香は、膝の上で重ねていた両手を握りしめた。身体が自然と、前のめりになってしまう。

〈もうすぐ……もうすぐ、香之助さんが登場するっ……！〉

胸がドクドクと激しく脈打っている。いよいよ、絶体絶命のとき——。

『しばァーらァーアーくゥーーーー』

耳をつんざくような雄性な声が、揚げ幕の中から聞こえてきた。

晴香は息を呑む。ご見物達も興奮が高まり、キラキラと輝いた瞳を花道に向けていた。

『しばらく、しばァーらァアーくゥーーウ！』

舞台中央にいる武衡達に、三度「しばらく」と声をかけ、下座音楽が鳴り響くと花道に凧《たこ》を両手に持ったようなド派手な衣装で、香之助演じる鎌倉権五郎が現れた。

花道七三で立ち止まると、つらねと言われる長台詞《ながぜりふ》を悠然と述べた。このつらねは代々そのとき権五郎を演じる役者本人が考えていると聞いたことがある。演じるだけではなく、台詞も考えるのだから、香之助はきっと大変だったと思う。

武衡の部下達はどっかりと花道に陣取ったヒーローに、脅したり宥《なだ》めたり攻撃したりと、次々にしかける。それでも権五郎は一向に怯むことも退くこともせず、睨みを利かせて追い払い超人的な強さを見せつける。

香之助扮する権五郎は、清原義衡の臣下や悪人どもを追い払うと、舞台の中央へ向かって歩き出そうとする。

『恵比寿屋ァー！』

晴香達のさらに上の階にいる大向こうから掛け声が飛んだ。

（これからが見どころ！）

晴香だけではなく、内容を知っているご見物ならみんな、期待に胸が膨らんでいるはずだ。なんと言っても、これから大太刀が抜かれ、超人的な強さを誇る権五郎の勇姿が見られるのだから。

　舞台中央に立った香之助は、優美な姿で、家紋の入った八反はある素襖《すおう》という衣装を後見の力を借りて広げると、堂々としたど迫力の元禄見得《げんろくみえ》を切る。ライトを浴びて輝く姿は、彼のこれからだけではなく、歌舞伎界の将来への道が開けていくようだった。

（香之助さんっ……！）

　晴香は拍手をしながら、目から熱い涙が零れるのを止められなかった。胸にせり上がってくる感動を、涙以外で逃がす方法がわからない。会場中から割れんばかりの拍手が沸き起こり、一際大きく屋号を叫ぶ声が飛び交う。誰も彼も〝十代目香之助〟の誕生を祝福しているようだ。

　権五郎は清原義衡と台詞の攻防を繰り広げた末に、彼を言い負かすと、大太刀を抜いて敵をスパスパと斬りつけていく。武衡の家来に囲まれた権五郎だが、太刀を振るうと家来達が頭から赤い布を出して血しぶきを表現して退散したり、襲いかかってくる家来をなぎ倒していったりと、わかりやすい演出と様式美で気持ちよい展開が披露された。

　これもすべて、香之助と家来役とのタイミングが合っていないとできないこと。型があるとはいえ、これはここ五日間の稽古で仕上げたのだろう。

　やがて義綱を助けた権五郎は一件落着とばかりに、力強い声で『ヤットコトットッチャウントコナ』と掛け声を発しながら意気揚々と花道をひきあげていく。

会場からは大向こうの掛け声と盛大な拍手が鳴り響いた。

胸が躍るとはこのことだ。

物語の世界に誘われ、迫力に鼓舞され、感動に心ばかりか全身が震える。心ゆくまで公演を楽しんだ晴香は、手の感覚がなくなるまで拍手を送った。

「すごかったね……香之助さん！」

歌舞伎座から出ると、里実が感嘆の声を漏らした。

「うん！　今までもすごいと思っていたけど、今日は特に研ぎ澄まされていて雄大で……本当に迫力あったね。あの見得は本当に歴史に残るよ！　声も姿もタイミングも全部完璧だもん。やっぱり素晴らしい役者なんだよ！」

里実以上に、興奮が抑えられない晴香は身振り手振りの全身でこの感動を現す。そんな晴香に、里実は親しみのある呆れた笑いを向けた。

「もう、晴香興奮しすぎ。あ、ねぇ……夜の公演の前に、ちょっとお茶でもしようか」

このまま夜の公演の『鳴神』も見るふたりは、近くのカフェに入って休憩を取ることにした。興奮にかられてひとしきり話し終えると、そろそろいい時間になっていた。

会場は同じ歌舞伎座で、席もやはり昼の部と同じ場所。

（香之助さん……きっと、夜の部もいい演技を見せてくれるよね）

恐らく手ごたえを感じているであろう香之助の様子を思いながら、晴香はカフェオレを飲み干して店を出た。

再び歌舞伎座に入り、席に着く。晴香達と同じく、昼の部から続けて観る人もいて

『暫』の感想を話している人達もいた。

「いよいよ鳴神かぁ……楽しみだなぁ。市太郎さんの絶間姫、見応えあると思うんだ」

里実は浮世絵が描かれた筋書きを眺めながら、絶間姫の姿をした市太郎を頭に思い描く。

「それなら、鳴神上人になった香之助さんだってかっこいいよ、絶対」

「そうだよね。私も市太郎さんだけじゃなくて、香之助さんのファンにもなっちゃいそう。本当に素敵だったもん」

褒められているのは香之助なのに、なぜだか晴香は嬉しくなる。胸を張りたい気分だ。

そうこうしていると開始の合図である柝の音が響きだし、客席が静まる。柝の音はリズムよく細かく刻まれ、打ち止めになる。

（始まる……！）

晴香は膝の上に置いた手を、ギュッと握り締めた。

幕が横にスラスラと引かれると、山肌が露わになった風景が現れた。高僧鳴神上人がいる北山の庵《あん》だ。鳴神は、ここに雨を降らせる竜神を封じ込めていた。

なぜそのようなことをしたかというと、鳴神は朝廷の帝と戒壇建立を条件に男子出生の祈禱《きとう》を捧げると約束していた。しかし、鳴神のおかげで男子が出生したものの、朝廷は一

向にその約束を果たさない。それに腹を立て、竜神を封じ込めたのだ。

鳴神は石段の上にある庵の中に入り、御簾《みす》を閉じている。その前では坊主頭の弟子がふたり、酒の話などをしつつ座っていた。

舞台では山奥の雰囲気を現す下座音楽が流れている。

(もうすぐ市太郎さんの登場かな……)

市太郎演じる雲の絶間姫は、朝廷の刺客であり、鳴神に捕らえられた竜神を解き放つよう命じられていた。鳴神には、「清流を求めて北山の奥深くまで来た」とウソをつき、彼に近づく。

心なしか、隣に座った里実がそわそわしているように思える。

舞台を眺めていると、花道にスポットライトがあたり、絢爛な衣装を纏った市太郎扮する雲の絶間姫が現れた。しずしずと着物を乱さない上品な歩幅で、舞台に向かって歩いてくる。

「大月屋ァー!」

大向こうから掛け声が飛び、拍手で迎えられる。絶間姫を演じている市太郎は本当に美しく、一歩足を差し出すだけで色気が匂い立つほどで、どう見ても女性にしか見えない。

「きれい……」

晴香の隣に座っていた里実は無意識に声を漏らしていた。

現れた絶間姫にふたりの弟子が気づくと、やがて庵の御簾が開き、香之助扮する鳴神が現れる。うしろを向いていたが、ゆっくりと……それでいて堂々とした姿で振り返ると、今度は「恵比寿屋ァー！」と盛大な声が飛んだ。

興奮が静かに胸に押し寄せる。晴香はこれからの演技に期待を高まらせていた。

こんな山奥にどうして絶間姫のような美しい女性がやって来たのか……気になった鳴神は、その理由を彼女に問いただすことにする。

凛とした生真面目そうな鳴神は、普段の〝遊び人〟と言われている香之助の欠片も感じられない。

市太郎は身体を柔らかくしならせて優雅に動き、舞台中央へ向かう。艶っぽい目線で鳴神や弟子達を煽りながら、鳴神に話しかけた。舞台上の香之助達だけではなく、見ているこちらまでもうっとりしてしまう演技に、ため息が漏れる。流麗に台詞を連ねていく市太郎の声は聞き取りやすく、香之助に劣らず口跡がいい。

山奥に来た理由、さらに今は亡き夫との悲恋を話し出す絶間姫。その様子は切なくもなまめかしく、鳴神の興味と欲を誘いだしていた。それがウソだと知らない鳴神は、絶間姫を疑わしく思いつつも、その悲恋の影に見える色香と美しさに誘い込まれ、彼女にどんどん惹かれていく。

舞台上にいる市太郎は、もうか弱い女性にしか見えないし、香之助はまだ女性を知らない毅然《きぜん》とした鳴神そのものである。

絶間姫の話に聞き入っていた鳴神は、彼女に引き寄せられるように庵の上から石段を転げ落ち、気を失ってしまう。弟子のふたりが声をかけるが気を取り戻す様子はなく、それを見た絶間姫はそそくさと近くの滝へ向かい、清流を口に含ませた。鳴神の元へ戻るとそれを口移しで飲ませ、胸をさすってやる。

(ただの口移し……しかも、ドラマや映画ほどのリアルさはない。それなのに……どうしてこんなに身体が熱くなるんだろう)

会場中が色っぽい雰囲気に包まれていく。それは市太郎の艶めいた演技のおかげでもあり、先刻から見せている香之助の男らしい立ち居振る舞いの相乗効果だろう。

(このふたり、すごくいい)

舞台上でのふたりの相性の良さを感じ、晴香は新しい歌舞伎界の可能性に、密かに胸を熱くした。

やがて長い接吻《せっぷん》にも似た口移しと、さらには胸をさすってもらった鳴神は、意識を取り戻し、絶間姫に助けられたのだと事態を把握する。しかし、色じかけに負けて神通力《じんつうりき》を失ってしまうという一角仙人の故事を思い、自分を貶《おとし》めるものかと絶間姫への疑いを深める。

だが、まっすぐな姿勢で否定する絶間姫に、ついには「尼になりたい」という彼女の言に命じてしまう。

葉さえも信じることに。弟子である坊主ふたりを下山させ、剃刀《かみそり》と袈裟《けさ》を取って来るよう

（いよいよ、ふたりきり……）

ここからがふたりの妖艶《ようえん》な濡れ場、この物語の一番の見どころだ。晴香や里実だけではなく、ご見物全員が待ちわびていたはずだ。

絶間姫は、ふたりきりになると急に癪《しゃく》を起こして苦しみだす。鳴神は「自分の手には病気を治す力がある」と言って、介抱するために彼女の身体をさすりだす。

『よいかァ、よいかァー』

絶間姫に楽になったかと聞きつつ、襟元《えりもと》から手を進めていく。すると、ふと驚いたような顔になり手を引き抜いてしまう。理由を聞けば『柔らかな括《くく》り枕のようなものがあって、そのさきに突起のようなものが……』と、女の身体を知らない鳴神は初めて触れた乳房の感動を話し出す。

それでも苦しむ絶間姫を介抱するため、もう一度懐に手を入れると、今度は『よいかァ、よいかァー』と同じ台詞を言いつつ、柔らかな胸を揉みしだいてしまう。香之助扮する鳴神の顔は少し緩み、色欲が滲み出てくる。確信的に、彼女の胸を触っている証だ。

ドラマや映画でも男女の濡れ場を見るのは、たとえどれほど美しくて絵画的であっても気恥ずかしさがつきまとう。舞台上のふたりは男性同士だというのに、それに似た感覚が

押し寄せてきた。

（ああ、ついに……）

男の性を止められない鳴神は、絶間姫に「夫婦になろう」と言いだす。すると絶間姫は「夫婦ならば盃《さかずき》を交わそう」と言い、酒が苦手な鳴神に勧める。酒を飲んだことがない鳴神は断るが、絶間姫に惚れこんでいることもあって強く断り切れず、夫婦になりたいがために飲んでしまう。

（香之助さん、尻に敷かれてる）

絶間姫に『早よう、お飲みなさい』と急かされ、しかし盃を持ったまま渋る鳴神。あの勇猛で男らしかった鳴神が絶間姫に押されている姿は現代の夫婦に似たものがあって面白く、晴香は思わず口元を綻ばせる。

初めて酒を飲んだ鳴神は、結局絶間姫に促されるがままにどんどん飲んでしまう。そうして鳴神が酔い潰れると、絶間姫は『お許しください』と言って竜神を解き放つために滝壺の注連縄《しめなわ》を解いてしまう。

謝る姿は、優しくも男らしい鳴神に心惹かれ、それでも朝廷の命に背くことができないことへの悔しさが滲み出ているよう。注連縄が解かれたことで竜神が飛び出し、雨が降り出す。役目を果たした絶間姫はそそくさと去ることにした。

やがて下山していた弟子達が北山へ戻って来る。彼らは里で絶間姫の噂を耳にしていた。

急いで酔い潰れていた鳴神を起こすが、彼は酔いが抜けないのか頭を上げず、深く俯いたまま。それでも弟子達は絶間姫がここへやってきた理由をすべて話しだした。それを聞いた鳴神が酔い潰れて項垂れていた顔をガバリと起こすと、撫でつけられていた髪は逆毛の毬栗頭となり、怒りを現す隈取の化粧に変わっている。

（いよいよ、柱巻きの見得！）

ぶっかえりで衣装が白無垢から、白地に火焔模様のものへとくるりと変わり、鮮やかな衣装で柱に絡み付いた。柝の音が響き、香之助が堂々とした見得を切る。

「恵比寿屋ァ！」

香之助の迫力に掛け声が飛び、会場中の視線が彼に集中する。

どこからか数人の弟子達が現れ彼を引き留めようとするが、それを壮大な力を持って薙《な》ぎ払い、怒りに任せて絶間姫を追うことに。

見事な足さばきで素早く花道へ向かうと、会場中の視線をたっぷりと我が物にしたあと、堂々たる様で不動の見得を切る。

（……かっこよすぎる）

晴香は胸が騒ぎ出すのを抑えきれない。香之助は見得を切ると、重厚でありながら軽妙なリズムの飛び六方を披露し、柝の音とともに花道を去って行った。

「恵比寿屋ァーーッ!!」

「十代目ッ！」

一際大きな掛け声が飛び、会場中が圧倒されて割れんばかりの拍手が飛び交った。


「鳴神って八代目・香之助の当たり役だったけど、十代目もそうなりそうじゃない？」

夜の部が終わったあと、里実の父親が営む閉店後のレストランへやって来たふたりは、トマトソースがかかったチキンカツレツを頬張りながら、公演の感想を話していた。

八代目は、現香之助の祖父で伝説的人気を誇った人だ。晴香は里実の言葉に頷いた。

「うん……あの男前と口跡のよさ、見得の迫力や六方の足さばき、重心のかけかた……本当に綺麗で安定感があったよね」

ゆっくりと優雅に動いているので簡単そうに見えるが、そんなものではない。下半身の力がなくてはできないし、ゆっくりだからこそキレや迫力を出すのが難しい。それをやってのけているのだから、よほどの体力と演技力の持ち主だ。

「私……もう一度、この公演を担当したいな……」

関わっていれば、今頃役者の写真が入った筋書きを作成するために、写真選びやレイアウトで試行錯誤していたはずだ。仮に演劇制作部として携われていたなら、裏方で次の公演についての準備をしていたはず。

（観客としてただ公演を楽しめるのは幸せだけど……もっと近くで香之助さんを支えた

い）

香之助に意見したことを大勢の前でということはともかく、間違いだったとは思わない。それでも、今、仕事で関われていないことを悔しく思う。

晴香がそっと唇を噛みしめていると、里実が優しく微笑みかけてきた。

「晴香……その気持ち、制作部と宣伝部の部長に伝えてみたら？」

「え……で、でも伝えたところで無理だよ」

「そりゃ、無理な可能性のほうが高いけど……わからないじゃない。それに、香之助さんの演技でこれほど感動したっていうことも伝わるしさ、悪いことじゃないよ」

「そっか……香之助さんの演技に感動したのは、事実だもんね」

里実の言葉にそっと背中を押される。

この公演の担当に戻りたいと思えたのは、彼の演技を見たからこそ。

たとえ担当に戻れなくても、彼の素晴らしさを部長に伝えられるなら、それはそれでいいと思えた。

「ありがとう……ちょっと、無謀かもしれないけど、部長に言ってみる」

晴香は里実に力強い眼差しを向けると、チキンカツレツを食べ終えた。

次の日。晴香は演劇制作部の部長が出社すると、すぐさま彼の席の前に立った。

「部長、すみません……少しだけお時間いただけますか？」

晴香が神妙な面持ちで声をかけると、部長は軽く頷いた。なぜか、なにを話されるのかわかっている風にも見える。

「昨日、香之助さんの公演を観させて頂き、彼の演技、彼を支える共演者やスタッフ達にとても感銘を受けました。本当に素晴らしくて、多くの人を魅了して……私は見るだけじゃなくて、やっぱりああいう公演を作り上げていきたいのだと、再認識しました。甘いことを申し上げているのは承知です。どうか……私をもう一度、香之助さんの襲名披露公演に携わらせてください！」

気がつくと、事務室に響き渡るほど大きな声で思いの丈を訴えていた。深く頭を下げ、いい返事がもらえるように願いを込めて、目をギュッと瞑る。すると、聞こえてきたのはふーっというため息だった。

（呆れられたかな……）

晴香は肩を落としたまま、そろそろと頭を上げた。呆れた様子で怒っている部長を想像していたのに、見ると部長は呆れてはいるものの笑っていた。

「まったく……香之助さんの言う通りになったな」

「え……？」

（香之助さんの言う通り？）

わけのわからない晴香は首をかしげる。

「いや、公演が始まる前に香之助さんがやって来てね……きっと、君が公演を観ると担当に戻りたいと言いだすから、そのときはどうか戻してやって欲しいって……」

「こ、香之助さん……そんなことを!?」

(自信満々というか、香之助さんらしいというか……)

それよりも、自分の行動を予想されていたことが気恥ずかしくもあり、理解されていることに嬉しくもなる。

「しかも、社長に直談判するんだから。参ったよ」

部長は眉をハの字にして、指先で額を掻いた。社長に直接お願いするなんて、いくら歌舞伎の御曹司とはいえなかなかできることではない。

「歌舞伎座の宣伝部長の耳にもその話は入っているし、僕からも説明しておくから……早速、今日から戻ってくれ」

「あ、ありがとうございます……!」

まさか本当に戻れると思わなかった。里実の言う通り、伝えるだけ伝えてよかった。晴香は前に転びそうなほど勢いよく頭を下げると、歌舞伎座へ行って伊戸川から仕事をもらうことにした。

宣伝部へ行くと、伊戸川やほかの先輩から復帰を温かく迎えられた。

「よかったわね。私達はこれから昼の部に行くんだけど、水無月さんは制作部の仕事を片付けて、夜の部から参加してちょうだい」

「はい、精一杯頑張ります！」

晴香は元気よく返事をすると、演劇制作部での仕事をきちんと済ませてから、宣伝部の仕事に臨むことにした。


予定通り演劇製作部の仕事を終えると、歌舞伎座へ行き、筋書きの『鳴神』の部分を作成するための準備をする。

（そうだ……香之助さんに挨拶へ行かなくちゃ）

何事にも遅刻が多い香之助だけど、公演のときは基本的に実家から通い、吉永と辻が厳しく時間の管理をしているので、遅れることはない。もう着いているはずだ。

晴香は伊戸川にひと言断ると、香之助の楽屋へ向かった。

「辻さん、お久しぶりです」

香之助の楽屋の前に行くと、辻が立っていた。香之助に呼ばれたら、いつでも駆けつけられるようにしているみたいだ。

「あれ？　水無月さん……復帰ですか！」

辻が精悍な顔を綻ばせる。

「はい。そのことで香之助さんにご挨拶をしたいのですが……今、大丈夫ですか？」

本番前はピリピリする役者もいる。もしかしたら、香之助もそのタイプかもしれない。

しかし、辻は「大丈夫ですよ」とあっさり頷くと、香之助に取り次いでくれた。

「香之助さん、水無月さんがお見えです。よろしいですか？」

辻が少しだけ扉を開けると、中にいる香之助にたずねる。

「ああ」

香之助の短い返事が聞こえた。太く、力強い声。たったひと言、しかもとてもそっけないものだったのに、晴香の胸はトクンと弾み、脈が速まり始めた。

「じゃあ、水無月さん……どうぞ」

辻がにっこりと笑って扉を開けてくれた。晴香はドクドクとうるさく音を立てている胸を押さえ、ゆっくりと足を進めた。

「し……失礼します」

緊張する。彼と顔を合わせるのはバラ園でデートをし、抱き締められて以来。どんな顔をしていいかわからないうえに、担当に戻ったと言う報告をしたときの反応も気になる。

十二畳ほどある楽屋の中へ入ると、畳と白粉の匂いが漂ってきた。歌舞伎の匂いだ。晴香が上目遣いに鏡台の前に座る香之助を見ると、羽二重を頭につけ、白粉を塗っているところだった。

「戻って来たのか、晴香」

顔を白く塗り終えた香之助が、晴香の名前を呼ぶ。たったそれだけのことに、晴香の心臓は大きく跳ね上がった。

「はい……ありがとうございます。香之助さんのおかげで、またこの公演に携わることができます」

晴香がお礼を言うと、香之助は柔らかく口元を緩め、また化粧の手を進めだした。

「俺だけ本気になるのは癪だからな。晴香も……本気になれよ」

鏡越しに目が合う。心に火を灯されるような目力に、晴香は背筋を伸ばした。

「もちろんです！　歌舞伎の……香之助さんの魅力が伝えられるよう、精一杯頑張ります」

「ああ……楽しみにしてるよ」

香之助の口調は優しく、晴香は満面の笑みを浮かべて楽屋を出た。

（香之助さん、名前を呼んでくれた。頑張らなきゃ）

以前よりもグッと距離が近づいたのを感じ、嬉しく思いながら廊下を歩いていると、前から凛とした姿の男性が歩いて来た。

「晴香さん」

軽やかな声に呼び止められる。相手は、市太郎だった。

「市太郎さん……お久しぶりです」

市太郎は本社の休憩スペースで話をし、その最中に、晴香が香之助に連れ出されて以来だった。

少し気まずさを感じながら頭を下げると、市太郎はなにもなかったかのように優しく微笑んでくれた。

「晴香さん、また担当に戻られたんですね。貴女はやはり……すごい人なんですよ」

「いいえ、すごくありません。仕事ができる人なら、まず担当を外されるようなことはしませんから」

晴香の否定にも、市太郎は首を横に振る。彼は晴香を手放しで褒めるから、あまり心から喜べない。

「仕事に対してもそうですが、香之助さんをやる気にさせる力がすごい。貴女と出会ってから彼は変わりました。今回の公演だって……彼は気分屋で演技の出来栄えは日によって浮き沈みがあるのですが、初日がよかったうえに、今日の昼の部の公演も素晴らしかった。きっと夜の部だっていい演技を見せるはずだ」

香之助の演技の浮き沈みについては、歌舞伎通の人達の間ではよく言われていること。大抵、初日が良ければ二日目が落ち、あとは三日くらいのペースで浮き沈みがある。もちろん晴香も承知していた。

「それは、私は関係ありません。香之助さんは十代目を襲名されて、心構えが変わられたんじゃないでしょうか」

「いいえ、僕は貴女が関係していると思いますよ。香之助さんにお似合いだ」

「お似合いって……」

晴香は苦笑した。自分と御曹司の香之助がお似合いなわけがない。しかし、ウソでもそう言ってもらえるのは嬉しいことだと思った。けれども、ふと市太郎の顔が強張る。

「本当にお似合いです。だけど……添い遂げられるかどうかは別問題ですね」

「市太郎さん……？」

市太郎の声が怪談でも始まるかのごとく、冷ややかなものになり、晴香は聞き返した。

「梨園は皆が思っている以上につらいことが多いです。それが歌舞伎界の中心である恵比寿屋となればなおさら……。貴女は、歌舞伎役者の妻になる……梨園に入る覚悟がおありですか？」

市太郎の視線が晴香を捕らえる。心臓を鷲摑みにされたように、息が詰まった。

（梨園に入る覚悟……）

香之助の家が歌舞伎界で一番古くからある恵比寿屋だということは理解しているし、自分がごく普通の家庭に育った一般人であることもわかっている。けれども、妻などと言われてもまだそこまで考えたことがないし、覚悟があるかと聞かれてもなおさらピンとこない。

　もちろん香之助のことは好きだ。心から、彼を支えたいと思っている。

（香之助さんに……自分の意思とは関係なく、無条件で惹かれてしまう。でも、本当は好きになっちゃいけない相手なのかもしれない……）

　彼に名前を呼ばれると、ひどく高鳴る胸。しかし、背負うものが大きい彼には、晴香が誤解した藤村流の娘のような、家が立派な相手のほうがいいのだろう。そのほうがご贔屓にも受け入れられるし、彼の後ろ盾となって阿部家繁栄のためにもなる。

　胸が途端に苦しくなってきた。

「私は……」

　言葉が続けられず、唇を噛む。

「わ……私はっ……香之助さんの、そういう相手ではありませんから」

　晴香は睫毛を震わせ、掠れた声で市太郎に告げた。香之助には「愛おしい」や「好きだ」とは言われたけれど、「付き合ってほしい」とも、ましてや将来の事などなにも言われていない。だからと言って、香之助に真意を確かめる勇気もないし、ただ、気持ちを告げられて浮かれていただけだった。

　晴香が俯くと、その頰に市太郎が手を添えてきた。

「それなら、まだ間に合いますね」

「……どういう意味ですか？」

市太郎の言葉の意味がわからず、手を振り払うことも忘れて顔をあげる。

「僕について来てください。僕は貴女を守る……そう誓います。香之助さんならどうか……よく考えてください」

「守るって……そんな……」

戸惑う晴香をよそに、市太郎は絶間姫で見せていた妖艶な笑みを浮かべ、楽屋へと戻って行った。

市太郎が気にかけてくれているのはわかっていた。だけどそれは、香之助に近づいている晴香に対して、絶間姫の役作りをするためのただの興味だと思っていた。

(でも、さっきの目は真剣だった)

自惚れではなく、彼が本気だとわかった。ただし、そこには晴香を「好き」だとか「愛している」という意味ではない、べつの感情があるようにしか思えなかった。


それから晴香は伊戸川の元へ戻り、筋書きを作成するために夜の部を鑑賞した。夜の部が終わったのは二十一時過ぎで、作業は明日行うこととなった。

「香之助さん、今回の公演は本当に評判がいいし、やっとスキャンダルじゃなくて、ちゃんとした形で歌舞伎を世に広めてくれてるわ」

駅で電車を待ちながら、伊戸川がネットで香之助の評判を検索し、皮肉混じりに零す。

「十二月の大阪公演も大盛況だといいですね」

襲名披露公演はまだまだ続き、十二月には大阪でべつの演目が上演される。それまで、いやこれからずっと香之助の好調が続けばいいと思った。

（そのために……私はどうすればいいんだろう。側にいたいのに……）

想いのまま香之助の側にいていいのか、それとも仕事以外は関わらずにいるべきか……。

自分と香之助がいる世界の違いに歯がゆさを感じ、どうしたらいいのかわからなくなった。

第八章：愛想尽かし

十一月も下旬になり、冬の寒さが本格的になってきた。外は北風が吹いて枯れ葉が舞い、道行く人はマフラーやコートの襟に首をすくめている。

「次は大阪の鶴亀座か……」

歌舞伎座の事務室で、晴香はスケジュール帳を捲りながら期待に胸を躍らせていた。

今行われている襲名披露公演はそろそろ千秋楽が近づき、十二月は大阪にある鶴亀の劇場で襲名披露公演が行われる。演目は昼の部が『春興鏡獅子《しゅんきょうかがみじし》』、夜の部が『国性爺合戦《こくせんやかっせん》』だ。昼の公演が始まる前に伊戸川と打ち合わせをし、筋書きのゲラをもらった。

今回も香之助の成長が感じられるいいインタビューができ、すでに出来ているチラシやポスターと合わせて永久保存版にしたいほどの出来栄えとなった。あとはこのゲラを、夜の部が終わったあと、香之助に確認をしてもらわなくてはならない。

（香之助さんの貴重な女形、しかも舞が見られるんだ）

まだ公演が始まっていないので役者の写真ではなく浮世絵の筋書き。それを見つめながら、『鏡獅子』の鮮やかな衣装に身を包んで豊潤な色気を纏いながら踊る香之助を想像する。

この演目は女小姓が殿に指名されて舞を踊り、そのうちに舞にのめり込んでしまって獅子の精に取り付かれてしまうというもの。女役と立役の両方を演じられないとできない。立役の家系である恵比寿屋が、女形を演じる数少ない演目のひとつだ。

（藤村師範のところで舞の練習をいっぱいしていたし、本人もやりたいって言ってた。きっといい公演になるよね。チケットなんて、即完売なんだろうな）

今公演も今まで以上に大反響を呼び、早くも再演を熱望されている。ただ、まだ襲名披露公演が始まったばかりなので、その予定はない。だから、香之助の舞台を観たい贔屓が大阪にも駆けつけることが予想できた。

「そろそろ戻らなくちゃ……と、その前に、辻さんにゲラだけでも渡しておこうかな」

開演まで二時間ある。楽屋への入り時間は服装やメイクに関わるので演じる役柄や、役者の性格によってまちまちではあるが、主役の香之助はだいたい二時間前に入っていた。

夜の部を立ち見させてもらい、公演が終わりしだい楽屋を訪ねてゲラを見てもらう予定だけど、ほかの仕事がずれ込む可能性だってある。もし、そんなことになっても辻にゲラを渡しておけば連絡を取るだけで、スムーズに進められる。なにより、早く見てもらいたいいくらいの出来栄えだった。

（本人は準備の最中かもしれないけど、辻さんだったら大丈夫なはず）

そもそも晴香は、香之助と顔を合わせたくないという気持ちもあった。彼からなにか言われたわけではないが、あれからいろいろと考えすぎてしまい、なんとなく会いづらかった。

晴香は事務室を出ると、香之助の楽屋へ向かおうとした。だが、楽屋口からある人物が入ってくるのが見え、足を止める。

「た、忠之助さん……！　お疲れ様です！」

楽屋口から入ってきたのは忠之助とその付き人だった。

「ああ、鶴亀さんのところの方だね、ご苦労さま。今日もよろしく頼むよ」

忠之助は軽く挨拶をすると、そのまま付き人とともに晴香の横を通り過ぎていく。

（そうだ……私、大勢の人の前で香之助さんを叱ったこと……まだ謝っていない）

晴香が担当を外れることとなったきっかけは、お練りの日に香之助の遅刻を、みんなの前で叱ってしまったこと。香之助のプライドを傷つけたのはもちろんのこと、その父親である忠之助のプライドをも傷つけたに違いない行為だった。

「あの……忠之助さん！」

晴香は忠之助の後ろ姿に呼びかけた。すると忠之助と彼の付き人は足を止め、くるりと優雅な身のこなしで振り返った。

「なんだい？」

晴香がしたことは覚えていないのだろうか。忠之助は呼び止められたことに驚き、目を丸くしていた。

「少し前のお話ですが……お練りのとき、香之助さんの遅刻の理由も聞かず、私のような新人が注意をしてしまったこと……大変申し訳ございませんでした」

晴香が謝ると、忠之助は少し間を置いて「ああ……」と思い出したような声をあげた。

「そういえば、あのときの……。いいんだよ、あれは和仁が悪いんだから。私は、きちんと本人に注意してくれた君を素晴らしいと思ったくらいだ」

忠之助はそのときのことを思い出しているのか、おかしそうに微笑んでいる。

「いえ、そんな……」

褒められるようなことはしていない。晴香が首を振ると、忠之助はより一層優しい顔になった。

「いや、和仁には一度キック言わなくちゃいけないと思っていたんだ。アイツも君のことを気に入っているようだしね……」

「そ、そんなことはありません」

「気に入っているよ。そうじゃなきゃ、わざわざアイツが鶴亀さんの一社員を気にかけて、社長に『担当を戻してくれ』なんて……頭を下げるはずがない」

忠之助は鶴亀の社長か、もしくは役員や部長からその話を聞いたのか。晴香が担当を一度外れたが、再び戻れた理由を知っていた。

そして、次の瞬間忠之助はさきほどまで柔らかな笑みを浮かべていたのに、口調は変わらず、ただ声音と醸し出す雰囲気だけが冷たく、突き放すようなものとなっていた。

「君は結構、困った存在だね」

「私が……？」

「これ以上、和仁に近づかないでおくれ」

背筋がゾクリと冷える。大袈裟だけど、このまま呪い殺されるのかと思えるほど、忠之助は静かに脅すような言葉を発する。

「え……!?」

「仕事を辞めろとは言わない……けれども、プライベートでは絶対に会わないでほしい。万が一、アイツが君に本気になってしまっては困るからね」

「私が本気になったら……ではなくてですか？」

忠之助の言葉の意味が理解できず、晴香はたずねる。忠之助は小さく頷いた。

「そうだ。君が本気になるのは構わない。今までいろいろな女性に迫られてきたが、アイツは簡単に切り捨ててきたからね」

モテるとはわかっていたけれど、改めて父親から香之助の女性関係の話を聞き、胸が痛くなった。

（あのときは〝愛おしい〟とか〝好きだ〟とか言ってくれたけど……香之助さんが興味を失えば、冷たく突き放されるんだ）

だから、女性側が本気になったところでたいして問題にはならない。だが、香之助が本気になった場合は違う。

「アイツは阿部家の跡取り息子……恵比寿屋を継いでいかなくちゃいけない。嫁は和仁の嫁ではなく、阿部家の嫁なんだ。だから好いた、惚れたなんて簡単なことでは決められないんだよ」

忠之助にまっすぐ見つめられ、晴香は呼吸さえも忘れそうになる。

（そんなことわかってた……香之助さんが恵比寿屋の御曹司で、恵比寿屋は歌舞伎界でも特別な存在だって……）

わかっていたはずなのに、今やっと現実と向き合っている気がする。

多くの人に認めてもらわなくてはいけない。そのうえ、彼に尽くし続ける日々になるので、梨園に入るのであれば仕事は辞めることになるだろう。

（市太郎さんが言っていた〝覚悟〟って、こういうこと……？）

市太郎にも忠告をされ、忠之助からもハッキリと言われた。すぐに「覚悟はあります」と言い切れないのは、理解はできても腹が決まっていない証。結局、香之助との関係が曖昧だからではなく、厳しい世界に身を捧げる自信がないのだ。その時点で、自分は香之助にふさわしくない。

自分の弱さが情けなくなって俯いていると、忠之助が晴香の肩にポンと手を置いた。

「近づかないだけでいい。……頼むよ」

忠之助は低く落とした声でそう言うと、付き人とともに楽屋へ入って行った。

(近づかないだけでいい、なんて……簡単だけど、難しいよ)

そもそも普通なら簡単に連絡をとってはいけない相手。だから、近づかないでいることはいくらでもできる。けれども、それでは「側にいたい」という自分の感情を押し殺し続けなくてはいけない。……それは、胸が押しつぶされそうなほどつらいことだ。

(でも、それはわたしのわがまま。彼から離れることが、香之助さんのためになるなら……)

忠之助の言葉を反芻《はんすう》する。いろいろ考えていると香之助の楽屋へ行く勇気がなくなってしまい、晴香はそのまま歌舞伎座をあとにした。

公演は香之助の迫力ある演技で幕を閉じた……らしい。というのは、香之助の楽屋へ向かう途中、すれ違うスタッフ達の会話や表情から推測したことだ。

結局、晴香は夜の部を見に行かなかった。仕事は順調にはかどり、先輩達からも「見に行くんじゃないの？」とたずねられたものの、「まだ仕事が終わってなくて」とウソをついて、二週間先が締切の余分な仕事までした。

今は香之助を見るのがつらい。本当なら、ゲラの確認も伊戸川に頼みたいくらいだった。

（だけど、仕事はしっかりこなさないと……）

晴香は筋書きのゲラを持ち、スタッフパスを首から提げて裏口から専用の通路を通る。一階から三階までが楽屋スペースとなっていて、三階が「竹本」という演奏家の楽屋で、主役級の役者の部屋は一階となっていた。

今回の公演に関しては、香之助は調子を落とすことなく、むしろ千秋楽に向けて右肩上がり。それに比例して彼の評判も上がっていった。役者やスタッフ達の表情が明るいのは、いい公演ができた証だ。

香之助の楽屋へたどり着くと、前には辻が立っていた。彼の案内で中に入っていいことになっている。扉の前には黒地の暖簾がかかっており、白色で恵比寿屋の家紋である円に千切り菱が描かれ、〝阿部香之助さん江〟と送り主には大御所の歌舞伎役者からの名前が染め抜かれていた。

それをしげしげと見ていると、辻が中の様子を確認したあと、晴香のほうへ向き直った。

「水無月さん、中へどうぞ」

香之助が着替え終わったようで、辻に促されて晴香は暖簾をくぐって中へ入る。

「失礼します」

晴香が畳にあがる手前で挨拶をすると、役者文様の浴衣に着替えた香之助は、鏡の前であぐらを組み、こちらを向いて座っていた。

「晴香か。どうだった、今夜の俺の鳴神は？」

名前を呼び、無邪気に話しかけてくる。そんな些細なことが、自分と香之助の距離の近さを物語っているようで、晴香の胸は締め付けられた。

「えっと……」

うまく答えられない。公演を観ていないからというわけではなく、彼と話をしていることがなんだか苦しくて、喉がつかえる。

「なんだよ、見てないのか。前に、今日の夜の部は立ち見する、とか言ってただろ？　俺は、お前が見てると思っていつもより……いや、それはいいか。それより、これから飯に行かないか？」

香之助が軽い調子で誘ってくる。

（嬉しい……でも、これ以上……近づいてはいけない）

忠之助に釘《くぎ》を刺されている。彼の言葉に背けば、鶴亀の社員でいられなくなるだろう。

「すみません、仕事が片付かなくて夜の部を拝見することができませんでした。……このあとも仕事があるんです。なので、急がせて申し訳ございませんが、十二月の大阪公演の筋書きのゲラを持ってきましたので、早速ご確認いただきたいと思います」

晴香は香之助の目を見られず、バッグからゲラを取り出して香之助に差し出した。

本当は食事に行きたいし、もっといろいろなことを話したい。けれども、そんなことをすればするほど、離れがたくなってしまう。

「ゲラは晴香に任せる。それより、飯。仕事なら〝香之助に呼ばれた〟とでも言っておけば、どうとでもなるだろ」

香之助はさも当たり前かのように言い、立ち上がると浴衣の上から羽織を着こむ。もう、このまま食事へ行く気満々のようだ。

（香之助さんは……わかってない）

自分は一般人であり、香之助は歌舞伎界を背負って立つ人間であること。それだけではなく、晴香が仕事をさぼる理由に香之助の名前を出せは彼の評判を下げてしまうということ。香之助は自分が周囲からどのように見られているかということに無頓着すぎる。舞台に対する考えは変わったが、それだけはまだだった。

（せっかく上がった評判を、私が下げるわけにはいかない）

晴香はギュッと唇を噛みしめると、香之助の目をしっかりと見据えた。

「仕事をさぼるわけにはいきません。ゲラの確認が取れましたので、私は社に戻らせていただきます」

「晴香？」

香之助は訝しげに晴香を見つめる。彼女の様子の変化を、おかしいと思ったようだ。そんな香之助に返事をすることもなく、晴香は身体を翻して楽屋から出て行った。

「っ、おい……！」

香之助の呼び止める声を振り切り、晴香は鶴亀の本社へと戻った。


仕事を片付け、晴香が鶴亀のビルを出たのは二十二時を過ぎたころ。頭がうまく働かず、思ったように仕事が進まなかった。

駅へ向かい、そこから電車で帰る。いつものように駅近くの大通りを歩いていると、ふたり組の女性とすれ違った。

「さっきのって歌舞伎役者の？」

「香之助だよね!?　ヤバかった！　超かっこいい！」

ふたりは興奮気味で晴香の横を通り過ぎていく。

(香之助さん……？)

晴香は何事かと思いつつ、駅への道を急ぐ。すると、見たことのある高級な外車が大通りに路駐されていた。

(この車、香之助さんだ……)

女性達が興奮していた理由がわかった。周りにいる人達もジロジロと見ていて、あたりがちょっとした騒ぎになっている。

「っ……ダメだ」

晴香は一瞬身体を車に向けかけたが、すぐに駅の方へと踵を返す。香之助に声をかけたいが、近づかないと自分で決めた。そのことが瞬時に頭を過った。

決心を強く持ち直した晴香が駅へ一歩踏み出したとき、周囲の野次馬がワッと大きく声を上げた。

（まさか……！）

晴香が振り返ると、香之助は車から降りてこちらへ歩み寄って来ていた。

「香之助さん……」

晴香が足を止めて固まっていると、香之助に腕を掴まれる。勢いよく掴んだわりに、手の力は強くなくて、優しかった。

「おい。俺の誘いを断って、これからどこへ行くんだ？」

「ど、どこって……べつに、関係ないじゃないですか」

晴香は周りから邪険にしていると見えないよう気を遣い、そっと彼の手を押し戻した。顔を背け、動揺を悟られないように努める。本当は、香之助が晴香を迎えに来てくれて嬉しかった。浅はかな行動だけれど、彼の気持ちがまっすぐに伝わってきたから。

（お願いだから、香之助さん……早く帰って）

これ以上騒ぎが大きくなると、週刊誌などでなにを書かれるかわからない。せっかく香之助の実力が世間に広く認められてきているのに、スキャンダルは好感度を下げてしまう。

しかし、香之助がそんなことを考えているはずがない。

「妬けるな」

晴香のことを、視線で焼き尽くすかのようにじっと見つめ、ポツリと呟いた。

「お前はこのあと誰と食事の予定が入ってるんだ？」

「え？　だ、誰でもいいじゃないですか」

予定が入っていると言った覚えはなく香之助の勘違いだけれど、否定するのもわずらわしいのでそのまま肯定することにする。

「ソイツから晴香を奪ってやりたい」

「奪うって……」

熱い視線と刺激的な言葉に、一瞬周りに大勢の人がいることなんて忘れてしまう。

「お前が考えることなんて、わかってるんだよ」

「え……ど、どういうことですか？」

もしかして、忠之助から近づくなと言われたことを、香之助は知っているのだろうか。

晴香が戸惑っていると、あたりからスマホで写真を撮る音が聞こえてきた。

（まずい……さっきより人も集まりだしてきたし、ＳＮＳになに書かれるかわからない）

晴香は香之助に向かって、深く頭をさげた。

「香之助さん、わざわざご足労おかけして申し訳ございませんでした。今すぐ現場へ向かいましょう」

周りに聞こえるようにわざと大きな声を出して、スタッフとして香之助とともに仕事で行動していることを装う。幸いにも香之助はなにも言わなかったので、さり気なく彼の腕を下に引いた。少しだけ屈んだ香之助に、小さな声で耳打ちする。

「とりあえず、場所を移動しましょう」

冷静に行動できているつもりだった。だけど、香之助に近づいた瞬間、彼がよくつけている香水の爽やかな香りがして、鼓動が速くなった。

香之助は晴香の考えを探るように彼女の顔を見たあと「ああ」と、短い返事をした。

それからふたりして車へ乗り込むと、香之助は車を素早く発進させて大通りを抜ける。

無言で運転する香之助を気にしつつも、晴香はスマホを取り出してＳＮＳでさきほどのことが騒ぎになっていないか確認した。

写真付きでアップされているものもあったが、晴香の顔ははっきりとは映っておらず「スタッフともめていた」とか「生の香之助、超イケメン」など、ふたりの関係を怪しむものはなかった。

　ホッとしていると、香之助がチラリと晴香の様子を窺っているのがわかった。

「ほかの奴との予定、ホントはなかったのか?」

「あ、ありましたよ。ちゃんと断りのメールを入れたところです」

「ふーん……」

　興味なさげに言うと、香之助はアクセルを踏み込んだ。車がヒュンとスピードを上げ、前の車を追い抜いて行く。

「こ、香之助さん!?」

「飯の予定は変更。俺の家に来い」

　晴香の返事を待たずに、香之助は車を走らせ高層マンションが立ち並ぶ地域へ入って行く。

(香之助さんの家に……って、い、いきなり……!?)

　晴香が困惑しているうちに、車は五十階建てマンションの地下駐車場へと入って行った。ここが、香之助がひとりで住んでいるマンションらしい。

　駐車すると車から降りた香之助のあとについて、晴香も降りる。駐車場には家が一軒建ちそうな高級車ばかりが並んでいた。

(このマンションに住んでる人って、セレブばっかりなんだ……)

　晴香はまたもや香之助と住む世界の違いを感じ、身体を萎縮させた。もう近づかないと決めたのに、これでは傷口に塩を塗られているようなものだ。

やがて五十階にたどり着くと、床にはふかふかしたアイボリーの絨毯が敷き詰められ、真っ白な壁には四角い窓と、金色で縁取りされた扉がひとつあるだけだった。

香之助は迷いなく足を進め、指紋認証で扉のロックを解除する。どうやらこの最上階のフロアには香之助の部屋しかないようだ。

「俺の部屋だ。防音効果もあるから、外にも下にも音は響かない。遠慮せず、人声でよがっても大丈夫だからな」

からかうようにクツリと喉奥で笑い、香之助は玄関を開けて中へと入って行く。

「よ、よがったりなんてしませんよ！　そんなこと……」

晴香はいけないとわかっていても頬を赤く染めてしまい、俯きながら彼について入った。

綺麗に磨かれた白木の廊下を進むと、高い天井まで届く一面のガラス窓で囲まれた、まるで夜空に浮かんだ空間のような、広々としたリビングがあった。L字型になった黒の革張りのソファとお洒落なガラステーブルが置かれ、スクリーンのような大きなテレビと立派なスピーカーも完備されている。

香之助はソファにどっかりと腰を下ろすと、その横へ来るように晴香を手招きした。

「晴香の事だから……仕事を切り上げるのに俺の名前を出したら、俺の評判が下がると思ったんだろ。お前の考えていることなんてすぐにわかる」

香之助が「お前が考えることなんてわかってる」と言ったのは、このことだったのだ。

（当たってるけど……じゃあ、忠之助さんから忠告されたことは、まだ知らないんだ）

ホッとしたような、残念なようなもどかしい気持ちになる。

「ほかの奴との予定も、実はウソなんじゃないか？　俺の誘いを断るために……」

香之助は苦笑する。そもそもウソをつく気はなくて、彼が勝手に勘違いしたから乗っかっただけではあったのだけど。

（でも、ウソはつき通して……香之助さんとこれ以上、関係を深めないようにしないと）

晴香は胸が痛くなるのを無視し、ゆっくりと口を開いた。

「ウソじゃ……ありません。本当に、ほかの男性と予定があったんです」

「へぇ……」

香之助の視線が鋭くなるのを感じる。

「それに、私……香之助さんとはもう……もう個人的には、会いたくないんです」

震え出しそうになる唇に力を入れ、思い切って口にする。香之助の顔は見られなかったが、彼が驚いて息を吞んでいる気配はわかった。

「そんなこと……言っていいと思ってんの？」

香之助は妖しく瞳を細め、顔を覗き込んできた。妖艶で、奥底にある色欲を揺さぶるような笑みに、晴香はいっそのことこのまま香之助のものになりたいと思ってしまう。

香之助の大きな身体が近づき、逃げようとするが無理矢理ソファに押し倒されてしまった。

「きゃっ……」

ソファがギシリと軋《きし》み、ふかふかの座面に背中が沈む。香之助が覆いかぶさるようにして晴香の顔の両側に手をついた。

「香之助さん……離してください」

晴香の声はか細かった。……拒みきれない。

香之助の綺麗な顔が近づき、黒々とした瞳に晴香が映り込む。彼の爽やかな香りが鼻をくすぐり、ふたりの間を通る空気を通して彼の体温が感じられた。

抱かれたい、拒みたいわけじゃない、でも拒まなくてはいけない。葛藤がキリキリと切なく胸を締め付ける。

香之助は晴香の言葉を聞かず、キスをしてきた。唇を押しつけられ、強引に食まれる。怖いと感じてもおかしくない荒々しいものなのに、晴香は恐怖を感じることなく、むしろもっと欲しいとさえ思ってしまっていた。

「んぁっ……ぅん……！」

香之助はキスをしながら、大きな手の平で晴香の身体を撫でまわす。それがだんだん激しくなり、服の上から胸を痛いくらいに揉みしだかれる。

「こ、のすけさ……やめてっ……ぁっ……！」

香之助の手は衣服をまくり上げ、下着をずらして晴香の胸を直接触った。固くなった突起を口に含み、ぢゅうと思いきり吸い上げる。舌先で乳輪をぐるりと丹念に舐め回し、もう片方の頂は指先で捏ね回された。痺《しび》れが下腹部に走り、晴香は腰をピクンと跳ね上げる。

「やめてというわりに、固くなっているようだけど？」

香之助が意地悪な笑みを浮かべる。吐息が固く尖っている乳首にかかり、その刺激に晴香は喉を震わせた。

「あっ……やっ、だめ……」

晴香の身体は反応していたが、心ではこの行為をやめてほしいと思っていた。

（だって、もっと抱いて欲しいと思ってしまう……）

香之助のことが好きだ。香之助も、自分を欲しがってくれている。身体も心も通わす条件が揃《そろ》っているのだから抱いてほしいと思う。……けれども、それは許されない。

香之助は舌先で上下に胸の先端を扱き、カリッと歯を立てる。手の平は晴香の脇腹をなぞり、へそをたどって下肢へと伸びていた。身体の中心がじわりと熱くなっていくのを感じる。きっと、香之助を受け入れる体勢は整っているはずだ。

（だけど、それじゃダメなんだ……）

香之助から愛撫を受けるたび、身体は喜ぶのに胸は苦しくなっていく。晴香は目の奥が熱くなり、視界がぼやけていった。

「っ、ひっく……」

目を閉じると、涙が目尻を通ってこめかみへと流れていく。晴香は唇を噛みしめ、しゃくりあげていた。

途端に香之助の愛撫が止む。香之助は晴香の身体の反応から、口では拒みながらも結局は自分を受け入れるだろうと思っていたようだ。だからこそ、漏れ聞こえてきた嗚咽《おえつ》にわずかに狼狽《うろた》えている。

「香之助さん……もうっ、やめて……いやです……」

「晴香……」

香之助は驚いて放心状態になり、やがてそっと身体を起こして晴香から離れた。ソファにもたれながら床に座り、漆のように黒い髪をクシャリと掴む。

「悪かった……だから、泣くなよ……」

背を向けた香之助は、心底参っているようだった。

「くそ……こんなこと、初めてだ。今まで別れを切りだしてどんなに泣かれても、喚かれても……どうでもよかったのに。お前に泣かれると……すごく、困る」

ポツリポツリと誰に聞かせるでもなく呟かれた言葉は、晴香をまた苦しくさせた。自分だけに向けられる特別な感情。その想いに応えたいのに、応えることが許されないなんて……。

「女の気持ちはコロコロ変わるけど、大体は読めるし、たいして気にしたこともなかった。なのに、お前のことはどうしてもわからない……こんなに、わかりたいと思ってるのにな……」

香之助が俯き、掠れた声で言う。切々とした想いが伝わり、晴香の頬にはまた涙が零れた。

「晴香がいなきゃ……あんな鳴神にならなかった。親父だって、お前のことを度胸があると言って褒めていたくらいだし」

その言葉で晴香の頭には忠之助の顔が浮かんだ。背筋がヒヤリと寒くなり、一瞬で現実に引き戻される。

（このまま、ここにいられない……）

苦しくて、香之助に本当の想いを伝えたくなってしまう。晴香は衣服を簡単に整えると、そっとソファから立ち上がった。しかし、それと同時に香之助がなにかに気づいたように顔をあげた。

「そういえば……公演の前に、晴香が親父となにか話してたって、辻から聞いたな」

「えっ……」

忠之助と話していたところを、辻に見られていたとは思わなかった。ドキリとし、血の気が引いていく。

晴香は足をなんとか玄関まで進め、無言で去ろうとした。けれども、香之助の手が玄関の扉を開けようと、扉のハンドルを摑む晴香の手に重なった。こんなときだというのに、ひどく温かくて、余計に胸が締め付けられる。

「晴香！　待て、お前……親父になにか言われたのか？」

香之助の瞳が、晴香の心の奥底を覗き込むように問いただしてくる。

「なにも、言われてません」

喉が詰まる。必死に声を振り絞り、晴香は首を振った。

「いや、言われただろ。あの人はそういうことに厳しい人だし、そうとなれば、明らかにお前の態度がおかしいのも納得がいく」

自分の評判に関しては無頓着なのに、晴香のことには敏感らしい。晴香はもう一度首を横に振り「違います」と強く否定する。その頑なな様子に、香之助は眉を寄せて瞳を揺らした。

「じゃあ、なんだっていうんだよ……俺に飽きたっていうのか？」

苦笑しながら、冗談まじりに言う。しかし、晴香はそれに頷いた。

「……そうです」

頷きながら、なにをバカなことを……と自分で笑いそうになった。

(飽きるもなにも……まだ私達、始まってもなかったのに……)

身体さえも繋がっていない。最初は恐くて拒んでいたけれど、今となっては本気で〝初めて〟を彼にもらってもらえばよかったとさえ思っている。晴香の目にまた涙が潤む。

香之助は男としてのプライドが傷ついたのか、それとも晴香が離れていくことがつらいのか、衝撃を受けたようにただ目を見開いていた。

「天下の歌舞伎役者を相手に……お前は、たいしたもんだな」

香之助の手が晴香の手からスルリと離れる。離してほしいと頭では考えながらも、本心ではずっと触れられていたかったのだと今更ながらに気づいた。

「失礼します……」

晴香は涙声で挨拶をすると、玄関を勢いよく飛び出し、まだ五十階から動いていなかったエレベーターに乗り込んだ。

「香之助さん……っ」

エレベーターの中でしゃがみ込み、晴香は大声をあげて泣いた。

(好きになっても、離れなくちゃいけないなんて……)

顔を涙でグチャグチャにしながら、どうか香之助が今よりもっと素晴らしい役者になりますようにと願った。

それからも舞台の公演は続いていたが、劇場へ赴く仕事がなかったため、晴香は香之助と顔を合わさずにいられた。

香之助を傷つけるようにして別れたので、波のある彼の精神状態を心配していたが、調子は悪くなるどころか、まだまだ良くなるのかと思えるほど、キレのある動きと迫力のある演技で観客を魅了し続けているらしい。

彼は〝香之助〟を襲名してから人が変わったように安定している。

（やっぱり市太郎さんは私を買いかぶり過ぎだったんだよ）

自分がいなくとも、これほど立派に舞台を成功させる香之助。市太郎に「貴女はすごい」と褒められたが、やはり自分は香之助になんの影響も与えていなかったのだとわかった。

打ち合わせの前にパソコンで評判をチェックしていた晴香は、時間が近づいてきたので画面をそっと閉じた。すると、打ち合わせをする予定だった歌舞伎座の伊戸川が、出勤する演劇制作部の人達に紛れてやってきた。

「水無月さん、今日の予定だけど歌舞伎座に公演を観にいくことになったから」

「えっ、制作部と打ち合わせじゃなかったんですか？」

十二月の大阪での襲名披露公演に向けて、晴香が所属している演劇制作部と宣伝部で打ち合わせの予定となっていた。晴香は香之助の担当としてこの公演に携わっているので、宣伝部側に立つことになる。伊戸川はまだ新人の晴香のサポートとして、大阪でも一緒に仕事をすることとなっていた。

「そうなんだけど、制作部の人と舞台を見て最終的な打ち合わせにしようってことになったの。香之助さんもいるから微調整もしやすいし。明日が千秋楽だけど、最近香之助さん調子がいいからか機嫌もよくて、吉永さんと辻さんにも了承もらったから」

「ありがとうございます。本来なら私がしなくちゃいけないのに……」

謝りながら、やっぱり香之助は調子がいいのだと改めて思う。機嫌も悪くないのは、自分がいてもいなくてもいつもと一緒だというなによりの証ではないか。

「いいのよ、急遽《きゅうきょ》大阪の鶴亀座と決めたことだし。昼の部を観てから打ち合わせに入るから……その時間に劇場で会いましょう」

伊戸川はそれだけ言うと慌ただしく去って行った。

(香之助さんと顔を合わすことになるかも……でも、もう関係ないか)

自分から離れておきながら、関係ないと思えば胸が痛む。矛盾した感情を消し去りたくて、晴香は目の前にある仕事に打ち込むことにした。

やがて、十一時から始まる昼の部の時間が近づいてきたので歌舞伎座へ向かった。

歌舞伎座は、巨大なポスターの前で写真を撮ったり、弁当を買う人などで活気に溢れている。当日発売される一幕見席もすでに完売、それでも香之助を一目見たいと出待ちする人達までいた。

「千秋楽のチケットなんてプレミアよね」

「そうよね。でも、それ以上に大阪も楽しみよ。なんて言ったって〝鏡獅子〟ですもの。チケット手に入ったから、一緒に行きましょうよ」

和装の上品な婦人ふたりが話しながら建物の中へと入って行く。どうやら十二月の公演もすでに話題となっているようだ。

（香之助さんの舞が見られるんだもん……歌舞伎ファンなら絶対見たいよね）

晴香も心の中で同意しながら、裏口へと向かう。しかし、演劇制作部の先輩達も伊戸川もまだ来ていなかった。しばらく待っていると、一緒にやって来て、ひとまずみんなで四階席から香之助の舞台を観ることとなった。

「明日の千秋楽は『鳴神』が終わったあと、帝日ホテルで打ち上げがあるからそのつもりで。鶴亀が主催だし、水無月さんにも馬車馬のように働いてもらうわよ」

伊戸川がわざと意地悪そうなふりをして脅すようなことを言う。晴香は表情を引き締めて頷いた。

「もちろんです。千秋楽の公演まで観せていただけるので、その分働かせていただきます！」

明日の千秋楽は一日中、歌舞伎座に常駐して関係者やスタッフに挨拶をしたり、そのあとの打ち上げの手配などをすることとなっている。公演が行われている最中は舞台を見ることもできるので、プレミアとも言われている公演を楽しめるのは役得だ。

香之助の姿を見るのは切なさもあってつらいけれど、やはり舞台はべつもの。彼の演技を見たいと心から思う。

少し時間が経つと、会場中に柝の音が響き始め、伊戸川と晴香は姿勢を正した。

（今日も、香之助さんの舞台が成功しますように……）

晴香は膝の上に置いた手を合わせ、柝の音が止まるまで目を閉じて祈っていた。

やがて柿色・萌葱色・黒色の定式幕が横に引かれていき、舞台が始まる。

物語は順調に進み、揚げ幕から香之助の『しばァーーらァーくゥーーー！』という声が響くと、ご見物達がワクワクと前のめりになった気がした。

この舞台を見るのは二回目だというのに、初回と同じように晴香も香之助の登場を待ちわびていた。香之助が登場すると近くにいた大向こうから屋号の掛け声が飛び、拍手が沸き起こる。初日より確実にその音は増していた。

香之助は型通りに花道七三でつらねを述べ、悪公家の家来達を次々に追い払っていく。それから舞台中央へ歩きだし、悠然とした姿で元禄見得を切った。会場が湧きあがり、晴香も拍手を送る。

（ここから大太刀で敵をなぎ倒して……）

　このさきが一番気持ちのいい場面。香之助は大太刀を抜き、向かってくる敵をスパスパと斬り倒していく……はずだった。

　下座音楽に合わせ、リズムよく型通りに動いて行くはずなのに、敵の家来をしている役者のひとりがバランスを崩し、香之助にもたれかかるようにして倒れてきた。

「えっ……！」

　思わず小さく声が漏れた。その瞬間、家来役の男性によりかかられた香之助は、型の動きとして片足で立っていたため、バランスを崩した男性を受け止めきれず、舞台の下の観客席のほうへと落ちてしまう。

　ガタンと大きな音が会場中に響き、ご見物は騒然となる。それでも舞台上の役者達は演技を続け、下座音楽は鳴り響いていた。恐らく、みんな動揺しているはずだが、ストップがかからない限り演技を続けることは役者としての使命だった。

「ちょっと、香之助さんが落ちたんでしょ？」

「大丈夫なの!?」

　伊戸川や制作部の先輩達もどうしたものかと立ち上がり、四階席から一階席を見下ろしていた。

（香之助さん……！）

晴香は組んでいた両手を、手の甲に爪が食い込むほど強く握りしめ、唇を噛む。なにもできない自分がもどかしかった。

すると、香之助はむくりと起きあがり、舞台に手をついて軽やかに上へと舞い戻った。

しかし、そのあとの足取りは重たく、どこかを痛めているようにも見える。

なんとか『暫』を最後までやり遂げ、香之助は花道を引きあげて行った。

「ちょっと、明日が千秋楽なのに……」

「ヤバイよね。様子見に行こう……って、水無月さん!?」

伊戸川や演劇制作部の先輩達より早く、晴香は観客席から飛び出して行った。

(香之助さん、絶対怪我してる……どうか、軽傷でありますように……!)

晴香は周りには構わず、無我夢中で裏口まで走り、全速力で舞台袖へと向かった。

「香之助さん……!」

舞台袖ではパイプ椅子に座った香之助を、役者や大勢のスタッフ達が取り囲んでいた。

投げ出している足首は赤くなり、腫れているようだ。

「香之助さん！　大丈夫なんですか!?」

晴香は息切れしながら、彼を取り囲む輪へ駆け寄った。

「晴香……」

香之助は慌ててやって来た晴香に驚き、目を丸くしていた。

「鶴亀さんのところの……」

低い声で晴香を疎むように言ってきたのは忠之助だった。晴香は忠之助の存在にビクリと背筋を震わせた。慌てて駆けつけるなんて、香之助に晴香の気持ちを伝えているようなものだ。

「香之助さんの様子はどうなんですか？」

晴香から遅れてやって来た伊戸川が、鶴亀の医療スタッフに確認を取る。

「腫れてはいますが骨に異常はないようです。安静にしていれば、腫れも引くとは思いますが……夜の公演は大事を取られて中止されることをお勧めします」

「夜の公演……」

みんなが渋い顔をする。公演の中止は払い戻しなどが必要となり、混乱は避けられないし、結構な損失となる。それ以上に、楽しみにしてくれているご見物の方達の期待を裏切ることになってしまうのだ。けれども、なにより香之助の身体が一番大事だ。明日は千秋楽だし、来月からは新しい公演が始まる。

「わかりました……では、明日は千秋楽ですし、上に状況を説明して夜の公演は中止を検討してもらえないか相談してみます」

伊戸川が香之助や忠之助、ほかのスタッフに声をかけスマホを取り出す。

「伊戸川さん、待って。俺はやるよ」

「香之助さん、でも……」

「明日の千秋楽もやるし、夜の部もやる。これくらいの怪我で中止にできるはずないだろ」

香之助はゆっくりと立ち上がった。足に巻かれた包帯が痛々しく見えるが、本人はなんともないとばかりにトントンと足踏みをしてみせた。

周りは香之助の姿に目を見張っていた。昔の彼なら「中止だ」とすぐに言っていただろうし、明日の千秋楽だって「できるわけがない」と言っていたはずだ。

「あの、香之助さん……本当に申し訳ありませんでした」

バランスを崩し、香之助にもたれかかった端役の若い役者が香之助の前に立つ。頭をさげて謝罪するのかと思ったら、素早く土下座をした。

「済んだことはいい」

誰もが耳を疑った。香之助から、許しの言葉など出ると思っていなかった。

「舞台は生ものだから、こういったこともある。それより、下半身に筋力をつけておけ」

「は、はい……！　ありがとうございます。本当に申し訳ありませんでした！」

謝った若い男も、香之助に怒鳴り散らされることを覚悟していたのだろう。立ち上がってからも何度も謝り、うしろへ下がった。

周りはただその光景を夢でも見ているかのような、不思議な感覚で見ていた。

「とにかく、俺はやるよ。夜の部を楽しみにしてくれている人だっているんだ。それが中止になったら、ご見物に申し訳ないだろ」

香之助は片眉をあげて得意気な笑みを浮かべた。彼を囲んでいた誰もが、あ然として言葉を失っている。

もちろん間違っていることを言っているからではない。こんな当たり前とはいえ責任感ある言葉を、あの香之助が言うとは誰も想像したことがなかった。さきほど怪我の原因である役者を許したこともそうだが、明らかに香之助は人として成長していた。

「それに、晴香も……俺の鳴神を楽しみしてくれている、ひとりだしな」

香之助が晴香のことをじっと見つめる。身体が火を灯されていくように熱くなるのを感じ、晴香は胸を高鳴らせた。

（でも、近くには忠之助さんがいる……私は、彼に近づくわけにはいかない）

晴香は胸の前で手をギュッと握り締め、口を開いた。

「わ、私はべつに……鶴亀の社員として、お客様のご期待に応えていただきたいと思っているだけです。個人的な感情とかではなくて……」

息を詰まらせながら、なんとかウソをつく。本当は楽しみでならないし、同時に香之助の身体が心配でもあった。

晴香の言葉が尻すぼみになってくると、香之助はため息をついた。

「なんで、ウソをつく」

「ウソなんてついていません」

「なに言ってんだ。俺は歌舞伎役者だぞ、女の愛想尽かしなんて慣れてるんだよ」

「愛想尽かし……」

歌舞伎では女のほうから別れを切り出すことが多く、自分を悪女に仕立てて冷たい言葉を投げつけて別れようとすることがあり、それを愛想尽かしという。

立ち役を多く務めている香之助だから、当然色男の役も演じたことがあり、愛想尽かしの場面は演じたこともあっただろう。

「ったく、ホントにたいしたもんだよ、お前は。俺に二度もウソをつくとはな。見破られないとでも思ったのか」

「二度も……って、あのときの言葉はそういう意味で……？」

香之助が「たいしたもんだ」と言ってきた。あれは「飽きた」と言った晴香に、男としてのプライドを傷つけられて怒っていたのかと思っていた。だけど実際は、あのときから見破られていたということだ。

「俺が演じる物語の男は、ウソを見破れずによく女を殺そうとするんだよ。けど、俺は違う。お前のことなら……ちゃんと見抜ける。わかりたいと思うんだから、わからないはずがない」

「香之助さん……」

香之助の言葉が胸にじんと染みわたってきた。彼は本当に、自分のことを理解しようとしてくれている。そのことがよくわかった。

「誰になにを言われたか知らないが……俺は晴香がいたからここまで本気になれたんだ。ソイツに、お前が遠慮することはない」

香之助は忠之助のほうへ鋭い視線を向ける。誰かわからないと言っておきながら、もちろん目星はついているようだ。

「そういうことだったのか」

「だから、香之助さんの態度が……」

周りのスタッフが小声で囁いているのが、晴香の耳に入ってきた。

「え、ちょっと……どういうこと？」

伊戸川は状況を理解しているものの、ハッキリしない晴香と香之助の関係に動揺している。香之助はそんな周りの反応を楽しむようにフッと軽く笑うと、ゆっくり歩いて晴香の側で立ち止まった。

「晴香、なにを躊躇してるのか知らないけどな……なんでもいいから、俺を信じろ」

「香之助さん……」

香之助を見上げると、まっすぐに見据えられた。瞳の奥が、優しく輝いている。

「簡単なことだろ？　俺がお前を必要としているんだから」

　力強い言葉に、晴香は今にも泣いてしまいそうになった。目の奥が熱くなる。

　周りが騒然とする中、香之助は包帯を巻いた足をかばいながら、楽屋へ戻って行った。

「と、とりあえず……夜の部もありますので、みなさんはご休憩を……あと、制作部と私達は打ち合わせを……！」

　伊戸川は動揺を隠せずオロオロとしたまま、舞台裏に集まったままだったスタッフ達を仕切りだした。呆然としていた人々はその声で我に返り、それぞれ動き出す。

「まったく、困った奴だ……」

　忠之助は大きなため息をつくと、そのまま楽屋へと通じる廊下を付き人とともに歩いて去っていった。

（香之助さん……ありがとう……）

　不安な気持ちもウソをついた理由も、なにもかも承知したうえで彼は強引に晴香をものにしようとしてくれている。

　これほど心強く、幸せなことはない。

　晴香は香之助が去って行った廊下を見つめながら、心が打ち震えるのを感じた。

第九章：相思の未来

いつも期待しながら幕が開くのを待つ。

柝の音とともに鼓動は速まり、高鳴り、身体が自然と前のめりになってしまうくらい。――だけど、今日は違う。

胸はドキドキと音を立てているものの、緊張感のほうが勝っていた。

（香之助さん……大丈夫かな）

千秋楽の朝、香之助の元へ挨拶に行ったとき、足はまだ包帯が巻かれたままで腫れているように見えた。

昨日も宣言通り夜の部をこなし、なにも知らないご見物には気づかれない程度にしか動きを変えず、最後まで迫力のある立派な鳴神を演じきった。終わったあと楽屋へ挨拶に行ったが、その場に忠之助がいたためにあまり話ができず、朝の挨拶も周りの目が気になってたいして状況を聞けなかった。

（千秋楽……どうか、最後まで足がもちますように）

鶴亀の医療スタッフは「昨日より腫れはひいている」と言っていた。テーピングを施し、役の関係で足袋も履いているし白粉も塗っているので見た目はわからない。

「香之助さん、本当に人が変わったよね。桜太郎のころだったら例え千秋楽であろうとも絶対中止にしていたわよ。さすが担当の力……っていうより、愛の力よねぇ……」

隣に座っていた伊戸川がニヤニヤしながら意味ありげな視線を送ってくる。晴香はどうにも居心地が悪くなって肩をすくめた。

「わ、私はなにもしていませんので……」

「わかってるわよ。香之助さんが、水無月さんに惚れた結果、変わったってことよね。いいのよ、鶴亀としては彼の遊び癖が直ってくれれば、それで」

伊戸川は陽気に言って、舞台のほうを見つめた。そろそろ始まる。会場中に柏子木を打つ、柝の音が響きだした。

(思ったより鶴亀のほうはなんとかなりそうだけど……)

会社からなにか言われるとか思ったけれど、どうやらその場にいた人達が配慮してくれたらしく、今のところ部長などの耳には入っていないようだ。

ただ、居合わせた人達のうち、入社二十年目の先輩には「私は裏を知りすぎちゃって、役者さんと恋愛なんて考えられないけど……新人だものね。なにも知らないから、できることよ」と呆れられ、五年目の先輩には「役者さんと恋愛だなんて無理だと思ってたわ……それって、会社から許されるの？」と皮肉混じりに言われた。

ふたりが言いたいことはわかる。晴香も初めはそんなつもりは微塵もなかった。けれども、惹かれる気持ちには抗えなくて、こんなことになってしまった。幸い、会社には過去に歌舞伎役者と結婚して退職した先輩もいるので、完全に恋愛禁止ではないようだ。

ふたりからは最後に「梨園は厳しいわよ」と脅しのような励ましをもらい、晴香は真摯に受け止めた。

伊戸川にはさきほどのように「香之助さんの素行を直して」と頼み込まれるだけで、反対はされていない。口調だけではなく、性格もサッパリしているようだ。

（私も……覚悟は決まった）

香之助に「俺を信じろ」と言われ、必要としていると告げられた。自分は香之助を好きでいてもいいのだと心から思えた。

問題は香之助の父親であり、歌舞伎界の重鎮ともいえる大きな存在――忠之助だ。

（私の覚悟をちゃんと伝えたら、忠之助さんも認めてくれないかな……なにを頑張れば、認めてもらえるんだろう）

香之助を諦めることは身を引き裂かれるようにつらいから、それ以外に方法が浮かばない。

柝の音が小気味よく鳴り響く中、晴香は香之助との未来を考えていた。

　定式幕が開くと、昼の部の『暫』が始まる。

　香之助の力強い声が響き渡り、ド派手な衣装を着た彼が登場すると大向こうから屋号の掛け声が飛んだ。表情からは足の痛みなど感じられず、動きも初日から変わりがない。むしろキレが増していて、気迫溢れるものとなっていた。

　千秋楽という区切りを迎え、彼自身もひと回り大きくなろうとしている。晴香は香之助からそんな気持ちを汲《く》み取った。

　昨日、舞台から落ちた敵役との絡みの場面も、大太刀を振るってバッサバッサと斬り倒し、リズムよく動いていく。もちろん、香之助に倒れ込んだ役者も同じように舞台に立っていて、昨日以上の演技を見せていた。

　善人たちを助けた香之助演じる鎌倉権五郎は大太刀を肩に持って意気揚々と引き揚げて行く。その姿は勇猛で大きく、とてもかっこいいものだった。

「香之助さん、足は大丈夫そうね。むしろ、今回のどの公演より今日が一番迫力に満ちていたくらい！　心配なのは夜の『鳴神』よね……最後の場面がどうなるか……」

　舞台の幕が閉じる中、拍手を送りながら伊戸川が話しかけてきた。

　夜に行われる『鳴神』の最後は、飛び六方はもちろんだがその前に舞台上を素早く走る場面がある。しかも、ただ走るだけではなく様式美を意識した綺麗な動きで……。

『暫』でも、二メートルはある大太刀を担ぐので足への負担が懸念されていたが、『鳴神』

での動きも心配のひとつだった。

　この公演が終わって、五日ほどしたら十二月の大阪での公演が始まる。稽古もあるので実質休める日がない。

「心配ですけど……彼なら、今夜の公演も十二月の公演も……素晴らしいものにしてくれると信じています」

　なにか迷ったときは、香之助を信じる。すると、不安も心配事も全部吹き飛んでいく。

　香之助の強い眼差しを思い出しながら晴香が言うと、伊戸川も納得したように頷いた。

「そうね。私達の仕事は役者をサポートして、いい舞台にすることだもの。彼らを信じないと、なにも始まらないわね。まぁ、水無月さんにはもう少し深い意味もあると思うけど」

「い、伊戸川さん……！」

　ニヤリと笑う伊戸川に、晴香はドギマギする。昨日、香之助との関係が発覚したときから、なにかとからかわれている。いちいち反応をしてしまうので、伊戸川は面白くて仕方ないらしい。

「さ、いまのうちに打ち合わせと昼食、済ませちゃいましょう」

　歌舞伎座から出ると、晴香は近くにある和食屋へ入り、スタッフと打ち合わせをかねて食事をした。

打ち合わせが終わると、夜の部の開始まであと三十分となっていた。そのまま歌舞伎座へ入り、鶴亀の関係者席に座った。

(香之助さんの『鳴神』もこれでしばらくは見納めかも……好評だから、いずれやってもらうことにはなると思うけど)

少なくとも十二月は違う演目で、来年一月に香之助の出演が決まった「新春浅草歌舞伎」も、制作部の話し合いで香之助ならではという演目が固まってきている。

(いろんな香之助さんが見られるのは、彼のご贔屓からしたら嬉しいことだよね)

寂しさを感じつつも、新たな楽しみもある。感慨深いものが胸にこみ上げてくるのを感じながら幕が開くのを待った。

やがて物語が始まると、香之助は男っぷりのいい鬼気迫る演技を見せていた。絶間姫を演じている市太郎の艶めかしさにも磨きがかかり、ふたりが最高の舞台を作り上げようとしているのがひしひしと伝わってくる。

今のところ足をかばう動きに変えたところもなければ、香之助自身も痛みを堪えているような表情もない。最後のシーンも、本当に雷が落ちるのではないかと思うほど素早くて迫力のある動きを見せ、柝の音と拍子を合わせた飛び六方を披露して去って行く。

「恵比寿屋ァーー!!」

「香之助ッ！」

「十代目ェっ！」

大向こうから次々と声がかかる。

「香之助さん、初日から千秋楽までいい演技を見せてくれたわね。鶴亀での評判はもちろんだけど、世間での評価もあがりそう……これは、今後の公演も楽しみだわ」

伊戸川は晴香に言いつつも「次はなにをやってもらおう」と独り言のようにブツブツと呟きだした。頭の中は、すでに次の公演のことになっている。

そんな伊戸川とともに、晴香は香之助の楽屋へ挨拶に行くことにした。

「香之助さん、お疲れ様です。とても素晴らしい公演でした」

伊戸川がにこやかに頭をさげると、香之助も「ああ」と薄く笑みを浮かべた。サッパリした表情に見えるのは、公演が終わってホッとしたからなのかもしれない。

「次の公演も、どうぞよろしくお願いします。私はさきに打ち上げ会場へ向かいますので……あとは水無月さんよろしくね」

「えっ、伊戸川さん……！」

伊戸川はいたずらっぽく笑うと、楽屋を出て行った。なかなかふたりきりの時間が取れない晴香と香之助に、時間をくれたらしい。

（嬉しいけど……なにを話したらいいか……）

急にふたりきりになり、気恥ずかしさが押し寄せる。

「あ、あの……お疲れ様でした。足はもう大丈夫ですか?」

晴香がそっと上目遣いにたずねると、鏡台の前で座っていた香之助は、片膝をついてテーピングされた足を見せてきた。

「ああ、大袈裟にしているだけでたいしたことはない。それより、俺の〝鳴神〟はどうだった? 香之助を……八代目を越えることはできたか?」

いつも自信満々な香之助の瞳がわずかに揺らぐ。周りの誰よりも、彼自身がいまだに自分が〝香之助〟であることを認め切れていないのかもしれない。〝香之助〟という名跡はいわば大きな城で、その城の主になれるかどうか、なれなければ周りから追い出されるだろうと、歌舞伎界に身を置いているからこそ不安を感じていたのだろう。

「もちろんです。今までで最高にかっこいい香之助は何代目かと聞かれたら……迷わず、十代目だと答えます」

晴香は大輪の花が咲いたかのような笑みで頷いた。その笑顔はウソも裏もなく、心からのもの。香之助は揺らいでいた瞳を瞬かせると、しっかりと晴香を見つめた。

「愚問だったな。けど……まぁ、誰の言葉より、晴香の言葉が一番信じられる」

香之助が優しい顔をして笑う。その顔には嬉しさよりも安心感が滲みでていて、ひとりで大きな名跡を背負いながら、歌舞伎界でずっと戦ってきたことが窺えた。

（これから、この人を支えていきたい……）

晴香が改めてそう思っていると、背後の扉をノックする音が響いた。

「入るぞ」

声は低くて太く、忠之助のものだとわかる。晴香は途端に身体を強ばらせた。

「……はい」

香之助が緊張した面持ちで返事をすると、扉がゆっくりと開いて浴衣姿の忠之助が入ってきた。側に立っていた晴香を見るなり、少しだけ冷たい目つきになる。

「足は……もういいのか？」

「ご心配おかけして申し訳ございませんでした」

ふたりは親子である前に師弟。行儀よく頭をさげる香之助を見て、晴香は切なくなった。

「……しかし、意外ですね。貴方からご心配いただけるとは思いませんでした」

顔をあげた香之助は、言葉は丁寧だが、挑発しているように見えた。

（私もビックリした……）

晴香も忠之助は厳しい人だと思っていたので、第一声が怪我の心配だったことに驚いていた。

「役者は身体が資本。心配するのは当たり前だ」

「そうですね。そういうことでしたら……」

わずかに沈黙が落ちる。ふたりとも、なにか言いたいことを言えずにいるみたいだった。

「あの、私はそろそろ……」

自分はいないほうがいいと思い、晴香が出て行こうとする。しかし、すぐさま忠之助に
「待ちなさい」と呼び止められた。

「君にもいてもらいたい」

「は……はい」

忠之助はなにかを決心したように晴香の目を見て頷いた。晴香はゴクリと喉を鳴らすと、背筋を伸ばして姿勢を正した。

「和仁、お前もやっと……香之助の名にふさわしい役者になってきたな」

「……ありがとうございます。これからも精進いたします」

香之助は取ってつけたかのようにうやうやしく礼を述べ、忠之助はそんな彼をまっすぐに見据えていた。

「世辞ではない。お前の……迫力があり、男気もあり、全身で歌舞伎を楽しんでいる姿は、荒事らしくて恵比寿屋の型にピタリとはまり、名跡を継ぐにふさわしいものだった」

「親父……」

ここまで褒められて、やっと忠之助の心からの言葉だと思えたのだろう。改まった口調が、素に戻っている。香之助は驚きと気恥ずかしさをない交ぜにしながら忠之助を見た。

「素晴らしい歌舞伎役者になったと思う。……こうなれたのも、君のおかげだろう」

　忠之助の視線が晴香に向けられる。

「えっ……わ、私……ですか……？」

　目力のある瞳にわずかにおののくが、その瞳の奥に優しさを感じとり、晴香は戸惑いながらもしっかりと見つめ返した。

「君は……和仁の側で、梨園の中で……しっかりと妻として、恵比寿屋の夫人として……勤めを果たす覚悟はあるかい？」

　正直、仕事で関わっているものの、まだ梨園やら恵比寿屋やら、歌舞伎界の内情がどういったものかわからない。香之助から小さい頃の苦しい思い出や厳しさを聞いたけれど、それはほんの一部分で、もっと大変なことがあるはずだ。

　それでも、決めていることがひとつだけある。

　晴香は深く息を吸い、心を整えて口を開いた。

「私は……香之助さんの側で、彼を支えたいと思っています。そのためなら、どんな困難にもぶつかっていく覚悟はあります」

（きっと、彼とならどんな壁も乗り越えていける。押しつぶされそうな不安もプレッシャーも、一緒に背負っていきたい。……香之助さんと、一緒に）

　晴香が忠之助にこの気持ちが伝わるよう、ひと言ひと言を大切に語りかけると、忠之助はフッと力が抜けたように微笑んだ。その顔は、香之助が晴香に時折見せる優しい笑顔に似ていた。

「君の気持ちはわかった。君に出会ってからの和仁の成長ぶりや歌舞伎に対する姿勢の変化を、こうもはっきりと目の当たりにしては無視もできない」

忠之助は微笑んだまま、香之助のほうへ向き直る。香之助は腰を浮かし、驚きで呆然と膝立ちになっていた。

「この襲名披露公演を……最後まで成功させたら、お前たちを認めるよ」

「えっ、お……親父……！」

香之助は大きく目を見開き、勢いよく立ち上がった。

「和仁を……よろしく頼むよ」

「あ……ありがとうございます！」

忠之助はそう言うと、楽屋から出て行った。「最後まで成功させたら」というのは香之助のモチベーションを下げないための口実で、本当は認めてくれているのだということがわかった。

香之助は晴香に歩み寄ると、大きな身体でギュッと抱き締める。

「晴香……やっと、お前をものにした」

小さな晴香が、このまま彼の身体に埋もれてしまいそうなほど、強い力だった。

（香之助さんの想いが伝わってくる……）

彼の体温とともに、手を伸ばしたくても伸ばせなかったものに、やっと届いたような感激が伝わってくる。晴香は嬉しくて、そっと目を閉じた。

「晴香、これでお前と堂々と出歩けるな。お前が変装する必要もないし、スタッフのフリをする必要もない。早速、どこか食事へ行くか」

晴香を抱き締めたまま、香之助が声を弾ませる。出会ったばかりの彼からは想像もできない子どもみたいなはしゃぎぶりに、晴香は愛おしさが込み上げてきた。

「ダメですよ、香之助さん。今日は打ち上げがあるんですから……」

「打ち上げなんか、これからいくらでもできるだろ」

香之助は駄々をこねるようにさらに強く抱き締めてくる。まるでお気に入りのおもちゃを誰にも渡すまいとでもするように。

「デートもいくらでもできます！　というか……いっぱいしたいですし。でも、今日は恵比寿屋の香之助として……打ち上げに出てください！」

晴香がたしなめると、ようやく腕の力が緩んだ。

「お前は……どんなときでも、お前だな」

香之助は呆れたように眉尻を下げた。

「どういう意味ですか？」

「俺のことを一番に考える。たまには自分のことを考えろ……と、言いたいが、お前の性格じゃ無理そうだな」

腕を解いた香之助が、晴香をじっと見下ろしながら頭にポンと手を乗せた。さっきとは立場が逆転したような状態に、晴香は気恥ずかしさから頬を赤らめる。

「そ、そんなことはありませんけど……」

否定しながら香之助を見ると、優しく目を細めていた。

「まぁ、いいか。これからお前のことは……俺が一番、考えてやるよ」

「っ、こ……香之助さん……」

好きな人に自分のことを考えてもらえることは、とても幸せなこと。晴香は嬉しさに胸を震わせた。

「とりあえず、打ち上げにはいく。そのあとは……楽しみにしてろ」

「そ、そのあとって……」

思わず香之助と過ごす夜のことを想像してしまい、晴香はさらに顔を赤くした。

「じっ、じゃあ……私は外で待っていますから、着替えていただいて……」

「べつにいてくれても構わないけど。どうせ、今夜見ることになるんだし、予習でもしておくか？」

香之助が意地悪そうな顔でニヤリと白い歯を見せる。

「出て行きます！」

からかわれていることを察知した晴香は、真っ赤になった顔をプイと背けて楽屋を出た。子どものような一面を見せたと思ったら、すぐに色男発揮だ。

（私、本当に香之助さんとやっていけるかな……）

香之助の手練手管にずっと振り回されるのではないか。いや、それも幸せだけど。

ずっと側にいるという覚悟は、簡単には揺るがない。改めて、幸せを噛みしめていると、シャワー室のほうからスラリとした人物が歩いてきた。

「晴香さん、お疲れ様です」

「あ……市太郎さん……お疲れ様です」

声をかけてきたのは市太郎だった。彼もこの公演では香之助の相手役という重要なポジションなので、楽屋が一階に設けられている。

「さきほど、恵比寿屋のおじさまとすれ違いましたよ。なんだか晴れやかな顔をしていましたが……もしや、認めてもらえたんですか？」

市太郎の問いかけに、晴香は恐縮しながら頷く。

「えっと……正式にはすべての襲名披露公演を成功させたら、ということですが」

「そうですか……さすが香之助さんですね。もう、僕が出る幕はなさそうだ」

市太郎は冗談めかして参ったと言うように眉を寄せた。市太郎からは、役柄と重ね合わせていた部分があるので本気かどうか判断はしづらいが、好意を示されていた。

「お気持ち、ありがとうございました」

晴香は小さく頭をさげた。

「いえ、お礼もなにも……貴女がそれだけ魅力的だっただけですよ」

さきほどまで舞台で妖艶な女性を演じていた市太郎に褒められると、自信がつくどころか逆にいたたまれなくなってくる。

「それより、すべての襲名披露公演が終わったら……というなら、来年の十一月ということですよね。香之助さんも気が気じゃないでしょうね」

「どうしてですか？」

たずねていると、側で扉が開いた音がした。香之助が楽屋から出てきたのだろう。市太郎はそちらへ目配せすると、クスリと笑って晴香の耳元に唇を寄せてきた。

「貴女みたいな人は、放っておくと僕のような男を引き寄せますから」

声のトーンを落とし、甘く囁かれる。首筋がゾクリと粟立った。

（か、歌舞伎役者の囁きは心臓に悪い……）

市太郎を男性として好きなわけではないが、こうも色っぽく迫られると対応がうまくできない。晴香が固まっていると、着替えを終えた香之助に肩をグイと強く抱き寄せられた。

「おい、なにやってるんだ」

黒のスーツに身を包んだ香之助は、晴香を引き離すと、市太郎をギロリと睨む。瞳の奥には嫉妬の火がチラついていた。

「なんでもありませんよ。それでは、後ほど打ち上げ会場で……」

市太郎は艶やかな仕草で香之助の睨みをかわす。楽屋へ向かって歩きだすと、なにか思い出したように立ち止まった。

「あ、そうだ……せっかく治った怪我が悪化したらいけませんから、今夜は盛り上がり過ぎないようにしてくださいね」

振り返り、小首をかしげて美しく微笑む。

「ご忠告どうも。せいぜい気をつけるよ」

香之助はうるさいとばかりに乱暴に言ってのける。市太郎はクスクスと小さく笑い、楽屋へ戻って行った。

「アイツ……なんか、性格変わったな」

顎に手を当てながら、難しそうな顔で香之助が呟く。

「盛り上がり過ぎないように……って、打ち上げのことですかね？」

市太郎のわざとらしい笑顔に、なにか意味が含まれていることを感じつつも、その意味がわからずに晴香は首をひねった。それを聞いて、難しい顔をしていた香之助は拍子抜けして破顔する。

「そりゃ、打ち上げもそうだけど……アイツが言ったのは、晴香と過ごす夜のことだ」

「えっ、い……市太郎さんまでそんなことを……っ！」

香之助はともかく、市太郎がそんなことを言うとは思わなかった。

「市太郎も男だからな。しかも、歌舞伎役者だ」

香之助が意地悪な顔で言ってくる。晴香の中にある市太郎のイメージを壊そうとしているようだ。

(里実には絶対に言えない……)

清廉潔白なイメージが強い市太郎だけに、ショックが大きいだろう。

晴香がそんなことを考えていると、香之助がポンと頭に手を乗せてきた。

「おい、ほかの男はどうでもいいだろ。……さっさと打ち上げ終わらせて……楽しい夜にするぞ」

手を取られ、グイと引っ張られる。足が自然と小走りになった。

「ま、待ってください……足の長さが全然違うんですから……！」

乱暴な香之助に不満を示しつつ、晴香の顔は幸せに溢れていた。

打ち上げは、好評だった公演を象徴するかのような盛り上がりを見せた。

「やっと終わったな」

二時間ほど食事と酒を楽しみ、酔っ払いで賑《にぎ》わっている店の外に出ると、香之助は気だるそうにシャツのボタンをぷちぷちと外し始めた。

「こっ、香之助さん！　まだ二次会があるんですから……！」

これから二次会へ行こうと言っている人達がいる。帰る人ももちろんいたけれど、二次会へ向かう中には忠之助や市太郎の姿もあったので、当然公演の主役である香之助も行くものだと思っていた。

「二次会は出ない。ほら、乗れ」

香之助はキッパリ言うと、店から呼んでもらっていたタクシーの中へ、晴香を促す。その胸元は、シャツが開いて素肌が露わになっていた。

「えっ、ちょっ……出ないって、ダメですよ。主役なんですから……」

「いいから。どうせ、全員酒が入ってて、誰が参加してるかわからないんだし」

半ば無理矢理タクシーに乗せられ、香之助は運転手に行き先を告げた。ふたりを乗せ、タクシーは走り出す。

「でも、みなさんが心配されますよ？」

どうしても、なにも言わずに抜けてきたことが気になる。晴香が責めると、香之助は観念したように肩をすくめた。

「わかった、わかった。辻には連絡するから……」

ジャケットの内ポケットからスマホを取り出すと、辻に電話をかけた。会話らしい会話もせず「帰る」とだけ言って切ってしまう。

「これでいいだろ？」

「そ、そう……ですねぇ……」

一方的だったので、いいとは言い切れない。晴香が微妙な返事しかできずにいると、彼はふてくされたように窓の外を見た。

「なんだよ、なにがダメなんだ。晴香のためだと思ったのに……」

「え……？」

(私のため……？)

晴香が疑問に思っていると、外の景色が、タワーマンションが建ち並ぶ界隈《かいわい》へと変わっていく。そこには見覚えがあった。

タクシーはある高層マンションの地下駐車場へ入ると、そこで晴香達を降ろした。

(高級車ばっかり並んでる……やっぱり、ここって……)

「ここって……香之助さんのマンションですよね？」

「ああ、そうだ。だから、言っただろ……俺が、お前のことを一番に考えるって」

「私のことを……」

「ほら、行くぞ」

香之助に手を取られ、グイと引っ張られる。

「わっ！　だ、だから足の長さが違うんですから……」

晴香は足をもつれさせながら、建物の中に入り、香之助とともにエレベーターへ乗り込んだ。

「香之助さん……あのっ、わたしのために二次会へ行かなかったんですか？」

さっきから〝晴香のため〟〝お前のことを一番に考えて〟と言っている。二次会へ出ないように頼んだ覚えはないが、彼なりの想いがあるはずだ。

「当たり前だろ。言われた通り打ち上げには出たし……そろそろ晴香にご褒美をやらないとな」

香之助は艶っぽい声で言うと、晴香をエレベーターの角へ追い詰めた。顔の左右の壁に手を突かれ、完全に閉じ込められたような状態。防犯カメラにも晴香の姿は映っていないだろう。晴香の視界は香之助で埋め尽くされていた。

「ご、ご褒美って……？」

見上げると、エレベーターの照明を背にした端正な顔。胸元は肌蹴ていて直視できないので、視線が下げられない。

「存分に、可愛がってやる」

身を屈めた香之助が、耳元で甘く囁いた。たったそれだけのことに、晴香は心臓が飛び出そうなほどドキドキし、目をギュッと瞑る。

（私……このあと大丈夫かな……!?）

連れてこられた場所が香之助の部屋で、お互い想い合っていて、親にも半公認の仲。そうなると、このあとのことは経験がなくても想像できた。

香之助に覆い隠されたまま、身体を硬直させていると、エレベーターがポンと音を鳴らした。

「やっと、着いたか……降りるぞ。めいっぱい、甘えさせてやる」

身体を翻しながら、晴香の髪をワシャワシャと掻き混ぜた。

「あ、甘えさせてやるって……」

エレベーターに残された晴香は、くしゃくしゃにされた髪を直しながらひとり呟く。

（ダメだ、考えると余計に緊張しちゃう）

晴香は気を取り直すと、香之助についてエレベーターを降りた。しかし、部屋へと一歩近づくたび、鼓動が速くなっていく。今にも破裂しそうなほど、バクバクとうるさい。ゼンマイのおもちゃのように身体がギクシャクし、自分が自分じゃないみたいだ。

「ほら」

香之助が玄関の扉を開けてくれたので、晴香は「お邪魔します」とか細い声で言って入る。玄関の電気がセンサーでパッとつくと、晴香の緊張は急激に増した。想像していたことが、リアルに迫ってくる。靴は脱いだけれど、そこから立ったまま動けない。

そうしていると、前方にいる香之助が振り返り、「晴香？」と呼びかけられた。

「あ……あの、こ……香之助さん……き、緊張して……」

今まで散々身体を弄ばれたというのに、なぜだか今が一番緊張している。

「わ、私……初めてですし、香之助さんに満足してもらえるのかな、とか。そもそも……私でいいのかな、とか……急に不安になってきてしまいまして」

晴香が上擦った声で伝えると、香之助は目を見開いた。それから少し俯くと、当惑したみたいに手で口元を押さえる。

（どうしよう……やっぱり、処女は面倒だって思われてる……？）

不安に思っていると、香之助が迷いのない足取りでずんずんと近づいてきた。

「きゃっ」

思いきり引き寄せられ、潰されてしまいそうなほどキック抱き締められる。あまりの強さに、息が止まりそうだった。

「こ、香之助さん……？」

「バカな奴だな……お前がいいに決まってる。俺は、お前が欲しいんだ」

「えっ……？」

「あんまり、かわいいこと言うな」

晴香の不安は見当違いだった。

(香之助さん……あれ?)

腕の中で香之助の顔を見上げると、わずかに赤らんでいた。

「香之助さん?」

晴香は小声で呼びかけた。世間で〝稀代の色男〟〝百戦錬磨《ひゃくせんれんま》〟と言われている男が、柄にもなく照れている? そんなはずもないと思うけれど、それならばなぜ赤い顔をしているのか。

しかし次の瞬間、香之助を見つめていた視界が揺れ、足が浮き上がり宙を掻く。

「わっ……こ、香之助さん! 降ろしてください!」

気がつけば、香之助に横抱きにされていた。晴香は動揺して足をバタつかせるが、香之助は下ろしてくれる気配がない。まったく重たそうにしていないのは、普段から鍛えているからだろう。

「誘ったのは晴香だ」

「へ!?」

香之助は晴香を抱えたままスタスタ歩き出すと、リビングの奥にある部屋へ、一目散に進んでいく。

部屋に入るとセンサーで明かりがつき、ダークブラウンを基調にした寝室が現れた。二十畳くらいの広さで、大きな窓があり、中央にはダブルベッド、その傍らにはサイドテーブルがあるくらいで、余計なものが一切ない。

香之助は毛足の長いラグの上を歩くと、真っ白なシーツが敷かれたベッドの上に晴香を寝かせた。高級そうなマットに、身体が沈み込む。けれど、その寝心地を味わえる状況ではない。

もう少しだけ心の準備をさせてほしい。せめてシャワーを……。

そう訴えたくて晴香が半身を起こすと、ジャケットを素早く脱いだ香之助が覆いかぶさってきて、再び押し倒されてしまった。

「こ、香之助さん、あの……いきなりなんて……んっ！」

獰猛なキスで晴香の唇を塞ぎ、言葉だけではなく思考さえも奪っていく。

「ふぁっ……んんっ……」

静かな寝室に、ふたりが唇を重ね合う微かな音だけが響く。

「くそっ……抑えがきかねぇ……」

下から見た香之助は、さきほどよりも頬を赤く染めているよう。なぜだか少し、悔しげにも見える。注がれる視線は熱く、見つめ合っているだけで、どうしようもないほど鼓動が速まっていく。

「甘えさせてやるつもりだったのに……晴香はとことん……俺の余裕を奪うな」

香之助は晴香にもう一度唇を寄せると、今度は上唇を食み、下唇を舐め、丁寧で繊細なキスを何度も落とす。じわじわと身体が熱くなり、晴香の緊張もほどけ始めていた。

（いろんなことがあったけど……今、こうしてキスしてる。しかも、すごく優しいキス……）

晴香は目を閉じ、香之助から与えられるキスを感じていた。胸には、幸せがじわりじわりと溢れてくる。それはまるで、湧水のように際限がない。

「こ、のすけ……さん……好き、です」

自然と零れ出た言葉。香之助はハタと手を止めた。

「和仁」

「え？」

「和仁、そう呼べ」

命令口調なのに、まったく凄みを感じない。むしろ、お願いされているみたいだ。

「和仁さん……好きです」

晴香は蕩けるような笑みを浮かべた。

「……っ、お前はホント、俺を乱す天才だな」

香之助は眉を寄せ、なぜか参っているような顔つきになる。

「たぶん……いや、絶対……俺のほうが好きだ」

そう、甘い声で囁くと、肌蹴ていたシャツを脱いだ。大きな手の平で晴香の身体を撫で回し、慣れた手つきで服を脱がせていく。ひやりとした空気が素肌に纏わりつき、シーツが直接サラリと触れた。肌がゾワゾワと粟立っていく。

「か、和仁さん……ま、待ってください……シャワー、とか……」

「そんな余裕ない。我慢できなくさせたのは、晴香だろ」

ニヤリと意地悪そうに笑うと、下着姿になった晴香の首筋に顔を埋める。彼の艶やかな黒髪が頬をかすめ、くすぐったさに肩が揺れた。

「んっ……」

濡れた舌がちろちろと首筋をなぞり、鎖骨を舐めていく。大きな手の平がブラジャーの上から胸を揉み上げ、晴香は下腹部が疼き出すのを感じた。

「はぁっ……」

甘い吐息を洩らすと、さらに煽るように香之助の手は膨らみを強く揉みしだく。腕を背中に回すと、器用にホックを外して、邪魔なものを取り払ってしまった。

白い双丘が現れると、香之助はそこへしゃぶりつく。赤い舌で突起の周りを舐め回され、ちゅくちゅくと淫らな音を立てて吸い上げられると、晴香の身体は甘い痺れに悶《もだ》えた。

片手はもう一方の柔らかな膨らみを弄り、開いたもう片方の手は晴香の腹を撫で、腰を通って、下肢へとたどり着く。ショーツの中へ忍び込むと、長い指で薄い茂みを掻き分け、湿り気を帯びた秘部に触れた。

「なんだ……お前も我慢できないのか？」

香之助の指が、呼び水で濡れた蜜口にゆっくりと沈められる。ぴちゃりと水音が聞こえ、晴香にもそこが充分潤っていることがわかった。

「あっ、やっ……は、恥ずかしいですっ、ぁっ……んんっ」

晴香は顔を赤らめ、手の甲で口を押さえる。彼の指が動くたび、ズクンと下腹部が疼いて、あられもなく喘いでしまいそうだった。

「じっくり、ほぐさないとな」

香之助はクツリと喉奥で笑うと、愛液で濡れた指で、蜜口の上で実っている粒を擦り上げた。敏感なそこは触れられただけでキュンとした痺れが走り、晴香は腰を跳ね上げる。

「あっ……ふぅっ……んんっ」

思わず口から手を離してしまい、大きな声が出そうになる。慌てて唇を噛み締めるが、隙間から吐息が洩れてしまう。

「思う存分啼いていいって言っただろ。我慢するなよ」

「で、でも……は、恥ずかしいですっ……ぁあっ……んっ」

「だから、我慢するなって……」

長い指を巧みに動かし、晴香の秘部をさらに刺激する。興奮を煽り立てられているのは晴香のほうなのに、なぜだか香之助もどんどん余裕のない表情へ変わっていく。

「……じゃないと、俺ばっかり必死みたいじゃねぇかっ……」

香之助は照れ臭そうに注意する。

（必死って……和仁さん……）

香之助が、自分に夢中になってくれていることが嬉しい。晴香はコクリと頷く。香之助はそれを確認すると、腰に添えていた手でショーツをずらし、いとも簡単に脱がした。

晴香は一糸纏わぬ姿となり、心許なさと羞恥で膝を閉じる。しかし、香之助に押し開かれてしまい、秘部を彼に向けたような格好となった。

「やっ……あ、あんまり、見ないでくださいっ……」

脱がされたときよりも、さらに恥ずかしい。晴香の抗議の声は、涙声みたいに震えていた。手で覆い隠そうとするが、香之助に手首を摑みあげられ、それさえも許してもらえない。恥部を美しいものでも鑑賞するかのように、うっとりと瞳を細めて見つめられると、それだけで蜜口が熱くなり、襞《ひだ》がひくつく。身体の奥から愛液がトロリと零れでていくようだ。

（これから、和仁さんとひとつになるんだ……）

いよいよかと心を決めていると、香之助が上体を屈め、そこに腰ではなく顔を埋めた。

「やっ……あ、か、かずひとさっ……だ、ダメです！　そんなところっ」

足を閉じたくても、香之助の身体が邪魔をする。彼の頭を手で押さえるが、刺激で身体がビクンと跳ね上がり、艶のある髪を梳《す》くだけになってしまった。

溢れ出た愛液を、溶けだしたソフトクリームのように丁寧に舐め取られる。尖らせた舌が蜜口へ挿しこまれ、指とは違う生温かでザラリとした感触に、晴香は腰を浮かせた。

「あっ……はぁっ……やぁっ」

とろとろと溢れる蜜を、ジュッと吸い上げられ、背筋を興奮が駆け抜けた。

「こんなに甘い蜜を垂らしておいて、舐めるなってほうが拷問だ」

愛液を舐めとりながら、香之助が恍惚《こうこつ》とした表情で呟く。

「んっ……晴香は……どこも綺麗だな」

熱い吐息が秘芽に触れ、晴香はさらに喘ぎを洩らした。

「そろそろ、ほぐれてきたか……」

そう言って膝立ちになった香之助の中心は、タイトなズボンのせいか、膨らんでいるのがわかった。

「か、ずひとさん……もうっ……」

もう、身体の奥が疼いて仕方ない。晴香が潤んだ瞳で訴えると、香之助はスプリングを鳴らしてベッドから降りた。

カチャカチャとベルトを外し、ズボンを脱ぐ。サイドテーブルから四角い袋を取ると、下着を取り払って、固く怒張したそれに薄い膜を被せた。

初めて見る男性のそれに、晴香は息を呑む。想像以上の大きさだ。

再び押し寄せてきた緊張をほぐそうと、大きく深呼吸をすると、香之助の手が晴香の膝裏に触れた。両脚を開かれ、その間にしっかりとした体軀《たいく》の香之助が入り込む。その中心にはさきほど初めて見た、彼の熱の塊があった。隆々と頭をもたげているそれは、先まで太く張りつめ、晴香を求めて淫猥な形を成している。

「お前は小さいな……挿れたら、壊れそうだ」

香之助がいたわるように見つめてくる。

「けど……もう、止められない」

それは晴香も同じだった。今、止められたらこの熱くなった身体をどうしていいのかわからない。香之助が求めてくれているように、晴香も香之助を求めていた。

「私も……欲しい、です」

ひとつになりたいと心から思う。晴香が勇気を振り絞って言うと、香之助はフッと蕩けるような笑みを浮かべた。とても嬉しそうに見える。

それから、ふっくらと丸く膨れた先端を晴香の蜜口に当てた。

「あっ……」

指とは違う、熱くて大きな質量。香之助は滾りを動かし、蜜口とその上にある秘芽を何度も往復して擦り上げる。さらに蜜が溢れたのを確認すると、ヌチヌチと粘りのある音を響かせ、遠慮がちに押し入れてきた。

「力……抜けよ」

「んぅっ、ぁ……あァッ……！　はぁっ……」

晴香の小さな悲鳴は、すぐに甘い嬌声へと変わった。蜜口が広げられ、痺れるような疼《とう》痛《つう》と感じたこともない刺激に全身が震える。

「ぁっ……か、かずひとさっ……！」

香之助はゆっくりと腰を沈め、固く反り返ったものを徐々に晴香の中へと沈めていく。彼の熱、形、質量……晴香はそれらすべてを必死に受け止めようとする。しかし、まだ滾りが入りきっていないのに、彼は動きを止めた。

「和仁さん……？」

自分が至らないばかりに、香之助に不快な思いをさせているのだろうか。心配になった晴香は香之助に声をかけた。

「……イキ、そ……」

「へ……？」

香之助が恥ずかしそうに、掠れた声で呟いた。

「ありえねぇ……まだ、全部入ってないのに……」

香之助を見上げると、困惑しながら目元を赤く染めていた。

（和仁さん……かわいい……）

晴香は思わずフッと噴き出した。

「なに、笑ってんだよ」

「だって、和仁さんが可愛くて……」

「かわいいとか、嬉しくないんだけど」

そう言いながらも、悪い気はしていないように見える。

「待てよ……お前のその余裕、すぐに奪ってやるからな」

香之助は我を取り戻すと妖しい笑みを浮かべ、腰を落として熱い塊をズクズクと晴香の中に沈めていく。

「あっ、あぁっ……」

彼の熱い滾りが身体を押し開き、蠢く襞を擦り、晴香の最奥へとたどり着く。身体が熱い。彼のものをすべて包み込んだ晴香の秘部からは、熱い蜜がとめどなく溢れ出していた。

「ったく……晴香は本当に、俺を翻弄しやがって……」

香之助は苦しげに息を漏らすと、ゆっくりと腰を動かし始めた。ゆさゆさと優しい律動に、晴香は喉を反らす。

「っ、ぁっ、やぁっ……」

香之助の言った通り、晴香はすぐに余裕を失った。

繋がっているところから、ぬちゃぬちゃと愛液が溢れ出る音がする。彼の熱棒が中を掻き混ぜ、すべてを貪られる感覚に晴香の喘ぎは甘さを増した。自分でも知らなかった本能が、問答無用に引き摺《ず》りだされていく。

「んぁっ……！」

蜜奥をグリッと突き上げられると、中はその動きに応えるように収縮し、香之助のものに絡みついてきつく締めあげた。

「くっ……晴香っ……初めてのくせに、締めつけやがって……」

切羽詰まったように言うと、晴香の膝を折り曲げて、彼女の額にコツンと自身の額を合わせた。熱い体温が伝わり、汗が流れ落ちる。ポタリと落ちてくる滴にさえ、敏感に反応し肌が愉悦に震えてしまう。

「わ、わたし……締めつけてなんて……」

そんなこと、どうすればいいかわからない。ただただ、香之助を感じたくて、彼が欲しくて、心から求めているだけだ。

「無意識なら、余計タチが悪い」

香之助はクスリと笑うと、チュッと触れるだけのキスをする。ベッドに膝を立てて晴香の脚を肩に抱えると、さっきよりも速く腰を前後に動かし、熱い楔《くさび》を幾度となく抽挿した。

ゴツゴツと最奥を刺激し、恥骨の裏の敏感な部分を何度も責められる。

「ぁっ……や、もっ……だめっ、おかしく、なるっ……！」

固くなった先端で執拗《しつよう》に突き上げられ、晴香は登り詰める快感に足の爪先まで震わせた。

その様子に、香之助は満足そうに口角をあげる。

「女に翻弄されたままじゃ……〝香之助〟の名が廃るからな」

「か、かずひとさんです……私の前では、和仁さんでいてくださいっ……」

自分の前では、歌舞伎の世界で背負っているものをすべて降ろし、ひとりの男性でいてほしい。その思いも込めた。

「だから、煽るなって……」

香之助は困ったように、そして肩の荷を降ろしたように、フッと軽く笑う。

「お前だけだよ、そう言ってくれるの」

愛しげに晴香の前髪を梳くと、その想いを注ぎ込むように腰を打ちつけた。ベッドのスプリングが軋み、肌と肌のぶつかり合う音が響く。中を押し上げては引き摺りだされ、蜜襞が擦られ、角度を変えては何度も奥を貫かれる。激しく揺さぶられているうちに、目の前が白く光りだし、意識を手放しそうな感覚が迫ってきた。

「あっ、も、もうっ……和仁さん、私っ……」

限界が近いことを告げると、香之助も苦しげな息を洩らした。

「俺も、もう……イクっ……」

吐息混じりに言うと、腰をさらに深く沈めて最奥を一気に突き上げた。頭の奥まで痺れ、全身がビクンと跳ね上がる。

「あッ、あぁっ……！」

「くっ……」

ふたりの喘ぎが重なる。晴香が大きく背を反らすと、香之助もまた薄い膜の中へ、熱い飛《ひ》沫《まつ》を放ったのだった。


「んっ……朝……？」

翌朝、大きな窓から差し込む陽光で目を覚ます。見慣れない天井に高級ホテルのようなふかふかのベッド……隣には、香之助の姿。

「……かわいい」

晴香はこちらを向いている香之助と、向き合うように寝返りを打った。身長差のせいで普段は見上げてばかりいるけれど、こうしていると目線が一緒だ。晴香が少し上へずれれば、つむじだって見える。

香之助は長い睫毛を伏せて、すやすやと寝息を立てていた。

（ついに和仁さんと結ばれたんだ……。和仁さんの行為に全然応えられなかったけど、慣

れることってあるのかな）

昨夜、抱かれたときのことを思い出す。〝稀代の色男〟と呼ばれていた香之助でさえ、〝初めて〟の晴香に夢中になり、余裕がないように見えた。

（でも和仁さん、すごく優しかったなぁ……）

じっと見つめながら昨日の余韻に浸っていると、香之助が「んっ……」と身じろいだ。

「晴香……起きてたのか」

香之助はうっすらと目を開けると、掠れた声で晴香を呼んだ。うつろな視線のまま布団から大きな手を出すと、頭をさすってくる。

「和仁さんの寝顔を見てました」

手の感触が気持ちよくて、晴香は目を瞑る。

「なんだ、惚れ直したか」

「はい……好きだなぁって……改めて思いました」

溺れるほど愛されて、香之助に大事にされていることがわかった。それを感じると、彼への想いがずっと深いものになり、たくさん伝えたいと思った。

晴香がそっと目を開けると、間近にいた香之助は、照れたように目元を赤く染めていた。

「……癪に障《さわ》る」

「え？」

なにか怒らせてしまったのか。晴香が戸惑っていると、ムスッとした顔の香之助はガバリと起きあがって、覆いかぶさってきた。

「お前はホント……俺にいじめられるのが好きだな」

「えっ、そ、そんなことありませんよ」

どうやら、照れを誘うようなことを言ったので、怒っているらしい。しかし、熱っぽい瞳はまったく怖くなくて、むしろ愛おしいと言われているみたいだ。

「私は、幸せを感じていただけで……」

晴香が恥ずかしさを堪えて言うと、香之助はフッと不敵な笑みを浮かべた。

「幸せ？　まだ早いだろ」

「そ、そんな……」

「まぁ、今が幸せだって言うなら、これからもっと幸せにしてやる。数年後はその倍幸せに、数十年後はさらに何十倍も幸せにしてやるよ。ただし、俺の隣にいたら……だけどな」

数年後も、数十年後も隣に……。まだ見えない夢のような未来も、香之助に言われると夢じゃなくなる。

「それって……ずっと、側にいてもいいっていうことですか？」

「ああ、百年経っても……かわいがってやる」

晴香の前髪を梳き、額に唇を寄せる。まるで誓いのキスのようで、晴香の胸は震え、目の奥が熱くなってきた。

「わ、私……和仁さんに結構厳しいですよ？」

「わかってるよ。小さいくせに威勢がいいことも、俺のことを考えすぎる面倒くさい性格も……全部わかってる。なにも変わらなくていいから、俺の側にいてほしい」

なにも変わらなくていいということは、そのままの自分が愛されているということ。嬉しくて目眩いがしそうで、胸の中が湧き立つ。

（でも、わたしは……）

「わたし、もっと和仁さんにふさわしい女性になれるように頑張りますね」

香之助の首に腕を回す。……しっかり、離れないように。

まだ、ふたりは梨園の世界の入り口に立ったばかり。踏み出してもいない。これからさき、きっと厳しいことや逃げ出したいこともあるだろうけれど、この人の側にいれば、この人を信じていけば進んでいける。

冬の朝日が差し込む部屋の中、ふたりは愛を確かめ合い、温かな幸せを感じたのだった。

完

幕外：約束の時間（あとがきに代えて）

「……遅い」

腕時計に視線を落とし、ため息をつく。香之助は鶴亀本社の近くにあるホテルのロビーで、晴香を待っていた。そろそろ仕事が終わっていいはずなのに、その姿はまだ見えない。襲名披露公演が終わるまで、晴香は仕事を続けることとなった。歌舞伎の勉強にもなるし、公演がどのように作り上げられるのか、知っておくのは後に彼女のためになると思ったから。休日は香之助の家で手伝いをしたり、様々な作法や家についての勉強をしている。香之助もほぼ休みがないが、自分と同じくらい動き回っている晴香を見ていて、あの小さな身体のどこにそんなパワーがあるのかと不思議に思う。……そして、心配でたまらない。

今日は稽古のあと、会う約束をしていた。本番同様の力を発揮して早めに稽古を終え、堅苦しいスーツまで着てきたというのに、肝心の晴香がやって来ない。

（まずは食事、そのあとは夜の水族館。ドライブして、それから俺の家……）

全部、晴香が行きたいと言っていたところ。きっと喜ぶに違いない。香之助は晴香の笑顔を想像しながら目蓋を伏せた。……しかし遅い、遅すぎる。早く来い、早く……会いたい。バカみたいに焦燥感だけが募る。こんなこと、初めてだ。今までの自分では考えらない感情、行動、言動……晴香に出会ってすべて変わってしまったように思う。

晴香はしばらくしてやって来た。香之助を見るなり、クリリとした目をさらに丸くする。

「和仁さん……早いですね。まだ約束の三十分前ですよ？」

三十分前どころか、着いたのは一時間以上前だった。……そんなこと、言わないけれど。

「早く来たい気分だったんだ……行くぞ」

ムスッとして言ったのに、晴香は「早く会えて嬉しいです」と幸せそうに笑っていた。

＊＊＊　＊＊＊　＊＊＊　＊＊＊　＊＊＊　＊＊＊

初めまして、春奈真実です。遅ればせながら、蜜夢文庫様創刊おめでとうございます。

今作は歌舞伎を題材に色男とウブな女の子の恋愛（最終的に色男が振り回される）を書きましたが、いかがでしたか？　イラストは如月奏先生が描いてくださいました。華やかで色気たっぷり！　まさに香之助と晴香です！　本当にありがとうございました。

最後になりましたが、読んでくださった皆様、今作に携わってくださった皆様に心よりお礼申し上げます。またお会いできることを願って。

春奈真実

この物語はフィクションであり、実在の人物・団体とは一切関係ありません。

本書は、電子書籍レーベル「らぶドロップス」より発売された電子書籍を元に、加筆・修正したものです。

恋舞台
Sで鬼畜な御曹司

２０１５年１１月２８日　初版第一刷発行

著……春奈真実
画……如月奏
編集……パブリッシングリンク
ブックデザイン……百足屋ユウコ＋カナイアヤコ（ムシカゴグラフィクス）
本文ＤＴＰ……ＩＤＲ

発行人……後藤明信
発行……株式会社竹書房
〒102-0072　東京都千代田区飯田橋２－７－３
電話　03-3264-1576（代表）
03-3234-6208（編集）
http://www.takeshobo.co.jp
印刷・製本……中央精版印刷株式会社

ISBN978-4-8019-0535-1　C0193
Printed in JAPAN